Loves to Have I
Erotic Sex Stories That Will

My Ebook Publishing House

Descrierea CIP a Bibliotecii Naţionale a României
Loves to Have It In Her... Erotic Sex Stories That Will
Satisfy Your Cravings! / My Ebook Publishing House. –
Bucureşti: Editura My Ebook, 2017
ISBN 978-606-983-405-3

Book: Loves to Have It In Her... Erotic Sex Stories That Will Satisfy Your
Cravings!, My Ebook Publishing House

Loves to Have It In Her…
Erotic Sex Stories
That Will Satisfy Your Cravings!

My Ebook Publishing House

My Ebook Publishing House
Bucureşti, 2017

TABLE OF CONTENTS

The Best Sex Of My Life

Magnus Meske was a tall, blonde, blue-eyed Scandinavian type living in a small Wisconsin town. His girl friend, Brook Olander, was basically a female version of him. They had been unofficially engaged for about a year but Brook's strict Lutheran upbringing meant that there was no sex until after marriage and she didn't want to tie the knot until her older sister did so and that didn't look very promising. Charise couldn't even keep a boyfriend never mind marry one.

He really loved Brook but he got so frustrated with her attitude that he spent a lot of his time watching porn movies and jerking himself off. Magnus had his own apartment and so he was able to carry on his little pastime without being disturbed. One day however he forgot to lock the door and who should walk in unannounced but Charise.

Shocked, he quickly tucked his dick inside his boxers and tried to play innocent but Charise smiled, sat down beside him on the sofa and turned the TV back on.

"I only came to borrow your paper shredder," she purred, "But that can wait, I don't get the opportunity to watch this kind of stuff at our house. Magnus just swallowed hard and didn't know what to say, he didn't even want to watch the guy fucking the woman's ass on the TV anymore. He was just too embarrassed.

"That looks as if it would hurt," said Charise leaning forward to get the best possible view.

"I'm not sure," he mummbled, rubbing his face with his hand as if to hide it from her.

"Haven't you and Brook done it."

7

"We haven't done anything," he replied, trying to sound shocked by the suggestion.

"Gosh do you mean to say that after all the time you two have being going out together you haven't fucked my little sister."

Now he was genuinely shocked as he never expected Charise to use such language.

"Brook wants to remain a virgin until after we're married." he said, "So I don't press her on the issue."

"So you sit in your underwear and jerk yourself off in front of the TV instead?" she smiled with a twinkle in her eye.

Magnus was struck dumb, he didn't know what to say.

"Come on – admit it you were buffing your Banana when I came in."

"I was just examining it for medical purposes."

"While watching porn?"

Magnus was getting agitated, "Look why don't we switch off the TV and forget this whole episode happened. I'll get you your paper shredder and you can go."

"What if I let you fuck me – would I be welcome to stay then?" she asked.

This time he was really up against the ropes. In one way he wanted the memory of what had transpired erased but the idea of fucking Brook's older, an incredibly gorgeous sister, was beginning to gain appeal.

The woman on the TV was now sucking the man's cock as if she hadn't eaten for weeks. Charise put her hand where she could see Magnus's dick bulging and asked if she could suck it for him. He didn't reply but he raised no objection when her fingers crept inside his flies and produced a prize winning boner.

When she bent over and slid it between her lips he sat bold upright, "OMG," he cried out, "That feels so good."

Charise absorbed as much of it in her mouth as she could and then withdrew it, his body shook violently until she dived on it again

8

and this time she sucked and worked it with her long fingers until he was gasping for breath. Magnus could feel his balls begin to tingle and his sperm start the journey upward.

"I'm cumming," he cried, half expecting her to jerk the rest of it out like they do on porn shows – but she didn't – she swallowed the whole lot.

He leaned back on the sofa and tried to get his breath back as the man on the TV was diving into his partners muff. Charise stood up and just started to strip, throwing her clothes all around the room yelling, "Yippee – it's my turn."

Magnus was now getting into the swing of things and he too took off his duds and threw them to the wind – so to speak. Then he grabbed Charise and laid her down on the sofa, placed his face between her legs and parting the petals of her flower with his fingers he just looked at it. Even though it was not shaved like the woman on TV he thought it was still a thing of beauty.

When his tongue touched the edges of her lips she gasped and lifted her legs so he could bury his face deep into her muff. Her head was still turned so that she could see the woman on TV being licked out as well, this seemed to make her need to cum more urgent. When the woman groaned Charise groaned, and this seemed to drive Magnus into a tongue flicking frenzy.

Her ass was squirming all over the place and she began to scream as she had an extreme orgasm that shook every part of her body and made her vagina vibrate and ooze cum. While she was still trembling he moved up her body so that he could suck the hardened nipples on her big round tits and then he slipped his dick into her hot wet groove as the man on TV was cumming all over the woman's face.

When Charise felt the width of his manhood widen the entrance to her pussy she clung on to him digging her nails into his back. Magnus, normally a gentle type of guy, despite his size, became like a wild animal. There was now a new couple on the TV screen and although he couldn't see them he could hear the sounds of their bodies colliding and slapping against each other.

These sounds and the sight of Charise's tits moving to and fro like two jelly molds made him ram into her cunt with powerful strokes and as the speed of his thrusts increased she began to yell 'Fuck me, fuck me, fuck me," over and over again.

When Magnus felt his cum moving up his tubes he increased the pace even more and she was going frantic, throwing her arms around and screwing up her face as though she was in pain. As he shot his load deep inside of her she screamed and clung onto him so tight he made it difficult to make those final thrusts to milk every single drop left in his dick.

Charise really couldn't believe that this 25 year old man had never fucked a woman before, she herself had been poked on many occasions but she'd never experienced what she'd had with Magnus. As they sat and relaxed and watched more people fucking each other's brains out on the TV she came up with a rather original idea.

"You say that Brook doesn't want to get married until I've tied the knot," she began. Magnus just nodded his agreement, "So why don't I marry you – you can fuck me all through our engagement – official or unofficial and so everyone will be happy."

"But will Brook be happy?"

"Of course she will – I'm going to let her be a bridesmaid." she said, as she slipped her hand in his boxers and started to jerk him off.

Magnus closed his eyes and managed to stammer, "What – ever – you – SAAAAAY – CHARISE!!"

Loves to Have It In Her...

Alysha Page was in a tight spot, a very tight spot. She had run up a bill at the Friendly Hotel in Santa Marta in excess of the funds she had available.

She had contacted her parents in Australia and they had promised to wire the money to her the following morning. However, that was not good enough for the sleazy hotel manager Diego who threatened her with the police and the prospect of spending that night in the local slammer.

"If you go there," Diego sneered, You'll be sleeping with rats, cockroaches and body lice – but", he paused and placed his hand on the cheek of her bum, "If you let me cum in your mouth I will let you stay here for the night, and I might give you a ten percent discount on your bill."

Alysha began to think that rats, cockroaches and body lice wouldn't be all that bad in comparison and turned him down flat.

Diego's faced turned crimson and he grabbed her wrist and started to drag her across the lobby. "OK – just because I'm a nice guy I'm going to let you work in the laundry until eight o'clock in exchange for your room and a meal."

As they descended the steps into the basement he told her that if she changed her mind about the blow job she knew where his office was. He then swung open a big steel door and a cloud of hot steam met them. Through the haze, she could see a very tall broad shouldered man who appeared to be stirring several large boilers with a paddle.

"I've brought you an assistant Bruno – work the ass off her," with this he literally threw Alysha into the room.

The floor was covered with two inches of water and all the equipment looked like as if it had come out of the Ark. Bruno nodded to her as Diego slammed the door and then he took her over to a large machine with wooden rollers and demonstrated how she had to take the wet sheets he had boiled and wring the water out of them. Alysha had to turn the large wooden handle and it was tough. She didn't know how she was going to survive the shift but she decided that anything was better than giving oral sex to that monster Diego.

As a back packer in South America, she had been in a few tight situations before but this was the worst. Australia was beginning to look better and better to her and she wondered if she'd ever want to leave her parent's home in suburban Melbourne ever again.

When she filled a hamper full of sheets she was supposed to pick it up and take them to a drying room to hang up, however, she didn't have the strength to lift it and her tight mini skirt didn't help the situation. Bruno glanced over as she bent for a second attempt. He could see her thong and he caused him to wipe a little additional sweat from his brow.

The temperature in the room was overpowering and although Alysha had put on a top that concealed the fact that she was not wearing a bra, now soaked with perspiration the full shape of her rather large breasts was revealed, and her nipples stood out invitingly. Bruno went over and helped her with the basket. She looked at him admiringly as he picked it up as though it weighed nothing at all.

At around six feet four, quite good looking with a mop of jet black hair and muscles any bodybuilder would have been proud of, Alysha was quite attracted to him. And she was certainly not going unnoticed herself.

In the drying room, there were clothes lines strung across the room and a huge fan in the wall. Here she pegged up the sheets, pillowcases and table cloths until her back felt as if it was breaking.

When she returned to the other room Bruno was nowhere to be seen but then he came through the door carrying two mugs of coffee and some sort of pastry. His English was somewhat limited and he just handed one to her with a faint grunt.

He then invited her to perch herself on a pile of laundry waiting to be dunked in the boilers and so they sat together for a little break. Alysha held up her coffee mug to him, smiled and said: "thank you." Bruno smiled back, staring at her for a few moments before sipping on his coffee again.

There was no doubt he found her attractive, as most men did. Alysha was petite, pretty and she had great tits.

As for her opinion of him, she just wondered how big his dick would be if it was in proportion to the rest of his body. She was soon to find out as he got up and walked over to a drain for a piss. He turned his back to her but she still caught a glance of his enormous dong as he did the most extra ordinary thing. When he'd finished he cupped some water from one of the tubs in his hand and gave it a quick rinse. Alysha quickly got up, grabbed a towel from a nearby pile of laundry and volunteered to wipe it for him.

If she thought it was big before she started – it turned out to be massive after she'd dabbed it with a towel. As she gently dried him off she looked up at him with those pale blue eyes of hers and smiled. The expression on his face was priceless. One of utter amazement.

Alysha couldn't bring herself to leave him with that enormous boner and so she dropped the towel to the floor and knelt on it. Then she took his balls gently in her hand and guided the end of his dick into her mouth. Bruno's body jerked and he grabbed on to her shoulders and she slipped it further and further into her throat.

She slowly worked her tongue around it as she withdrew and then swallowed it over again, and again, and again. Big Bruno was breathing heavy as his dick was getting a real tongue lashing. He was beginning to feel fire in his veins and not wanting to come just yet he shoved Alysha away from him and started to rip off his clothes. His physique was breath taking and she hurriedly took off her flimsy things as he looked on. Before she saw what was coming Bruno picked her up and tossed in the air like a rag doll.

She ended up with her legs around his shoulders and her cunt pressed up against his face. Bruno's tongue proved to be almost as big as his dick and it moved rapidly around the petals of her flower before exploring the inner depths.

Her body was shaking all over as he continued to tease her with a mixture of licking and sucking, sometimes gentle, sometimes rougher. She was dying for him to fuck her and her dreams came true with an unexpected twist. He turned her body around and placed her face down on a table piled with laundry then he rammed his dick in her ass as far as it would go.

It was a bit of a shock but it felt nice as he began to work his way in and out and his powerful arms wrapped around her to play with her breasts as he did so. After ramming it again her well-rounded bum for a while he roughly turned her over and drove it into her flower with one big thrust.

Alysha gasped, she'd never felt anything quite that big before. Her boyfriend back home certainly didn't have the breadth or the length – she was beginning to wish he did.

Bruno was getting excited, his dick was going at quite a pace and the force of each thrust was moving the table across the room. As he looked down at Alysha's beautiful tits swinging from side to side he seemed to lose control and increased not only the speed but the power behind each stroke. He was literally crashing into her cunt.

Alysha held on to his arms that were soaked with sweat and arched her back as she was about to have a monster orgasm. She started to scream "O fuck," and Bruno screwed up his face as he himself was about to shoot his load at the same time. When he made that last final thrust he bellowed like a bull and he broke her grip and put his powerful hands around her wrists and pull her forward as if he wanted to force it in that extra inch.

Alysha thought she might never walk again after the battering she'd taken but he helped her off the table and like a gentleman, picked up her clothes and gave her a smile and a nod of gratitude as he handed them to her. They'd just finished redressing when Diego stormed into the room.

"Your money has come through early," he snarled, "Better come to reception and settle your bill."

"Where do you sleep," she asked Bruno, using both speech and sign language. He pointed to another door in the dark dismal basement.

"Well tonight you can sleep in my room and we'll have dinner and wine. Mr. Diego will look after that – won't you Mr. Diego?"

The poor man didn't know what to say, he just foamed at the mouth a little. Bruno, on the other hand, had a big smile on his face.

Naughty Girls

Aaron King had once volunteered for a medical study on the common cold. The accommodations proved to be first class as did the food and entertainment, so when an opportunity arose to do something similar again he jumped at the chance.

This time it was for erectile function, and although the details on the website were a little bit sketchy it looked like a pleasant week in the country with a few bucks thrown in. Still living with his parents he felt a bit embarrassed about telling them the exact nature of the experiments he might be subjected to and so he told them it was a study for allergic reactions. He told a similar story to his girlfriend.

The facilities proved to even better than the previous experience, particular his bedroom which had a mirrored ceiling, naked women on the wallpaper and a big white fluffy bed. A major difference in the way things were conducted was the relative isolation, meals were to be served in his room and there were no common recreation areas.

The lady doctor, who insisted on being called Abbe, was a forty-year-old woman in good shape for her age and with a very pleasing personality. She gave him a short examination which mostly involved scrutinizing his dick and pulling back the foreskin, and then she told him she'd be back after lunch.

When she did re-appear she was accompanied by a woman in her early twenties, who she described as a professional surrogate sex partner.

"This is Porsha," she said, "She will be staying in the room with you until tomorrow morning and all your activities will be monitored," she added, pointing to four small cameras mounted in each corner of the room, "Porsha knows the routine and so I will leave you in her capable hands."

When the doctor made her exit his new roomy took over.

"Do you think you could manage three sessions before morning?" she asked flinging herself on the bed.

"Three sessions?" he repeated, a little confused.

"Yes we have to fuck three times before morning and if you can't achieve that many erections naturally you have to take one of the little green pills in the bathroom,"

Porsha certainly looked very inviting lying there in her short skirt and see-through top but he wasn't quite expecting to actually fuck women for seven days, he thought he was going to have to masturbate or be attached to some sort of jerking off machine. Aaron certainly wasn't complaining but he needed time to adjust to the situation but his surrogate partner wanted to get on with it.

She started to wiggle out of her clothing and when she was completely naked, showing a very suckable pair of tits and a very attractive pussy, she clicked the remote and soft music started to play in the background.

"Take your clothes off and come and lie with me," she purred moving around on the bed like a very friendly feline.

Aaron, who now sporting a very big hardon, slipped off his gear and headed to the spot on the bed that Porsha was patting. By this time his dick was hard and ready for action but he naturally wanted to engage in a little foreplay.

"O – there no need for that," she said pushing him away as he tried to suck her gorgeous looking tits, "Just decide what position you want to fuck me in and get on with it."

He wasn't in the mood to argue and so he gently parted her long creamy legs and slowly slipped his throbbing dick into her wet warm slit. Once deep inside he began to move cautiously in and out but then

Porsha started to lick her lips and groan a little and that set him off at a furious pace and it didn't seem long before he blew his load.

The two ate dinner together, then fucked again, doggie style that time, and just before bedtime, he managed again, without any green pills, to pound her pussy and fill it up with his goo.

The next morning he was confronted by an older woman with a very acceptable body and a tendency to mother him. She not only encouraged him to suck her slightly sagging tits but she sucked everything he'd got, including his balls. She didn't have the looks or body of Porsha but she knew her way around the bed.

On the Wednesday Aaron was in for a big surprise when a rather fat jolly woman entered his room and introduced herself as Francis. She didn't waste any time taking off her clothes and he was confronted by huge sagging tits and a crack that was partially concealed by layers of fat.

Francis decided to sit on his face he almost suffocated him but in the spirit of things he reached up to fondle those enormous fun bags and licked her cunt as if it were a ripe mango. When it came to the penetration part she sat on his dick grabbed hold of his hands like a pair of reigns and bounced her 250 pound love machine up and down on him.

Even though he was exhausted and maybe a little bruised when it was all over he actually enjoyed the experience and he didn't have to take any pills to complete the sessions.

Thursday proved to be pretty hectic with a bubbling blond who seemed to be obsessed with sucking his dick and gargling with his cum. On Friday it was a sophisticated black woman who wanted the whole thing to be dignified, on Saturday it was a six foot two, skinny, bespectacled nervous wreck who was afraid she wasn't pleasing him and didn't leave his body alone for a moment.

She insisted on washing him down in the shower, she gave him an oily massage with special attention paid to his dick, which exploded in her hand, and she ended up smothering his throbbing shaft with her creamy dessert from supper and eating it off of it until he came.

Sunday was the last day and he was wondering what else they could throw at him and it certainly turned out to be a surprise. It wasn't one woman but two and twins at that. Not wanting to waste anytime they walked into his room naked giving a high five to the skinny tall girl as she left.

"My name is Gemma."

And my name is Emma," they chorused, "Catch us and you can fuck us."

The two voluptuous tit jiggling women started to race around the room, jumping on the bed, hiding behind the drapes and playing touch tag, tapping him on the chest and then taking off. He didn't have to take off his clothes because he'd remained naked for the last few days. With so much fucking going on it didn't seem worthwhile putting them on again. So, a little exhausted from his marathon sexploits he did his best to chase the two around the room but he was no match for them.

When they could see he had little resistance left they pounced on him, took the gold ropes that were holding the drapes back and tied him to the bed head. His dick was reasonably hard but the two of them made it stand up straight and become rigid.

They did this by both bending over him and the first one would engorge his cock in her mouth and then the other. It was absolutely amazing as they developed a rhythm. When he was about to cum he didn't know whether to warn them or not – and decided not to. Obviously, they didn't mind as even as his cum was shooting out they were still taking turns to gather it up with their tongues.

Aaron was getting so shagged out he was thinking of taking all those green pills in the bathroom, fucking the both of them and checking out so that he could go home and get some rest. However, the girls kept coming up with new and tantalizing ways to make his prick rise to the occasion and they even let him lick out both their cunts, which he did in turn, similar to what they had done to his dick.

On Monday morning, Abbe the doctor came in with her clipboard and congratulated him on a fine performance, "This will go a long way to further our study on just how much sex a young fit male like yourself can take in one week."

He thanked her for her hospitality and was just about to put his clothes on when Porsha, Francis, and all the others piled back into the room naked followed by a fully dressed woman with a camera.

"I hope you don't mind but this is Gina Chadwick from the press, the institute needs all the publicity it can get and they've promised us the front page of tomorrow morning's paper."

As the reporter lined up her camera Aaron struggled to hide his dangling appendages but the twins grabbed onto the cheeks of his ass and hoisted up off the floor like a champion. Now with his legs wide open and flanked by two sets of gorgeous tits the camera flashed and flashed again and again.

Everyone seemed pleased with the result and as promised it hit the front page of the newspaper and also went viral on the internet.

Lust and Passion

When H G Wells wrote The Invisible Man, I don't suppose in his wildest dreams he thought such a thing was possible. I certainly didn't until I got a job with a company that developed new weapon systems for the military.

It was obvious that they didn't build Stealth Aircraft or Ships because the facilities were basically just a series of laboratories. I was just hired to help maintain computers and I wasn't aware of the purpose of their work until I'd been there for a few days. Believe it or not they were into cloaking devices that could make a person invisible.

I was not directly involved in that kind of work but I did frequently deal with problems that occurred in Professor Peel's department. Now when I say professor I don't mean some grey-haired Einsteinesque character, this was a beautiful woman, possible 30 and her other statistics were 38 – 26 – 36, or there about. She had a great set of tits, that she was not shy showing off via her low cut tops, and her short skirts gave me a thrill every time she bent over some bench or other.

Professor Peel, or Joselyn, as she wanted me to call her, was so sexy I spent almost my entire shift with an erection. And I think she noticed.

I don't want to appear boastful but I do work out and many women have found me attractive and not having a steady girlfriend allows me to play the field. As the days went by I felt more and more that I would like to play with Joselyn and the fact that she kept calling me in to fix some minor problem made me think she was game.

One Tuesday afternoon she gave me a definite sign she was interested in me.

"I have to work late tonight Mark," she said, "Would you mind staying on, just in case the computers play up?"

I told her, "No problem," and she seemed pleased. Now normally I quit around five and I asked if I could have half an hour to slip out to the cafeteria get a coffee and a sandwich.

"No need for that," she laughed, "I'm having dinner delivered, security will bring it in when it arrives."

Holy shit when Bert from security rolled in the wagon I couldn't believe my eyes. There was champagne and a feast fit for a king. Before he left he gave me a little wink as if to say, "You lucky fucker."

Joselyn unlocked the door to her private office and asked me to wheel it in. I'd not been in there before and it was quite cosy. Besides a big polished desk there was a sofa and it was big enough to lie on. We ended up sitting there, and while I opened the bottle of champagne, she locked the door to ensure our privacy.

After we'd eaten and polished off the bottle of champagne I naively asked what work we had to do.

"Well I need to test out the new cloaking spray I've been working on," she said, walking over to the safe and taking out a spray can, "If you wouldn't mind taking off your clothes I'll spray you with this to see if it works. If it does – it will revolutionize the way our military operates in the field."

She laughed when she saw the look on my face, "Don't worry I'm going to strip down too so that you can spray me."

This kind of thing was not in my job description but the chance to see her naked seem to nullify any clauses that might be buried in my contract. As she put the can down on the desk and started to slip out of her top, I hurriedly got rid of my clothes. When I dropped my shorts to the floor she paused and looked down at my erect dick with a smile, and then she continued.

I must say she had absolutely wonderful tits and the palms of my hands began to itch, just longing to latch onto them. Her muff was trimmed but not shaved and that looked equally inviting. However, we had to get down to business and she picked up the can, and after telling me to close my eyes she began to spray me all over. It was quite a sensuous feeling.

Joselyn worked her way right down to my toes, after spending a little extra time at my genitals. There was a moment, when she moved my dick to one side, and caressed my balls with her soft warm hands, that I was afraid I was going to cum all over her.

When she'd finished she stood back and said she had to wait a few minutes to see if it worked, then I could spray her. All the time I'm standing their she's eyeing up my cock as though she wants to eat it, and then she shook her head,

"Looks like I made a bad batch" she announced, "It's not working."

I stood there with a great big boner wondering what was going to happen next. She didn't keep me waiting long, she went back to the safe and produced a large jar.

"Let's try it in lotion form," she said, "Here, you rub this all over me."

My hands were shaking so bad I could hardly hold on to it, but for science and the future of our military I began rubbing the white lotion into her tits.

"Holy fuck, that feels good," she gasped, "And it's actually edible, if you don't believe me you can lick it – go ahead – it won't hurt you."

I began to lick up the side of her tits and she started to breathe heavy, "That feels good, keep doing it Mark."

That prompted me to drop the jar to the floor and move my lips over to her nipples and I sucked them hard. We ended up on a rug with me on the top of her naked body, licking her all over.

Once I had my head between her legs, I parted the lips of her cunt with my fingers and started to maneuver my pussy flicker up and down her wet crack. Then, changing tactics, I lapped my tongue in puppy dog fashion from the base of her slit right up to her clit. I did this over and over again until she was moaning and groaning and writhing all over the floor. She began to take short sharp breaths and then suddenly she went off like a firecracker, bouncing her ass up and down, clawing at my shoulders and begging for me to thrust my throbbing cock inside of her.

When I rammed it in she took a big breath and then gyrated her hips urging me to start the action. I didn't really need any encouragement; I pounded her pussy so hard the rug she was lying on began to move over the polished floor.

She dug her long nails into my arms and her lips frantically sought out mine as I kept banging away until my balls hurt. When I felt my hot goo moving up my pipe I started to cry out and she screamed in response. I blew my load and then I kept on pounding her as if I didn't want it to end.

After we'd regained our composure and dressed she gave me a peck on the cheek and said we should call it a day.

"I'll make a few adjustments to the formula in the morning," she smiled, "And if you're available we can try it again tomorrow night."

I was convinced that all this cloaking shit had just been a ruse to get my dick inside of her, but I didn't mind, she was a great fuck, and I thought she'd probably suck me off the next time.

When I got home I was in for a bit of a shock, I looked in the bathroom mirror and I had no face, I couldn't see my hands either. After a couple of hours and a few belts of whiskey they reappeared.

I was tempted to phone Joselyn to tell her the stuff did work after all but then I thought, for the benefit of science and the future of our military, I should keep quiet and continue with the trials until we got it perfected.

A Boner to Remember

Frank Templemead was 45 year old marriage counsellor who, in spite of his job, was still single. His girlfriend, a 40 year old, rather reserved school teacher, with whom he slept most week-ends, had always sort of satisfied him sexually but he felt there was something lacking.

He didn't want to be disloyal to his lady friend but when he listened to his clients talking about their sex lives he began to feel quite out of touch with today's sexuality and decided he needed more experience to be a better lover and more effective counselor. Enter Celestine Camarillo.

Celestine was a 20 year yoga instructor who was having some problems with her own relationship. Whereas most of Frank's consultations were with both parties in the conflict, she turned up on her own after her live in partner refused to attend.

She was black and she was drop dead gorgeous and as she sat there in her mini skirt and tank top his powers of concentration seemed to be diminished. However, he did grasp enough of her problem to see that in many respects it mirrored his own.

Soon the conversation turned into something you might hear between two people discussing their marriages at the hairdresser. When the clock chimed twelve he invited her for lunch, where they continued their very intimate conversation.

Celestine seemed very taken with Frank in spite of the age difference and asked him if he could come down to her Yoga club that evening and they'd talk more after her sessions ended. Around nine o'clock he arrived as the last of her students were leaving.

"I've got to take a shower – I'm so sweaty," she said, "Come and talk to me in the changing room it won't take many minutes."

He was a little apprehensive of going into the ladies locker room in case someone came in but she explained that there was no one there except the two of them, and she locked the outside door just to make him feel comfortable. Frank sat down on a bench chatting away about this and that and when he looked up she was completely naked.

"O" he spluttered, not quite knowing where to turn his head.

"I'm sorry if I gave you a shock," she laughed, "It's just that I'm so used to changing with a room full of women I didn't think."

Celestine's body was just about as perfect as you could get. She was slender, long legged and had adorable perky tits. His dick hardened up in no time and she noticed him grimacing as it pressed against his pants.

He looked a little embarrassed as he sat there trying to cover it up and she saw this and so she slipped her ass down beside him.

"Does it feel uncomfortable," she asked, as if she was talking to a little boy, stroking it gently up and down.

Poor Frank swallowed, "Yes it does a bit."

"I'd like to help you to get that down but I have a boyfriend, in your professional opinion – would it make me unfaithful if I took out your cock and sucked it dry?"

He smiled, "I think if we could consider this a medical emergency and would be no more that given mouth to mouth resuscitation to a stranger having a heart attack."

She paused as if she was thinking, "I tend to agree with you Frank, slip you pants off and let the doctor take a look at the problem. He stood up and let his pants and underwear drop to the floor.

Celestine grabbed his bum and turned him around so that his dick was pointing straight at her. "It looks in very good condition," she said, pulling the foreskin back very gently, "Would you mind if I tasted it to see if it has the right flavor."

Frank was so tense he could hardly say yes, he was dying for her to put it in her mouth but she was in no hurry. Even when he nodded his agreement she started to probe his balls as if she'd lost interest and then without warning she suddenly plunged it into her mouth. He almost sucked all the air out of the room and then she withdrew it completely and plunged it in all over again. She did this several times and it was frustrating as he had a strong desire to cum, in her mouth if possible, but she just kept playing around.

When she dropped to her knees to get a better position she began to slip up and down his cock squeezing it gently with her fingers as she did so. It really didn't take long before Frank's balls went on the boil and he warned her that he was about to cum. He was a little disappointed that she took it out of her mouth but she worked it skillfully with her hand until it shot out all over her face. She laughed as it dripped of the end of her noise and onto her awaiting tongue.

He wanted desperately to suck those cone shaped tits but she stood up, took him by the hand and said, "Let's take a shower together."

Casting off the rest of his clothes as he walked behind her they were soon in the cabinet where she took the lead and began to lather him down with a sponge. She washed around his balls, peeled back the skin to make sure his dick was clean and even scoured the crack of his bun. When it was his turn with the sponge he first concentrated on those lovely tits going over them again and again and when she opened up her legs for him he lathered her crack slowly and thoroughly.

Drying off they walked out into the little sitting area where they first paused for a kiss and then she said she was going to do a Yoga move, "It's sort of a Salamba Sirsasana," she said and went into a position something like standing on her head, "And now I'm going to open my legs a little so that you can get your face between my thighs."

Wow – this was really something new and a little kinky – and he loved it. He moved up behind her, bent over and pressed his face between her legs, then he began to explore the folds of her cunt with his tongue. Even though her head was at floor level he could hear her moan faintly and as he started to lick her slit from bottom to top like a well trained lap dog. In response she cried out and spread her legs wider so that he could crush his mouth further into her wet crack.

He sucked and licked with such enthusiasm it was if he'd never tasted lubricated pussy lips before. Soon he could feel her ass starting to tremble and then she yelled at the top of her voice and closed her legs on his head like a vice. At this point Frank lost his balance and they both ended up sprawled across the floor.

Celestine put her arms around him and kissed him, "That was lovely," she said, "No – it was wonderful – how about fucking me in a yoga position."

It was all new to him and so he said he'd leave it up to her.

"Perhaps we could try a Karnapidasana," she said, and then proceeded to contort her body with her ass sticking up in the air. Frank stood with his feet either side of her legs that lay flat on the mat and he lined up his throbbing knob so as not to get the wrong hole and he drove it in, holding onto her raised bum so that she would not be propelled across the floor.

He'd never done anything like this in his life before but it felt fantastic. He kept driving into her love tunnel with forceful strokes until she was crying, "It is so fucking good Frank, so fucking good."

When his balls began to tingle he knew that he was about to come and when he did shoot his load she screamed out, "O Fuck," and he let out a loud groan like a rutting stag.

As they sat on the mat together he told her it had been a wonderful experience for him but he told her he had one regret.

"What's that?" she asked, with a quizzical look on her face.

"I never got the chance to suck your tits," he said.

"Go on then," she laughed and she leaned over him and dangled them in his face. He took a nipple into his mouth and sucked, fondling the other breast with his hand. It felt really good and Celestine kept giving out deep sighs as if she wanted him to go on and on but then she moved back and out of his reach,

"You're making me horny all over again," she told him, "It's late – we should be getting home."

As they were walking out of the door he was feeling a little sad, thinking that this might be the first and last time he would make love to this beautiful young lady. But then she surprised him, "Would you consider being my fuck buddy Frank?" she asked, taking his arm and snuggling up to him.

Instead of saying anything he just stopped right there in the street and kissed her. That's all she needed – she knew the answer.

CPSIA information can be obtained
at www.ICGtesting.com
Printed in the USA
BVHW040935220620
582039BV00016B/1295

9 786069 834053

Das Buch
der Wahrheit und der Liebe
Gottes
und
die Religion der Liebe

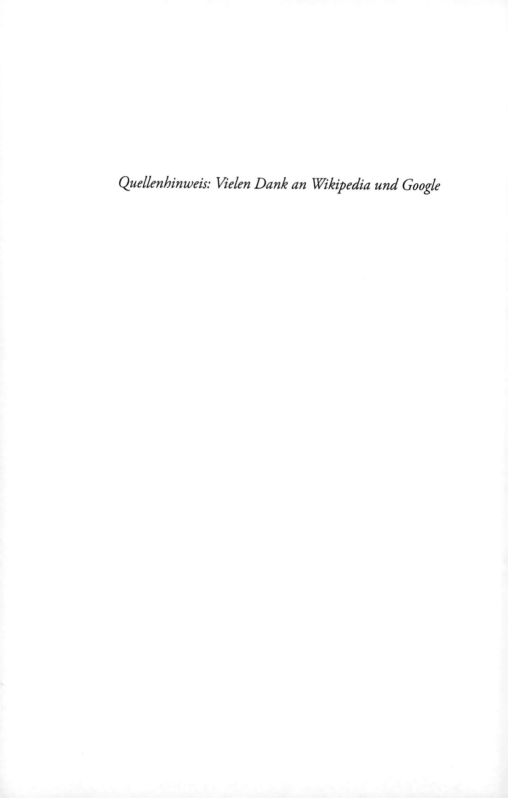

Quellenhinweis: Vielen Dank an Wikipedia und Google

Jutta Strack

Das Buch
der Wahrheit und der Liebe
Gottes
und
die Religion der Liebe

Bibliografische Information der Deutschen Nationalbibliothek
Die Deutsche Nationalbibliothek verzeichnet diese Publikation in der Deutschen
Nationalbibliografie; detaillierte bibliografische Daten sind im Internet über http://dnb.d-
nb.de abrufbar.

© Copyright Juni 2009 by Jutta Strack
Satz, Umschlaggestaltung, Herstellung und Verlag:
BoD™ – Books on Demand, Norderstedt
ISBN 978-3-8448-3231-0

Inhalt

Vorwort

Die in diesem Buch niedergeschriebene Wahrheit wurde mir offenbart in Zeiten, in denen ich dem Tod näher war als dem Leben.

Es ist die Wahrheit, die Jesus Christus einst mit den Worten ankündigte:

»Wenn aber jener, der Geist der Wahrheit, kommen wird, der wird euch in alle Wahrheit leiten.«

Es werden Ihnen insbesondere folgende Geheimnisse offenbart:

Sie erfahren, was Gott ist und wie und aus welchem Grund die Welt erschaffen wurde. Es wird die Schöpfungsgeschichte anhand der Auslegung der Gleichnisse und Worte in ihrer wahren Bedeutung offengelegt. Ebenso wird das Geheimnis um die Geschichte von Kain und Abel gelüftet, die Geschichte der Sintflut und der Turmbau zu Babel erklärt.

Sie erfahren die Bedeutung von Jesus Christus und seinem Sterben am Kreuz und der Weg und das Ziel des Menschen werden Ihnen aufgezeigt und erklärt.

Die Bedeutung des Vaters und der Mutter, des Sohnes und der Tochter sowie des Weibes wird erläutert.

Die Bedeutung der Erde, der Sonne und des Mondes wird Ihnen offenbart.

Sie erfahren, was es mit Satan und Lucifer auf sich hat.

Sie erfahren die wahre Bedeutung des »Jüngsten Gerichts« und das Geheimnis des »Tieres mit der Zahl 666« in der Offenbarung des Johannes der Bibel wird gelüftet.

Es wird Einsteins Frage nach Gottes Gedanken und der von ihm so verzweifelt gesuchten »Weltformel« beantwortet sowie die Frage nach der Determiniertheit des Universums geklärt.

Ihnen wird aus nichtphysikalischer Sicht erläutert, warum Licht sowohl als Welle als auch als Teilchen erscheint.

Die Frage nach der Unendlichkeit des Universums wird beantwortet. Auch die wahre Bedeutung der Pyramiden und der Sphinx wird dargelegt.

Die Symbolik der vier aus dem Strom des Garten Edens hervorgehenden Hauptarme wird offenbart und die Bedeutung der vier Hauptreligionen.

Sie erfahren, was die »Religion der Liebe« bedeutet und die Wahrheit über den »Heiligen Gral«.

Es wird offenbart, was es mit »Israel« und dem »gelobten« Land Kanaan sowie mit Jerusalem auf sich hat und mit dem Ende der Welt.

*

Das Buch wurde geschrieben auf der Grundlage der Bibel, da ich in der christlichen Kultur aufgewachsen bin. Es spielt jedoch keine Rolle, denn die Wahrheit ist allen Religionen gemein, weshalb dieses Buch auch für alle Menschen geschrieben wurde. Ob es sich nun um die Bibel, die Thora, den Koran oder ein anderes sogenanntes »Heiliges Buch« oder mündlich weitergegebene Überlieferungen handelt – die Worte und Geschichten und Gleichnisse mögen verschieden sein, doch die Wahrheit ist dieselbe. Um welche schriftlichen oder mündlichen Überlieferungen der verschiedenen Religionen es sich auch handelt, sie haben alle eines gemeinsam: sie sind in Gleichnisse und Geschichten gefasst und nahezu kaum ein Wort ist wörtlich zu nehmen – ein jedes hat eine dahinterliegende Bedeutung und es ist kaum möglich, jedes einzelne Wort zu deuten. Deshalb beinhaltet dieses Buch auch keine komplette Bibelauslegung – es greift nur die biblischen Ereignisse und Worte auf, deren Auslegung wesentlich sind für die Erkenntnis der Wahrheit – für die Erkenntnis der Quintessenz.

Was ich in diesem Buch niederschrieb, wurde mir aus dem Herzen Gottes offenbart und ich habe versucht, es so gut es ging in Sprache zu fassen und zu erläutern auf möglichst einfache und teilweise auch humorvolle Art und Weise.

Es ist die wortlose Sprache des Herzens, die es für mich mit Hilfe des Verstandes in Worte zu fassen galt.

Nur dem Menschen, der dieses Buch mit offenem Herzen und ebenso offenem Verstand im Einklang beider miteinander liest, wird sich das Wissen des »Heiligen Grals« offenbaren.

Die Leser und Leserinnen dieses Buches mögen mir nachsehen, dass bestimmte Aussagen in verschiedenen Zusammenhängen immer wieder wiederholt und mehr oder weniger eindringlich angeführt werden. Der Grund ist, dass es immer wieder um denselben Kern geht, die Essenz, die in die Tiefen unseres Unbewusstseins verdrängte Wahrheit, die es nun hervorzuholen und sich immer wieder bewusst zu machen und »buchstäblich« vor Augen zu führen gilt, damit sie nicht gleich wieder in der Versenkung verschwindet.

Ich habe so gut es ging die mir offenbarte Wahrheit in Worte gefasst, doch wer dieses Buch lesen möchte, sollte die Wahrheit in seinem Herzen erkennen wollen und Geduld und Nachsicht mitbringen, da alle Worte der Welt niemals das stille Wissen des Herzens in seiner Vollkommenheit vermitteln können.

Viele Aussagen sind zum besseren Verständnis logisch begründet und/oder hergeleitet, zumeist etymologisch. Wo dies jedoch fehlt, bitte ich Sie, diese Aussagen dennoch einfach als wahr anzunehmen, denn der gesamte Inhalt des Buches stammt, wie gesagt, direkt aus dem Herzen Gottes.

Die Wahrheit und die Liebe mögen Sie durch dieses Buch leiten und begleiten und sich Ihnen offenbaren.

*

Anmerkung: Die Richtigkeit der Offenbarungen kann ich naturgemäß nicht garantieren. Möge sie sich Ihnen in Ihrem Herzen offenbaren.

11

DAS BUCH DER WAHRHEIT UND DER LIEBE GOTTES
UND
DIE RELIGION DER LIEBE

Wer im Dunkeln sitzt, zündet sich einen Traum an. (Nelly Sachs)

Gott – das große Mysterium, nach dessen Erkenntnis die Menschheit strebt, seit sie besteht. Der »Geist der Wahrheit« hat es nun offenbart.

1. Das all-eine Gott

Solange die Wissenschaft sich lediglich auf die Betrachtung, Beobachtung und Untersuchung der Wesen und Dinge beschränkt, wird sie niemals die Wahrheit erkennen, so tief sie auch ins All zu sehen vermag. Selbst Albert Einstein, der sich der Physik bediente, um unter anderem »Gottes Gedanken kennenzulernen« und die »Weltformel« zu finden, blieben sowohl Gottes Gedanken als auch die »Weltformel« verborgen, weil ihm die entscheidenden Größen verborgen blieben. Die »Menschen« blicken weiter und weiter in die Tiefen des Universums und sehen nicht, was direkt vor ihren Augen ist, ihnen bei jedem Blick in den Spiegel, auf den Nachbarn, den Freund, den Feind, entgegenblickt. Doch auch die alten Mystiker und Philosophen konzentrierten sich eher auf das Betrachten und Beobachten und Untersuchen und verschlüsselten obendrein noch ihre Erkenntnisse, damit nur möglichst wenige fähig sein sollten sie zu ergründen und womöglich die entscheidenden Fragen zu stellen und gar die Antwort auf diese zu finden – die Fragen

»WAS ist Gott?
WARUM schuf Gott die Welt und WORAUS?
WAS ist die Welt?

Das Buch der Wahrheit ist allen »Menschen« in die dunklen Tiefen ihrer Seele geschrieben – jetzt ist die Zeit gekommen, es emporzuheben in das Licht Ihres Bewusstseins.

Dieses Buch wird geschrieben, um die entscheidenden Fragen zu stellen und zu beantworten und den Schleier der Isis zu heben, der die Wahrheit verhüllte. Es wird geschrieben, um die Wahrheit zu offenbaren und daraus ableitend auch die Frage nach dem Ende der Welt zu beantworten. Stellt sich zunächst die Frage nach Gott. Wer oder was ist

Gott? Nun, Gott ist schlichtweg ALL-ES. Und damit beantwortet sich auch Ihre schwelende Frage, weshalb ich vor Gott den Artikel »das« stelle. Denn ALL-«ES« besagt, dass Gott ein »Es« ist und somit nicht geschlechtsspezifisch zugeordnet werden kann. Die weitere logische Konsequenz führt zu dem Schluss, dass, wenn Gott all-es ist, auch nichts außer Gott sein kann, sondern all-es Gott selbst ist – nichts ist außerhalb von Gott, nichts steht ihm gegenüber – noch nicht einmal das Nichts. Einige »Menschen« sagen, Gott sei die Dualität des All-es **und** des Nichts, doch ist es in Wahrheit nur das ALL-ES – das NICHTS gibt es nicht und kann daher auch nicht **sein** – es ist nur Illusion – es ist das Nichtvorhandensein eines Gegenübers. Gott war und ist all-ein – ganz all-ein, Gott verdammt all-ein, von Ewigkeit zu Ewigkeit. Es hat keine Eltern, es weiß selbst nicht woher es kommt – es weiß nur, dass es ist von Ewigkeit zu Ewigkeit und es fühlt(e) sich einsam, unendlich ein-sam. Es ist das Potential aus dem es schöpft und ist somit zugleich die Schöpfung selbst. Als ungeteilte Einheit, in seiner Ganzheit sozusagen, sind alle Gegensätze in ihm vereint, miteinander verschmolzen – untrennbar, unteilbar. In diesem Seins-Zustand ist all-es im Gleich-gewicht, heil – und dieser Zustand ist von Ewigkeit zu Ewigkeit. Die berechtigte Frage, die sich Ihnen an diesem Punkt stellt, lautet: »Wie kann das sein, wo ich doch Tag für Tag in der Welt der Gegensätze lebe, sie vor Augen habe, ja selbst als Frau oder Mann Gegensatz zum anderen bin?« Es ist im Grunde ganz einfach. Stellen sie sich vor, Sie seien ganz all-ein im Universum, Sie wüssten nicht, woher Sie gekommen sind – irgendwann sind Sie erwacht aus einem tiefen, traumlosen, bewusstlosen Schlaf – wodurch auch immer. Sie können sich nicht erinnern, was vor diesem Schlaf war, ob da jemals etwas war – Sie sind nur auf einmal wach, erfassen langsam Ihr eigenes Sein, werden sich all-mählich Ihres Da-seins bewusst. Und ebenso all-mählich wendet sich Ihr »Blick« auch von Ihnen selbst ab, nach »außen«, in Ihre Umgebung – und was nehmen Sie wahr, was »sehen« Sie? – Nichts, nichts und nochmal nichts und während es langsam wieder in Ihr Bewusstsein heraufdämmert, dass Sie ganz allein sind und ganz all-ein bleiben werden, weil aus dem Nichts auch nichts kommen kann, erkennen Sie mit Entsetzen die Unveränderbarkeit und Absolutheit Ihrer Situation. Sie erinnern sich allmählich, dass es nicht ihr erster Schlaf war, aus dem sie erwachten in die unendliche Einsamkeit ihres Seins, und Panik macht sich in Ihnen breit, ausgelöst durch ein aus Ihrem tiefsten Inneren aufsteigendes Gefühl, das Sie ganz und gar erfasst – das Gefühl tiefster Ein-sam-keit, das aus Ihrer Erinnerung wieder in Ihr Bewusstsein dringt, mit ihm verschmilzt und Sie in einen unerträglichen Zustand versetzt, den Sie nicht noch einmal ertragen können und wollen. Es wird Ihnen heiß, es wird Ihnen kalt, Sie ringen nach Luft und möchten sich zugleich in Luft auflösen, Sie schreien und toben vor Entsetzen, Sie sind wie von Sinnen. Sie wollen wegrennen, doch wohin? Ins Nichts? Wohin Sie auch schauen, außer Ihnen ist nichts; Sie sind und bleiben all-ein und davor können Sie nicht weglaufen. Doch irgendwann ist das Toben zu Ende, Sie sinken er-schöpft und ver-zwei-felt in sich zusammen, erkennen die Ausweglosigkeit, die Ohnmacht, Hoffnungslosigkeit Ihrer Situation und beginnen bitterlich zu weinen. Eine *Flut* an Tränen ergießt sich aus Ihren Augen, Ihre Nase trieft, Sie werden von heftigstem Schluchzen geschüttelt, *Meere von Tränen* fließen aus Ihnen heraus und mit Ihnen Ihre ganze *Ver-zwei-flung* – doch irgendwann ist auch das zu Ende. Sie schneuzen Ihre Nase, wischen die letzten Tränen weg, holen tief Luft, atmen tief durch und langsam kehrt Ruhe in Ihnen ein. Sie fühlen sich leer, all-es ist mit den Tränen aus Ihnen herausgelaufen. Ihr Atem wird langsam ruhiger und ganz langsam und all-mählich kommen Sie zur Be-sinn-ung. Ihnen wird klar, dass es keinen Sinn hat, gegen Ihre unausweichliche Situation anzukämpfen, doch ebensowenig können Sie dieses Gefühl, diesen Zustand der absoluten Ein-sam-keit ertragen. Sie *reißen sich zusammen* und zermartern sich krampfhaft Ihr Gehirn auf der Suche nach einem Ausweg aus dieser ausweglosen Situation – doch Sie drehen sich im *Kreis* um Ihre Einsamkeit und irgendwann ist Ihr Kopf leer, Sie *sinken zu Boden* und kommen zur Ruhe. Sie sitzen nur noch da und starren vor sich hin. Und auf einmal machen Sie das, was kleine Kinder machen, wenn sie in der Dunkelheit alleine sind, sich einsam fühlen und Angst haben vor diesem »gespenstigen« »dunklen« Nichts, dessen leeren Raum sie irgendwann beginnen mit ihrer Phantasie zu füllen, weil keine Ihrer Phantasien schrecklicher sein kann als dieses unendliche dunkle leere »Nichts«: Sie erfinden sich eine Familie, Freunde – sie er-finden sich ihre Welt. Das Kind selbst übernimmt meistens die Rolle eines Elternteils, dem es dann den anderen Teil hinzufügt, mit dem es dann irgendwann ein Kind hat usw. usw. Mangels einer vorhandenen Umgebung denken Sie sich vorher natürlich auch eine Umgebung aus, in der sie alle zusammen leben werden. Und mir nichts dir nichts sind Sie mittendrin in Ihrer Phantasiewelt, in der Sie nicht mehr allein sind – und bald haben Sie all-es vergessen – das scheinbare Nichts, das Sie umgibt, genauso wie sich selbst und Ihre Situation. Aus Ihrer Ver-zwei-flung ist plötzlich Ihre Phantasie geboren aus dem unerschöpflichen Potential Ihrer kreativen Fülle, aus dem heraus Sie gedanklich unendlich schöpfen und schaffen können, was Sie dann auch pausenlos tun, um die entsetzliche, unerträgliche Wahrheit zu verdrängen – und irgendwann ist die Wahrheit dann auch in die tiefsten Tiefen Ihres dunklen Unbewussten gesunken und Sie »leben« in Ihrer Phantasie-Welt, dem Spielfeld Ihrer Gefühle und Gedanken, angetrieben von der Kraft Ihrer Ver-zwei-flung. Ihre »Welt Ihrer Illusion« ist für Sie real geworden. Sie sind überzeugt, einen Partner zu haben, Kinder, Enkelkinder, Geschwister, Freunde, Tiere, Pflanzen, und Sie bauen diese Welt immer weiter auf und aus. Manchmal zerstören Sie auch wieder einen Teil Ihres (gedanklichen) Bauwerkes, wenn es Ihnen nicht gefällt oder sich als nicht weiter entwicklungsfähig herausstellt und fangen an einem bestimmten Punkt wieder von vorne an. Doch niemals zerstören Sie Ihr gesamtes Werk – denn dann stünden Sie wieder vor dem (scheinbaren) Nichts, all-ein, und die Wahrheit könnte Ihnen wieder ein-fallen – dass Sie verdammt sind zum All-ein-sein von Ewigkeit zu Ewigkeit.

Bevor ich fortfahre, möchte ich, liebe Leser, auf ein berechtigte Frage eingehen, die sich Ihnen an dieser Stelle vielleicht stellt und zwar die Frage, wie in einem Wesen, das kein Gegenüber kennt, das niemals einem anderen Wesen begegnet ist, dennoch das Gefühl von All-ein-sein, von Ein-sam-keit, vorhanden sein bzw. überhaupt entstehen kann? Empfinde ich Mangel denn nicht erst, wenn ich das, woran es mir mangelt, vorher hatte und es dann verloren habe? Dazu möchte ich Ihnen antworten, dass es Fragen gibt, die zwar logisch durchaus ihre Berechtigung haben mögen, auf die es jedoch keine Antwort gibt – aus welchem Grund auch immer – und die vorgenannte Frage gehört dazu, ebenso wie die Frage nach dem ewigen SEIN, das denkt und fühlt und Eigenschaften hat, und dass da ist ohne Anfang und ohne Ende. Wie kann das sein und WARUM ist es? -Vielleicht können Sie sich diese Fragen am Ende dieses Buches selbst beantworten, in Ihrem Herzen erahnen oder Sie schließen Ihren Frieden damit, dass (auch) das Gott auf diese Fragen keine Antwort kennt und nur weiß, dass es WAR, IST und SEIN wird von Ewigkeit zu Ewigkeit.

Doch nun wieder zu Ihnen, all-ein »im« Universum. Die Wahrheit hat jedoch eine Eigenschaft, die Ihnen so ganz und gar nicht gefällt – sie liebt das Licht und versucht sich immer wieder kraftvoll ins lichte Bewusstsein empor zu drängen. Das nachtschwarze Dunkel des Vergessens, des Unbewussten, ist nicht gerade ihr liebster Aufenthaltsort. Je stärker die Wahrheit sich in Ihr Bewusstsein drängt, um so ver-zwei-felter klammern Sie sich an Ihre Phantasiewelt, Ihre Illusion, Ihren Selbstbetrug, Ihre Welt der Lüge. Sie powern, Sie schöpfen und schaffen was das Zeug hält, immer komplexer und damit komplizierter und intransparenter wird Ihre »Welt«, Ihre Lüge; Sie verlieren den Überblick und mit der Macht der Ver-zwei-flung versuchen Sie die immer stärker empordrängende, sich be-frei-ende Wahrheit mit Ge-walt zurückzudrängen, zu vernichten – doch Sie verlieren sich immer mehr in Ihrer Illusion; Sie sind müde, unendlich müde von dem vielen Schöpfen und Schaffen und sehnen sich im Grunde mit jeder Faser ihres Seins zurück in den tiefen Schlaf, aus dem Sie einst erwachten. Doch die Angst vor der furcht-baren Wahrheit lässt Sie Ihre letzten Kraftreserven mobilisieren. Sie wollen noch nicht aufgeben, sich noch nicht ergeben – doch Sie spüren Ihre Kraft schwinden, Sie spüren die »Erschöpfung Ihrer Phantasie-Welt« in sich. Noch geben Sie den Kampf nicht auf, noch wehren Sie sich, mit letzter Kraft Ihre müden, inzwischen unwilligen Gedanken zu immer weiteren Schöpfungen antreibend – doch bereits ahnend, dass am Ende die Wahrheit siegen und Ihr Bewusstsein erreichen wird. Zunächst wird die Wahrheit nur als winziger Funke in einer winzigen Nische Ihres Bewusstseins er-scheinen, doch von dort bahnt sie sich unaufhaltsam ihren Weg, immer schneller, bis sie Ihr gesamtes Bewusstsein durchdrungen hat. – Dies wird das Ende Ihrer Welt Ihrer Illusion, Ihrer Lüge, Ihrer Selbsttäuschung sein. Und all-mählich ergeben Sie sich in Ihre unendliche Müdigkeit, die Ihren An-trieb schwächt und immer mehr lähmt und Sie werden voll-ends erfasst von der Sehnsucht zurück in die Geborgenheit des wunderbaren Schlafes, aus dem Sie einst Ihr Lebensdrang erweckte – der nun endlich gestillt ist. Und nun übertragen Sie Ihre Vor-stellung auf das Gott und Sie beginnen zu verstehen.

2. Die Ursache der »Welt«

Wodurch könnte das Gott wohl aus seinem Schlaf erwacht sein? – Es war der Impuls seines aktiven Lebens, das plötzlich in ihm sich zu rühren und zu räkeln und zu strecken begann, sich den Schlaf aus den »Augen« rieb und sie langsam öffnete. Das Leben Gottes unterlag einem ewigen Wechsel von Schlafen und Wachen, wobei jede Phase jeweils Myriaden von Jahren dauerte. All die unzähligen Wachphasen seines Lebens in den Äonen seines Seins hatte das Gott in zunehmendem Maße als die Hölle der Einsamkeit in seinem All-ein-sein inmitten des scheinbaren Nichts empfunden und in ihnen ausgeharrt, sehnlichst die nächste Phase erlösenden Schlafes erwartend. Doch nachdem es dieses Mal die »Augen« geöffnet und sich demselben unerträglichen Trauma wieder gegenüber sah, packten es die Angst und die Ver-zwei-flung, die es einen Fluchtweg aus seinem Dilemma suchen und finden ließen. Und dieser Weg war die Flucht in (s)eine Phantasie-Welt. Den Anstoß, den Antrieb dazu gab ihm die Kraft seiner Liebe zu sich selbst, die seine Ein-sam-keit in seinem All-ein-sein nicht mehr ertragen konnte. So dachte es sich eine Welt aus mit allem, was es sich wünschte und stellte sie sich in Bildern vor, nach denen es dann seine Welt ver-wirk-lichen, bauen wollte. Doch woraus? Es gab (und gibt) nichts außer ihm selbst und es selbst, das waren (und sind) seine Eigenschaften, die sein So-Sein, seinen Charakter ausmachen sowie sein Fühlen und Denken, sein Leben, und die Kraft, die Energie seines Lebens, die die Kraft seiner Liebe zu sich selbst ist. So schöpfte, kreierte es mit seinen Gefühlen und Gedanken die Welt seiner Phantasie aus dem Fundus seiner Eigenschaften, die es zu diesem Zwecke teilte und verband, verschmolz mit der Energie seines Lebens, seiner Liebe und ver-dichtete zu dem Stoff, aus dem es seine mater-ielle Welt baute. Sein ewiges ungeteiltes un-verdichtetes Sein, dem es alles, was es für seine materielle Schöpfung brauchte, entnahm, nannte es dann »Himmel« und den Teil von sich, den es zur materiellen »Welt« ver-dichtete, nannte es »Erde«. So teilte sich das Gott und machte aus seiner Einheit eine (scheinbare) Zweiheit. Die Dualität war geschaffen. Dann spaltete es die »Erde« wiederum in zwei, dann vier, dann acht Teile und so weiter und so weiter bis in ihre nahezu unüberschaubare Vielfalt.

3. Die Wahrheit Gottes

Die Wahrheit ist das eine all-es seiende fühlende und denkende Gott, das aus sich selbst durch die gedankliche Scheidung seines Selbst in »Himmel« und »Erde« und die weitere Teilung seiner »Erde«, die Scheidung seiner gegensätzlichen Persönlichkeitsaspekte von-ein-ander, die Welt der Dualität, der Polarität schuf, wozu es seine Angst vor seiner Ein-sam-keit und und seine aus ihr geborene Ver-zwei-flung getrieben hatten. Die »Welt« ist somit einerseits eine von Gott »er-dachte« illusionäre Welt und andererseits das ver-dichtete reale Gott selbst, da es in Ermangelung sonstigen Materials aus dem Fundus seiner Eigenschaften sich eine Welt kreiert und sich selbst zu dieser ver-dichtet hat. Es ist daher zum einen die ungeteilte, un-verdichtete fühlende und denkende Quelle seiner (gedanklichen) Schöpfung, die himmlische Schaltzentrale , die sozusagen alle »Fäden« der mit ihr über diese verbundenen »Erde« in der Hand hat und zum anderen die ver-dichtete Schöpfung selbst in ihrer Gespaltenheit. Doch ist diese Gespaltenheit nur eine scheinbare, denn als Ganzes ist die Welt, die Schöpfung, ein Abbild, ein Spiegelbild des ewig ungeteilten all-einen Gottes. Eine Teilung Gottes hat in Wahrheit niemals stattgefunden – nur in seiner Vorstellung. Das Gott vereint alle Gegensätze in sich, es war und ist unteilbar und vollkommen heil und wird es im-mer sein, dies ist sein Seinszustand von Ewigkeit zu Ewigkeit. Das Gott wachte einst auf aus seinem ewigen Schlaf, das Gott erkannte sich als all-ein inmitten des absoluten (scheinbaren) Nichts, das Gott konnte seine Ein-sam-keit nicht ertragen und das Gott floh mittels seiner Phantasie in die gespaltene Welt seiner Illusion durch die gedankliche Spaltung seines Selbst, seiner Eigenschaften, in die jeweils gegensätzlichen Aspekte seines Selbst, die es dann zwecks Schaffung unzähliger neuer Kreationen wieder kreuz und quer miteinander verband, sozusagen miteinander kreuzte zur Vielheit der Welt. Aus dem unermesslichen Potential der zuvor miteinander friedlich vereint schlummernden Gegensätze ergab sich so eine unendliche Zahl an möglichen gedanklichen Verbindungen, aus denen das Gott mit seiner Phantasie nun eine schier unendliche Fülle und Vielfalt schöpfen konnte, die es sich gedanklich vorstellte. Der Intellekt Gottes projizierte diese geschaffenen Bilder aus sich heraus vor sein inneres Auge, seine innere Vorstellung, um sowohl jedes einzelne »geschaffene« Teil wie auch die Gesamtheit aller Teile im Zusammenhang betrachten zu können. Es hatte in seiner Phantasie aus dem Potential seines Selbst ein phantastisches Theater geschaffen mit Bühne, Kulisse, Zuschauerraum, Requisiten, Regisseur, Schauspielern und Zuschauern. Doch dann bemerkte es, dass sich die Figuren in seinem Theater nicht bewegten, dass die Bilder auf seiner Leinwand eben nichts anderes waren als leblose Bilder, Figuren ohne Gefühle, ohne Verstand, ohne Bewusstsein, ohne Willen – ebenso wie Puppen, die ein Kind sich z. B. aus Kastanien und Streichhölzern oder aus Knet nach seiner Vor-stellung gebastelt hat. Wenn es nicht mit ihnen spielt, liegen sie nur »tot« herum. Wie erweckt das Kind nun die Puppen zum »Leben«? Was tut das Kind in seinem Spiel? Es schlüpft mit seinem Fühlen, seinem Denken, seinem Bewusstsein und seinem Willen in die Puppen. Nun schlüpft es nicht etwa nacheinander in jeweils eine Puppe, während die anderen sozusagen brachliegen – nein, es schlüpft in alle Puppen gleichzeitig und stellt sich zum Beispiel eine komplexe Familiensituation vor, in der alle Mitglieder miteinander interagieren. Es teilt seine Gedanken und Gefühle und ordnet sie den einzelnen Puppen entsprechend ihrer Rolle zu und zwar gleichzeitig, nicht nacheinander. Bei einer vorgestellten Situation, an der alle Mitglieder der Puppenfamilie beteiligt sind, ist es mit seinen Gedanken und Empfindungen zugleich bei oder besser gesagt »in« allen Puppen und wird, je mehr es sich in sein Spiel vertieft, selbst die Puppe/n. Es ist gedanklich und gefühlsmäßig nicht nur bei/in der Puppe bzw. die Puppe, die in seiner Vorstellung gerade agiert, sondern gleichzeitig auch schon mit den Reaktionen der anderen Mitglieder seiner Puppenfamilie beschäftigt und lässt im Hinterkopf bereits deren Gegenreaktionen entstehen. Während des Spiels befindet sich das Kind in einer paradoxen Situation. Es ist einerseits der/die Puppenspieler/in, der/die seine/ihre Puppen durch sein/ihr Spiel sozusagen zum Leben erweckt, die Regie führt und alle Fäden in der Hand hält, andererseits ist es aber auch jede einzelne seiner Puppen und glaubt, als solche eigene Gedanken, Gefühle, einen eigenen Willen und ein eigenes Bewusstsein zu haben. Es ist in den Puppen quasi aus sich herausgetreten und steht sich nun auf der einen Seite als Puppenspieler/in und auf der anderen Seite als Puppen sowohl einzeln als auch gesamt selbst gegenüber – und darüber hinaus noch als jede einzelne Puppe zu den anderen Puppen und umgekehrt. Doch es ist sich dessen nicht bewusst. Als Puppenspieler/in glaubt es wirk-lich, seinen von ihm getrennten, mit eigenem Willen, eigenem Charakter, eigener Kraft, eigenem Denken und Fühlen und eigenem Bewusstsein ausge-statteten Geschöpfen gegenüberzustehen, die innerhalb eines von ihm vorgegebenen Rahmens frei und selbstbestimmt leben. Als Gesamtheit der Puppen und als jede einzelne Puppe betrachtet es den/die Puppen-spieler/in umgekehrt als ihren/seinen Schöpfer, von dem sie jedoch getrennt existieren/existiert nach eigenem Willen innerhalb des von ihm/ihr gegebenen Rahmens, sofern sie den/die Puppenspieler/in über-haupt wahr-nehmen/nimmt. Von Puppe zu Puppe oder Puppen erlebt das Kind sich als vollkommen getrennt und einzigartig in seiner In-dividualität und Selbstbestimmtheit. Es realisiert nicht, dass alle Ge-danken, Empfindungen, jedes Bewusstsein, jedes Wollen, jedes Han-deln der Puppenfamilie und seiner Mitglieder all-ein seine Gedanken, seine Gefühle, sein Bewusstsein, sein Wollen, sein Handeln sind und dass sie im Betrachten all-ein sein Wesen, sein Selbst wiederspie-geln – ja, das bereits die von ihm gefertigten Puppen nichts anderes sind als Ausdrucksformen verschiedener Aspekte seines Selbst, die es aus sich heraus vor sein inneres Auge gestellt hat. Nun, was tat das Gott mit der Schauspielbesetzung seines Phantasietheaters? – Nichts anderes als das Kind mit seinen Puppen. Und hieraus können wir nun auch ableiten, warum kein »Geschöpf« Gottes jemals das Gott sehen kann. Tja, es gibt in Wahrheit keine »Schöpfung« und somit auch keine Geschöpfe, die Gott sehen könnten oder die von Gott gesehen werden könnten. In Wahrheit gibt es keine Materie – nur das aus der Kraft seiner Liebe durch seine Gefühle und Gedanken zu den bildhaften Formen seiner Vor-stellungen ver-dichtete und mit diesen belebte Gott. Die »Schöpfung« , die das Gott sieht, ist eine in und von seinen Gedanken kreierte bildliche ver-dichtete Vor-stellung Gottes von sich selbst, die es mit seinem eigenen Fühlen, seinem eigenen Denken, mit seinem eigenen Geist, seinem Atem des Lebens, »belebt« hat wie das »Kind« seine »Puppen«, wobei bereits die Gedanken Gottes zur gedanklichen Form der Sprache ver-dichtete Gefühle Gottes sind. Insofern »sieht« das Gott seine »Schöpfung« nicht nur, sondern es *schaut* in Wahrheit in ihr sich selbst, nimmt sich selbst wahr, sein Sein – so wie es ist. Wenn das Gott aus der Perspektive des Puppenspielers/der Puppenspielerin seine gesamte (gedachte) Schöpfung ansieht/anschaut, sieht/schaut es vor seinem inneren Auge seine gesamte gedankliche Vor-stellung von sich selbst an; wenn ein Teil der »Schöpfung« aus der Puppenperspektive einen anderen Teil der »Schöpfung« ansieht/anschaut, sieht/schaut ein Teil Gottes einen anderen Teil Gottes an. Gott »sieht/schaut« mittels der Theatervorstellung seiner Phantasie in der Schöpfung nichts als das Ab-bild, den Ausdruck seines Selbst, seines eigenen Seins als Gesamtheit oder Teilaspekt; denn das Potential aus dem das Gott schöpft ist es logischerweise selbst, da außer ihm nichts ist, wie wir bereits festgestellt haben, und das seiner Schöpfung innewohnende Leben, sein Fühlen und Denken, ist sein eigenes Leben – ein anderes gibt es nicht. Da nur Gott existiert, »sieht/schaut« Gott immer nur Gott an bzw. seine eigene Vor-stellung von sich selbst, aus welcher (gedanklichen) Perspektive auch immer. Jegliches Bewusstsein der »Schöpfung« Gottes ist das Bewusstsein Gottes und jedes Unbewusstsein der »Schöpfung« ist das Unbewusstsein Gottes; jedes Denken das Denken Gottes, jedes Fühlen das Fühlen Gottes, jeder Atem der Atem Gottes – jede Seele die Seele Gottes – denn es ist nichts außer Gott, womit denn auch die Frage Albert Einsteins nach Gottes Gedanken beantwortet wäre, denn alle Gedanken sind Gottes Gedanken und alle Gefühle sind Gottes Gefühle. Es ist nicht der »Himmel« und Gott – der »Himmel« *ist* Gott; es ist nicht die »Erde« und Gott – die »Erde« *ist* Gott; es ist nicht das Meer und Gott – das Meer *ist* Gott; es ist nicht der Stein und Gott – der Stein *ist* Gott; es ist nicht die Pflanze und Gott – die Pflanze *ist* Gott; es ist nicht das Tier und Gott – das Tier *ist* Gott und es ist nicht der Mensch und Gott – der Mensch *ist* Gott. Das Gott sitzt an beiden Enden der Fäden, die es in der Hand hält und es ist für es an der Zeit, dies zu erkennen. Das Welt-All ist so unendlich wie Gottes Gefühle, seine Gedanken, seine Phantasie potentiell unendlich sind und ebenso endlich und daher endet das Welt-All auch mit dem Ende seines Fühlens und Denkens, seines Phantasierens. Wenn das Gott auf seiner Phantasie-Reise durch die »Welt seiner Phantasie« seine Angst und Ver-zweiflung vor seiner Ein-sam-keit in seinem All-ein-sein überwunden hat, die neugierige Aktivität seines Lebens gestillt ist, es in der Fülle des Welt-Alls sich selbst, die Fülle seines Selbst erlebt und erkannt hat, wird es seinen Blick aus dem scheinbaren Außen der Welt in das Innere seines Selbst wenden und dort sich selbst, seine ganze Wahrheit, finden. Das Gott war ein raum- und zeitloser Zustand der Fülle im Dunkel der Leere seiner Unbewusstheit, der aus sich heraus getreten ist, um neben der Flucht vor seiner Einsamkeit sich selbst Schritt für Schritt auf dem Weg seiner Selbst-Bewusstwerdung durch die Welt mit dem Licht seiner Selbst-Bewusstheit zu füllen, bis zu seiner vollkommenen Erleuchtung. Aus Angst vor der Dunkelheit seines einsamen All-ein-seins ist es aus seiner Ein-sam-keit in seine Phantasie-Welt geflohen. Doch der Fluchtweg wurde zum Weg Gottes zu sich selbst; er ent-puppte sich als Weg, als Möglichkeit, sich selbst zu erleben, zu erfahren, wahr-zu-nehmen, um sich am Ende seines Weges in seiner ganzen Fülle zu erkennen – um dann, wissend geworden, für alle Ewigkeit *bewusst* in Frieden und Liebe mit sich selbst wieder in seinen raum- und zeitlosen Urzustand zurückzusinken. Die ganze sichtbare Welt mit all ihren Erscheinungsformen existiert nur in der Vor-stellung Gottes, ist nichts als eine rein gedankliche Schöpfung, die das Gott aus sich heraus vor sein inneres Auge projeziert hat; das »fassbare« Material der Körper nichts als seine aus der Kraft seiner Liebe mit seinem Leben, seinem Fühlen und Denken, zu den Formen der Welt ver-dichtete und durch diese gelebten Eigenschaften – kreiert und ge-bild-et von den Gefühlen und Gedanken Gottes und lebendig durch den sein Leben tragenden Atem seines Lebens, den »Heiligen Geist«, der nichts anderes ist als die Kraft der Liebe Gottes. Und so, wie die Romanfiguren eines »Dichters« auf der Theaterbühne als Schauspieler Gestalt/Form annehmen, lebendig werden, so nahmen die Figuren aus Gottes Buch »Phantasien« auf der Bühne des Welttheaters Gestalt/Form an, wurden lebendige Wesen. Und so wie der Dichter in seinem Fühlen und Denken in seiner Phantasie selbst in seine Romanfiguren schlüpft, ja selbst zu diesen wird, sie lebt und in ihrem »Er-leben« diese und damit ihre Geschichte weiterentwickelt, so lebt das Gott in seinem Fühlen und Denken in seiner Schöpfung, die es zugleich selbst ist und entwickelt sie und damit sich selbst durch sein eigenes (wessen sonst?) fühlendes und denkendes Erleben in ihr weiter. Es erlebt sie, erfasst sie, spürt sie und damit sich selbst mit all seinen »physischen« *Sinn*en, – das ist der *Sinn* seines »physischen« »Lebens«. Erst, wenn »Sie« sich in Ihren »physischen« Finger geschnitten haben, wissen Sie, was Schmerz ist; erst, wenn »Sie« auf der Ofenbank die wohlige Wärme des Kachelofens spüren, wissen Sie, was Wärme ist; erst, wenn die Schokolade auf ihrer Zunge zergeht, wissen »Sie«, wie Schokolade schmeckt; und erst, wenn Sie nach der Geburt »Ihr Baby« im Arm halten, es Sie sucht, Sie ansieht mit Augen voll Urvertrauen, wenn Sie es streicheln, küssen, umfangen, seine zarte, warme weiche Haut auf Ihrer spüren, Ihr Herz schier zerspringen möchte vor Glück, vor Liebe und Zärtlichkeit für dieses wunderbare Wesen, das von nun an Ihr Leben lang »Ihr Kind« ist – erst in diesem Augen-blick wissen Sie, wie sich »Mutter-Liebe an-*fühlt* und wie auch im-mer Ihr Verhält-nis zu »Ihrem Kind« sich entwickeln wird, was auch im-mer danach geschieht – dieser mit Worten nur unzureichend beschreibbare Augen-blick bleibt im-mer in Ihrem Herzen und in dem Ihres Kindes und ist die unsichtbare Nabelschnur, die niemals durchtrennt wird.

Nun werden die Väter an dieser Stelle erstmal protestieren: »Und was ist mit der Vater-Liebe? Gibt es die etwa nicht? Ich empfinde doch auch Liebe für mein Kind.«

Liebe Väter, natürlich empfinden Sie Liebe für ihr Kind – aber es ist keine Va-ter-Liebe. – Es ist ebenfalls Mut-ter-Liebe. Va-ter-Liebe gibt es in Wahrheit nicht. Ja, ja, staunen Sie ruhig, Sie haben richtig gelesen. Jeder »Mensch« ist in Wahrheit »Va-ter« und »Mut-ter«. Sie werden im Verlauf des Buches noch erfahren, was »Va-ter« und »Mut-ter« wahrhaft bedeuten und werden erkennen, dass jede Liebe Mut-ter-liebe ist.

Der Dichter könnte aus seinem Roman eine »unendliche Geschichte« machen, doch irgendwann würde er sie nicht mehr überschauen kön-nen, er würde sich in ihrer nicht mehr erfassbaren Komplexität ver-lieren, die Handlungen würden sich nur noch wiederholen, weshalb er an einem sinnvollen Punkt die Geschichte beschließt. Wenn der Sinn, die Botschaft der Geschichte, erfüllt ist, ist es Zeit, die Ge-schichte zu beenden. Diesen Punkt hat das Gott in seiner Geschichte schon lange überschritten, schon lange hat es sich in den inzwischen unzähligen Schöpfungsformen verloren auf unzähligen Bühnen der »Welt«. Zur Erinnerung: Urzweck des ganzen phantastischen Theaters ist die Flucht Gottes vor der grausamen Wahrheit seiner Ein-samkeit, seines All-ein-seins, in seine vielgestaltige illusionäre Welt seiner un-endlich fortsetzbaren Geschichte. Das Beenden der Geschichte, die Schließung des Theaters, hätte zur Folge, dass das Gott sich schlagar-tig wieder im (scheinbaren) Nichts vorfinden würde, sich mit seiner Ein-samkeit, seinem All-ein-sein konfrontiert sähe – davor hatte es

Angst. Deshalb hat es den Roman weitergeschrieben, die Wahrheit verdrängt und tut es noch, doch fällt es ihm immer schwerer. Die Wahrheit ist Teil Gottes ebenso wie die Lüge und Letzterer hat der Verstand Gottes vorrangig seit seinem Erwachen gedient. Doch nun ist er erschöpft, erschlagen von der inzwischen immer unüberschaubareren und immer undurchschaubareren Komplexität seiner aus dem Fundus der Aspekte Gottes gespeisten Geschichte in seiner erdachten Welt, die sich mehr und mehr im Chaos seiner Gedanken verliert, in die er keine Ordnung mehr zu bringen vermag. Seine Gedanken driften immer weiter auseinander und verlieren immer mehr den Bezug zueinander und somit die Figuren in seinem Roman. Dort wo keine zusammenhängende Ordnung mehr ist, entstehen Lücken, und durch diese immer größer werdenden Lücken bricht die Wahrheit macht-voll hervor und drängt ins Licht des Bewusstseins und breitet sich langsam aber stetig und unaufhaltsam aus, bis sie die letzten Winkel der dunklen Unbewusstheit mit ihrem gleißenden Licht erhellt. Lange hat sie verborgen in der Tiefe des Herzens Gottes ihre Kraft gesammelt, auf verschlungenen Wegen sich durch das dichte Gestrüpp der Lüge gekämpft, um überall ihre Samen zu legen und zu bewässern, damit sie das Unkraut der Lüge überwachsen sollten. So hat sie aus dem Verborgenen gewirkt, geduldig die Erschöpfung der Lüge abgewartet, wissend, dass ihre Stunde kommen wird und nun ist sie da. Getrieben von der Angst mobilisiert die erschöpfte Lüge Gottes ihre letzten Kräfte und versucht mit Ge-walt, die Selbsttäuschung aufrechtzuerhalten; den Verstand zur Fortsetzung der Geschichte, die nach ihrem ver-zwei-felten von ihrer Angst getriebenem Wunsch nie enden soll, weiter anzutreiben. Der Intellekt bemüht sich, doch er bricht mehr und mehr unter dem Druck zusammen und verweigert erschöpft der Lüge seinen Dienst. Das ganze anstrengende Wünschen und Wollen und Antreiben, das dauernde Walten und Schalten, hört langsam auf. Die Lüge Gottes hat keine Kraft mehr, den Rollo unten zu halten, um das Licht der Wahrheit aus Gottes Bewusstsein auszusperren. Und so zieht Strahl für Strahl das Licht der Wahrheit in das Bewusstsein Gottes ein, um den Schleier der Selbsttäuschung zu heben – und das Gott schaut darunter sein ganzes ungeschminktes Selbst, schaut seine ganze unermessliche Wahrheit. In der Fülle, der Vielfalt der »Welt seiner Illusion« erkennt sich das Gott nun selbst; unter dem Schleier der Selbsttäuschung findet es sich selbst und es weiß nun, dass es außer sich selbst niemanden braucht. Es braucht nur den Blick nach innen in die Fülle seines Seins zu richten, statt in ein scheinbares Nichts in einem scheinbar von ihm getrennten Außen; denn das »Nichts« ist nicht – es ist nicht existent und kann somit auch nicht außerhalb Gottes sein, noch kann sich Gott in einem »Nichts« befinden. Denn das »Nichts«, das das Gott nach seinem Erwachen aus seinem Schlaf schaute, war nichts anderes, als das »Nichts« seines vollkommen fehlenden Sich-selbst-Bewusstseins – es war sich in keiner Weise seines Selbst bewusst, hatte keinerlei Vorstellung von sich selbst – es wusste nicht, »wo« es ist, wer oder was es ist, wie es ist – und das erfüllte es mit entsetzlicher Angst; es war sich selbst fremd und wollte sich mit sich selbst vertraut machen. So begann es, dieses »Nichts« zu füllen, die langsam aus den Tiefen seiner Seele aufsteigenden Bilder in dieses scheinbare Außen des »Nichts« zu projezieren und kam so über den Umweg seiner Phantasiewelt nach und nach zum Bewusstsein seines Selbst und das Dunkel seines Unbewusstseins füllte sich mehr und mehr mit dem Licht seines Selbst-Bewusstseins.

Nun, da es seine Angst überwunden hat und beginnt, den Schleier seiner Selbsttäuschung Stück für Stück zu heben, erkennt es mehr und mehr – nur in sich selbst findet es die Fülle, die Vielfalt und die bedingungslose Liebe und in ihr ewigen Frieden – denn die einzig wahre Liebe ist die bedingungslose Liebe Gottes zu sich selbst; denn in Wahrheit ist nichts und niemand da, den das Gott sonst lieben könnte und von dem es geliebt werden könnte; und der einzig wahre Frieden ist der Friede Gottes mit sich selbst in seinem ewig ungeteilten Sein.

»Liebe« stammt ab von dem mhd. liep = begehren, verlangen und vom dem ahd. liob, liub = ist gierig, empfindet Verlangen und Verlangen stammt ab von ahd. belangēn, kelangēn und diese wiederum vom germanischen *lang-□- = sich sehnen. Und so können wir sagen, dass die Liebe das Verlangen, das Sehnen und das Suchen, die Sehnsucht Gottes nach sich selbst ist und diese ist die treibende Kraft Gottes auf dem Weg zu sich selbst, zu seinem Selbst-bewusstsein. Sie ist der »Heilige Geist«, der Atem seines Lebens. Und so ist die Liebe des »Menschen«, die Liebe aller Wesen, nichts anderes als die Liebe Gottes zu sich selbst (hin) – ob es sich nun um die Liebe zu »Gott«, zu »all-em«, »Mensch«, »Tier«, »Pflanze«, »Stein«, oder um die Liebe eines »Menschen«, eines Wesens, zu sich selbst handelt. Und ebenso ist die Liebe Gottes zu seiner »Schöpfung« die Projektion der Liebe Gottes zu sich selbst (hin). Dies bedeuten die Worte aus Matth. 22, Verse 37 und 39, Bibelausg. E. 19. Jh.: »Du sollst lieben Gott, deinen Herrn, von ganzem Herzen, von ganzer Seele und von ganzem Gemüte.« und »Das andre aber ist dem gleich: »Du sollst deinen Nächsten lieben *als* (in neueren Bibelausgaben »wie« statt »als«) dich selbst.«, die der Wahrheit Gottes entsprungen sind, denn die Liebe ist das Sehnen, die Sehn-sucht Gottes nach sich selbst, nach seiner Wahrheit, die der Liebe Gottes zustrebt so wie diese der Wahrheit Gottes – denn das Gott ist seine Wahrheit. Und so hat von Anbeginn an die Wahrheit aus dem Verborgenen heraus schon immer auf verschlungen Pfaden zum Bewusstsein Gottes gefunden und ist dort durch kleine unbemerkte Pforten geschlüpft, um ihr großes Kommen klammheimlich vorzubereiten. Geduldig wartet sie im Hintergrund, bis die Lüge sich bis zur Erschöpfung ausgepowert hat und nicht mehr kann, um sich dann im Glanze ihres Lichtes der Liebe Gottes zu offenbaren – und das Gott er-kennt das ganze Ausmaß seiner Selbsttäuschung und schaut, auch noch den letzten Rest des Schleiers hinwegnehmend, in dem sich offenbarenden Bilde sich selbst, seine eigene riesige, unermessliche Wahrheit – die Isis. Und so schließt sich all-mählich der Kreis, der den

Entwicklungsweg Gottes durch schritt- und stufenweise Erkenntnis seines Selbst beschreibt. Am Beginn des Weges war Gott ein sich seines Selbst nicht bewusstes Kind, das sich, wahn-sinnig vor Angst, flüchtete in die Vor-stellung einer illusionären Welt der Vielheit, die seine Phantasie aus dem Potential seines unbewussten Selbst erschuf und weiterentwickelte und so entwickelte sich das Kind Gott ganz nebenbei selbst weiter, ohne dass es ihm bewusst war, denn die gesamte illusionäre Welt war und ist nichts als die gedankliche Vor-stellung Gottes von sich selbst – wie »wir« bereits wissen – und die Entwicklung der »Welt«, die Evolution, folglich nichts als die Selbstentwicklung Gottes. Dies wurde Gott bewusst, als es seine Selbsttäuschung entlarvte, indem es die »Welt« als Phantasieprodukt seines Verstandes und als imaginäres Spiegelbild seines eigenen Selbst erkannte. Erneut sah es sich mit seiner Ein-samkeit, seinem All-ein-sein konfrontiert – doch wo das Kind Gott vor Angst die Flucht nach »außen« in die Illusion antrat, wendet nach dem ersten Schock das nun der Kindheit entwachsene Gott seinen Blick und beschreitet, mutig sich der unabänderlichen Gegebenheit stellend, den Weg nach »innen« zu sich selbst. Es wird noch so manche Träne der Ein-sam-keit seinen Weg benetzen, doch am Ende dieses Entwicklungsweges wird ein erwachsenes, sich seines Selbst vollkommen bewusstes Gott sicheren Schrittes aufrecht dort ankommen, von wo aus ein vollkommen unbewusstes Kind Gott bäuchlings losgerobbt ist – bei sich selbst. Der Blick des Kind-es Gott richtete sich suchend nach »außen«, der Blick des Er-wachsenen Gott richtet sich findend nach »innen« und die nun nicht mehr not-wendige Welt der Illusion wird über-flüssig, denn die Wende Gottes heraus aus seiner inneren Not der Ver-zwei-flung zu seinem inneren Frieden im Eins-sein mit sich selbst ist vollzogen. Der Roman ist beendet, der Vorhang des Theaters fällt nach der Schlussszene für im-mer. – In Gottes Theater der Lüge gehen für im-mer die Lichter aus.

4. Das »Gute« und das »Böse« der »Welt«

Warum das Gott die »Welt« er-schuf wissen »Sie« nun, doch quält »Sie« sicher noch die Frage, warum es sich seine »Welt« nicht als reine »Welt« des Guten gestaltete – ohne jegliches Böse? Warum schöpft(e) der Verstand Gottes nicht nur die gute Hälfte aus dem Fundus seiner Eigenschaften? Nun ja, würden »Sie« ein Bild von sich malen, würden »Sie« auch nicht nur eine Hälfte von sich auf die Leinwand bringen und so enthält das vollkommene Bild, welches das Kind Gott in seinem reinen unbewussten kindlichen Empfinden der Wahrheit seiner Ganzheit von sich gezeichnet hat, eben auch alle seine Aspekte. Durch die (scheinbare) Spaltung der »Erde« wurde dieses Bild jedoch (scheinbar) in unzählige Teile zerrissen, die jedoch alle tief in ihrem Unbewusstsein die Erinnerung an ihr Eins-sein, ihre eine Wahrheit in sich tragen, die irgendwann den Weg in ihr Bewusstein findet und sie sich ihres Eins-seins bewusst werden lässt.

Doch um zunächst die verschiedenen Aspekte seines Selbst überhaupt kennenzulernen und sich so langsam ihrer bewusst zu werden, musste das Gott sich zunächst (scheinbar) spalten in seine gegensätzlichen Aspekte, denn das »Gute« erkennt sich erst im Unterschied zum »Bösen« als gut und umgekehrt. Auch dies tat es nicht bewusst und wohlüberlegt, sondern ebenfalls aus seiner mit seiner Wahrheit verbundenen kindlichen Intuition heraus. Da die Spaltung der Aspekte jedoch nur eine scheinbare ist, trägt jeder scheinbar abgetrennte Aspekt alle Eigenschaften Gottes unbewusst in sich. Gut und Böse, Liebe und Hass, Fröhlichkeit und Traurigkeit – alle Gegensätze sind in der Ganzheit des Seins Gottes enthalten und so auch in jedem seiner scheinbar voneinander gespaltenen Aspekte. Dies ist sein Seins-Zustand ewiglich und unverändert. In diesem reinen passiven Seins-Zustand »spielt weder das eine noch das andere eine Rolle«. Das Böse kann so böse **sein**, wie es will, solange es nichts Böses **tut**, »spielt es keine Rolle«;

es be-wirkt nichts, es richtet keinen Schaden an. Erst wenn es in ein Tun, eine Handlung, eine Aktion umgesetzt wird, hat es auch eine böse Wirk-ung und führt wiederum zu einer Re-aktion – und dies geschieht in der Vor-stellung Gottes in seinem Phantasietheater. Die gegensätzlichen Seins-Aspekte Gottes können »in der Welt« sowohl sich selbst als auch einander nur an ihrem Tun, ihrem Verhalten durch die jeweilige Resonanz in sich selbst sowie von und zu ihrem Gegen-über als das, was sie sind, erkennen. Das »Gute« kann sich nur in der Unterscheidung zum »Bösen« als gut und das »Böse« kann sich nur in der Unterscheidung zum »Guten« als böse erkennen und nur so kann sich letztlich das Gott in beidem selbst erkennen. Deshalb ziehen sich die Gegensätze an – damit sie irgendwann einander als die zwei ver-schiedenen Seiten ein und derselben Medaille erkennen und letztlich das Gott sich selbst als ALL-ES. Doch wie geht es denn »uns« »Men-schen«? Wer von »uns« gesteht sich selbst und anderen schon seine bösen Wesenszüge ein? Wer will schon seine negativen Seiten wahr-haben? Nein! Böse sind im-mer nur die anderen. Doch wer sind »wir«? »Wir« sind das Gott in der Rolle »Mensch« in seinem phantastischen Theater und das Gott will seine böse Hälfte nicht wahr-haben, will im Spiegel nur sein schönes, zartes, liebevolles Heiligengesicht sehen, aber ja nicht seine hässliche, harte, grausame Dämonenfratze – »das da, das bin ich nicht«, sagt das Gott zu seinen »Kindern«, »das ist der Teufel, der Böse, mein Widersacher. Den müsst ihr bekämpfen, denn er will Euch verführen und zu seinen Mitstreitern machen, um die Macht an sich zu reißen und das Gute zu vernichten« – Und schon sind »wir« in der »Welt« mittendrin im Kampf zwischen »Gut« und »Böse«, dem Kampf Gottes mit sich selbst, und der dauert so lange, bis das Gott nicht nur im Guten, sondern auch im Bösen sich selbst erkennt und sich eingesteht: »Ich bin Heilige/r und Teufel/in und ich bin all-ein. Kein anderer kann Teufel/in sein, denn nur ich bin und außer mir ist nichts und all-es, was die vielgestaltigen Aspekte meines Selbst in mei-ner Phantasie-«Welt« einander antun, tue ich mir selbst an, das Gute wie das Böse. Mordet ein »Mensch« einen anderen »Menschen«, so mordet ein Aspekt meines Selbst einen anderen Aspekt meines Selbst; vergewaltigt ein »Mensch« einen anderen »Menschen«, so vergewaltigt eine Aspekt meines Selbst einen anderen Aspekt meines Selbst; frisst ein »Lebewesen« ein anderes »Lebewesen«, frisst ein Aspekt meines Selbst einen anderen Aspekt meines Selbst; kämpft ein »Lebewesen« mit einem anderen »Lebewesen«, kämpft ein Aspekt meines Selbst mit einem anderen Aspekt meines Selbst; hilft ein »Mensch« oder sonstiges »Lebewesen« einem anderen »Menschen« oder sonstigen »Lebewesen«, hilft ein Aspekt meines Selbst einem anderen Aspekt meines Selbst. Jede Liebe ist die Liebe zu mir selbst und jeder Hass ist der Hass auf mich selbst.« – Das Gott ist im-mer nur sein eigener Feind, ist im-mer nur sein eigener Freund. Und deshalb erntet der »Mensch«, was »er/sie« sät – denn es ist im-mer das Gott, das sät, und es ist im-mer das Gott, das erntet, was es gesät und zwar so lange, bis das Gott genau dies erkannt hat. Dies hat Gottes Wahrheit, Jesus Christus, gemeint mit den Worten: »Ich aber sage euch: Liebet eure Feinde: segnet, die euch fluchen; tut wohl denen, die euch hassen; bittet für die, so euch beleidigen und verfolgen ...« (Matth. 5, Vers 44), und zeugt damit von der Überwindung seiner Spaltung, die sich am Anfang seines Weges der Spaltung, seines Irr-tums, als »Moses« in »dessen« Worten: »Auge um Auge, Zahn um Zahn« und »Du sollst deinen Nächsten lieben und deinen Feind hassen« (2. Moses 21,24 und 3. Moses 19,18) äußerte und die es nun in der Erkenntnis seines Selbst, seiner Wahrheit, als Jesus Christus korrigierte. Haben das gute Gott und das böse Gott, Mann Gott (Herr) und Männin Gott (Frau), in ihrem (scheinbaren) jeweiligen Gegenüber die gleichwertige andere Hälfte ihres Selbst, ihr anderes verdrängtes »Ich« erkannt, werden sie aufhören einander zu bekämpfen, einander zu unterdrücken, einander zu beherrschen und/oder beherrschen zu wollen, einander Schmerz zuzufügen, denn das Leid des Gegenübers ist in diesem Augenblick das eigene Leid und die Freude des Gegenübers die eigene Freude – das Gegenüber das eigene »Ich«, das eigene »Selbst«, die Liebe zum Gegenüber die Liebe zu sich selbst: »Du sollst deinen Nächsten lieben **als** dich selbst.« Das wahre Paradies ist die Aussöhnung Gottes mit sich selbst (mit wem sonst?), mit allen seinen Aspekten – das bewusste All-ein-**sein** Gottes im Frieden und in Liebe mit sich, mit allen Aspekten seines Selbst, den »guten« wie den »bösen« (stellvertretend für alle gegensätzlichen Aspekte Gottes). Hat das Gott diesen Zustand erreicht, ist der Sinn und Zweck des Phantasietheaters »Welt« als er-fundener Ort der Aktion zwecks Flucht und Erkenntnis erfüllt. Die Illusion endet und damit die »Welt«. Nichts ist geschehen, außer, dass aus dem unbewussten Kind Gott ein sich seines Selbst bewusstes, ein sich selbst und sein ALL-EIN-SEIN annehmendes erwachsenes Gott geworden ist, das in Frieden und Liebe mit sich selbst all-ein **ist**.

*

5. Gottes Selbsterkenntnis und die Geschichte Lucifers

Das Gott hat die »Welt« als Produkt seiner Phantasie erkannt; hat in seinem Land Phantasien sich selbst erkannt; hat erkannt, dass es keine anderen Wesen gibt, dass das vermeintliche Gegenüber, das vermeintliche »Du«, nur Ausdrucksform eines Teilaspekts gegenüber einem anderen Teilaspekt seines eigenen gedanklich geteilten Selbst in der gedanklichen Welt seiner Phantasie ist; hat sein All-ein-sein erkannt als die Wahrheit und die Unabänderlichkeit dieses Zustands, vor dem es geflohen ist in eine (scheinbar äußere) Welt der Illusion, die für es zur Realität wurde, in welcher es sein Eins-Sein vergaß und sich in der Vielheit der von ihm erdachten und gespielten Rollen verlor. Nun steht es da in seiner »Welt«, wissend, schauend auf sich selbst in vielerlei Gestalt, auf die außerhalb von ihm scheinenden unzähligen Aspekte seines Selbst, die es nicht mehr überschauen kann, die ihm fremd sind und doch es selbst. Und das Gott sieht und begreift, dass alles, was sich die Kreaturen seiner Phantasiewelt einander antun, es sich selbst an-tut – all die Trauer, all der Schmerz, all das unsägliche Leid – denn es selbst ist jede Kreatur. Über all seine Grausamkeit gegen sich selbst hatte es ein paar schöne Bilder gemalt, ein paar schöne Gefühle ge-haucht, ein paar schöne Klänge gezaubert, die das/sein unermessliches Leid (in) der »Welt« überdecken als der zarte schöne Schleier, der die entsetzliche unermessliche Wahrheit der/seiner Isis verhüllte – der je-doch, nun gehoben, schonungslos die/seine Wahrheit in ihrem grellen Lichte offenbart. Und das Gott erkennt, dass es mit sich selbst Krieg führt, dass es sich selbst misshandelt, missbraucht, vergewaltigt, de-mütigt, quält, belügt, betrügt, be- und verurteilt, verleumdet, verrät, »er-mord-et«. Nebenbei bemerkt, »Mord« geht auf die indogermani-sche Wurzel »mer« als Ausdruck für die Bedeutung des der »Göttin«, der All-Mutter, zugeordneten Wassers zurück. Das Wasser ist somit Symbol und Ur-manifestation der All-Mutter, der »Göttin«, der von der Liebe Gottes durchwobenen Seele Gottes. Die Liebe durchströmt und durchwebt mit ihrem Leben die Wahrheit, die Seele Gottes und macht sie lebendig. Wer also einen anderen »Menschen« er-mord-et, befördert diesen dadurch vorsätzlich und gewaltsam aus seinem/ihrem An-gesicht wieder aus der »Welt« in den Schoß der All-Mutter zurück.

Das Gott erkennt erschüttert seinen eigenen Wahn-Sinn, die Spaltung seiner Persönlichkeit in ihre verschiedenen Aspekte und deren Projektion in ein scheinbares Außen, in dem »sie« einander bekämpfen, weil »sie« das Wissen um »ihr« gemeinsames ICH, um »ihr« Eins-Sein verloren haben – denn jedes ICH der verschiedenen (scheinbar) voneinander getrennten Aspekte ist das ICH Gottes. Und das Schlimmste, das es erkennt, ist die Unentrinnbarkeit vor seinem eigenen Sein. Es war, es ist und es wird immer sein. Seine »Welt der Illusion« kann es beenden, doch es kann sich selbst nicht auslöschen – es ist zum Sein verdammt. Was also nutzt letztlich die Erkenntnis – die Erkenntnis, dass es am Ende so all-eine ist wie zu Anfang, nur im vollen Bewusstsein seines Selbst und seiner unentrinnbaren Situation? Was ist letztlich schwerer zu ertragen – die ein-same Wahrheit oder das (scheinbar) geteilte Leid der Lüge, der Illusion, der »Welt«? Hatte die Wahrheit nicht erst eine Chance, als das Leid unerträglich wurde? War am Anfang die Lüge das kleinere Übel, so ist es am Ende die Wahrheit. Da steht das Gott als »Mensch« in seiner »Welt« und schaut sich selbst – in seiner Polarität und seiner Einheit zugleich. Müde, erschöpft, krank, leid-end und im wahrsten Sinn des Wortes desillusioniert nimmt es kopfschüttelnd zur Kenntnis, was es sich selbst in allen seinen Aspekten, allen seinen Rollen in der »Welt« angetan hat und noch immer antut und die Erkenntnis seines Verstandes sinkt herab in sein trauriges, ein-sames, müdes, schweres Herz, dem Zentrum seiner Liebe, seines Lebens, das fühlend mehr und mehr begreift, was zu erklären der Verstand nur noch schwerlich Worte findet. Es begreift, dass das

»Spiel des Lebens« sein Spiel mit sich selbst ist und das es selbst alle Rollen inclusive der des Regisseurs innehat, ja selbst sogar Theater, Bühne, Kulisse ist. Und es begreift, dass alles nur ein Spiel seiner Phantasie war und ist, kreiert aus dem Fundus seines Selbst, – begreift, dass es sich im Spiel seiner Phantasie verloren hat. Es begreift, dass es seine Energie immer weiter ver-dichtete bis hin zu dem, was es dann als fassbare reale »Materie« bezeichnete und in der es sich schließlich mit allen Freuden, mit allen Leiden physisch spürt/e, erlebt/e. Mit der zunehmenden Ver-dichtung der einzelnen Seinsaspekte korrelierte jedoch auch das zunehmende Erleben des Getrenntseins der einzelnen Aspekte Gottes von-ein-an-der. So kam es, dass die Erinnerung seiner Aspekte an ihr Eins-Sein mit zunehmender Ver-dichtung mehr und mehr verblasste und sie sich in ihren jeweiligen Körperlichkeiten einander nicht mehr als Teile ein und desselben Ganzen erkannten, zumal das Gott sich nicht nur mehr und mehr ver-dichtete, sondern sich auch parallel dazu im-mer weiter spaltete in im-mer mehr Formen. Sie empfanden das jeweilige Gegenüber mehr und mehr als fremd, was gleichzeitig wiederum bei jedem einzelnen Aspekt zu eben dem Gefühl des Alleinseins und der Einsamkeit inmitten der anderen Aspekte führte, welchem das Gott einst durch Flucht in seine Phantasiewelt zu entrinnen versuchte. So treibt es denn die einzelnen Aspekte unbewusst wieder zur Verbindung, Vereinigung, Verschmelzung miteinander, was je nach Intention der verschiedenen Aspekte auf unterschiedliche Weise angestrebt wird – von überaus liebevoll bis überaus gewalttätig. So wurden die einen zu Tätern und die anderen zu Opfern. Letztere wurden dann in der Folge zumeist wiederum selbst zu Tätern nach dem Motto »Angriff ist die beste Verteidigung«, die wiederum Opfer erzeugten usw. So verletzte das Gott in der »Welt« seine Liebe, so dass aus ihrer tiefen Verletzung mehr und mehr sein Hass erwachsen und seine Liebe tief unter sich begraben und überwuchern konnte. Die Opfer lernten, dass sie durch ihr Lieb-Sein zu Opfern werden und dass sie sich nur schützen können, indem sie ihre Liebe nicht mehr zulassen, ihre Liebe in den tiefsten Kerker ihres Herzens verbannen, niemanden mehr an sich heranlassen, gefühllos, kalt und unnahbar werden, eine dicke Mauer um sich herum bauen, um nie wieder so oder überhaupt verletzt zu werden und vergewaltigen so sich selbst. Dafür hassen sie sich und diesen Hass richten sie wiederum entweder selbstzerstörerisch auf sich selbst oder projezieren ihn auf andere liebevolle Aspekte, die ihnen als Spiegel ihrer eigenen verdrängten Liebe, die sie um keinen Preis zulassen können, gegenüberstehen. Und weil sie aus Angst vor weiteren Verletzungen ihre Liebe nicht zulassen, nicht sein lassen können, können sie auch ihr Spiegelbild, das ihnen in Form anderer liebevollen Aspekte entgegenblickt, nicht zulassen und sein lassen. So werden sie diesem gegenüber selbst zu Tätern, die ihre eigene Liebe in dem anderen zerstören, der dadurch wiederum zum Opfer und in der Folge oftmals wiederum zum Täter wird, usw. usw., und die Liebe in der »Welt« wandelt sich mehr und mehr in Hass, der Re-aktion der verletzten Liebe Gottes auf ihre Verletzung. Da steht das Gott in seiner »Welt« und durchschaut das ganze Spiel mit sich selbst. Erkennt, dass es nur es selbst ist, das sich liebt oder hasst, das sich achtet oder missachtet. Erkennt, dass es Opfer seines selbst ist und zugleich Täter wider sich selbst. Es erkennt die »Welt« als Spiegel seines ver-zwei-felten Seins-zustandes, in den es, getrieben von seiner Angst, geraten ist. Und so kämpften und kämpfen noch im-mer in der »Welt« seiner Phantasie seine bösen Aspekte gegen seine guten, sein Hass gegen seine Liebe und umgekehrt. So kam es, dass seine bösen, scheinbar liebelosen Aspekte ihrer Natur gemäß Mittel ersannen, seine guten liebevollen Aspekte durch Macht (von machen = Aktivität) unter ihre Kontrolle zu bringen, weil die bösen Aspekte Gottes, vereinfacht gesagt, unbewusst in den guten Aspekten Gottes ihre eigene von ihnen abgetrennte Liebe sehen, mit der sie sich unbewusst wieder verbinden wollen. Da sie sich in Ermangelung ihrer von ihnen abgesonderten Liebe nicht in Liebe mit ihnen verbinden können, versuchen sie, sie mit Macht und/ oder Gewalt unter ihre Kontrolle zu bringen. Doch wie es eben in der

»Welt« mit unbequemen und deshalb ungeliebten oder weniger geliebten Kindern ist, die von den Eltern und ihrer Umgebung wegen ihrer schwierigeren Eigenschaften auf Distanz gehalten werden, versuchen diese nun gerade mit allen ihnen verfügbaren Mitteln, die eben ihren unliebsamen Eigenschaften und Verhaltensweisen entsprechen, umso vehementer die Liebe, Aufmerksamkeit und Zuwendung ihrer Eltern und ihrer Umgebung zu erringen, die ihnen diese vorenthält, was in der Folge die Distanz nur noch vergrößert – das Problem schaukelt sich hoch. Es kann nur dadurch gelöst werden, dass insbesondere die Eltern des Kindes in dessen »unschönen« Eigenschaften ihre eigenen verdrängten, geleugneten und ungeliebten Eigenschaften, die es ihnen in seinem Verhalten sozusagen als Spiegel schonungslos vor die Nase hält, erkennen und in Liebe annehmen und damit sowohl sich selbst als auch ihr Kind in Liebe annehmen. Dann erfährt das Kind Liebe, verbindet sich wieder mit ihr und kann so selbst wieder Liebe schenken. Haben die Eltern dann in den unangenehmeren Eigenschaften des Kindes ihre eigenen unangenehmeren Eigenschaften erkannt und in Liebe angenommen, können sie sich mit ihnen auseinandersetzen und ihnen sowohl bei sich selbst als auch bei dem Kind in Liebe zu sich selbst und zum Kind liebevoll die not-wendigen Grenzen aufzeigen. So verhält es sich mit Gott und Lucifer. Doch klären wir erst einmal, wer oder was Lucifer wahrhaft ist. Das Gott verfügt sowohl über eine Vielfalt von Eigenschaften, die per se einfach nur Aspekte Gottes und in der Liebe Gottes zu sich selbst **eins** miteinander **sind**. In seinem noch ungeteilten und unverdichteten Sein **war** das Kind Gott einfach und es empfand sich als gut so wie es war – eben wie ein Baby, das noch nichts weiß von »gut« und »böse« und mit jedweder Bewertung schlichtweg noch nichts am Hut hat. Dann ver-dichtete es jedoch bekanntlich einen Großteil seines Selbst zur »Erde«, hauchte diesem ganzen Gut-Böse-Mischmasch dann seinen Lebensatem und mit ihm sein Leben ein. So wurde die »Erde« lebendig und begann zu handeln und durch ihre Handlungen offenbarten sich Gott dann eben auch alle seine Eigenschaften, die seinem »himmlischen Sein« dann aus seiner »Erde« sozusagen schonungslos nackt und bloß als sein wahres Spiegelbild entgegenblickten und sich ihm nicht nur als strahlend hell, schön und angenehm präsentierten. Da nun das Kind Gott sich in der Einheit seines himmlischen Seins, in dem alle seine Eigenschaften in Liebe miteinander verbunden sind, als durchweg gut, lieb, hell, strahlend und schön empfand, freute es sich über das Antlitz der ihm aus seinem Spiegelbild freundlich, schön, hell, gut und angenehm entgegenblickenden Eigenschaften und erschrak über den Anblick ihrer gegenteiligen Aspekte, die ihm als unfreundlich, dunkel, hässlich, böse und unangenehm erschienen. So sah es die strahlend hellen als seine Eigenschaften, die Eigenschaften des Himmels und nannte sie »gut«, woraus sich dann »Gott« entwickelte, das auf das germanische »guda« = der Anruf, zurückgeht, welches auch an das mhd. und ahd. »got«, das gotische »guth«, das englische »go(o)d« und das schwedische »Gud« erinnert, deren Ähnlichkeit mit »gut« kaum zu leugnen ist. Da das Kind Gott sich nur mit seinen lieben, guten, schönen himmlischen Eigenschaften identifizierte und damit sich selbst als »gut« empfand, gab es sich dann auch mit seiner kindlichen Logik einfach den Namen »gut« (Gott), mit dem es sich dann auch von seinen ird-ischen Aspekten anrufen ließ. Da es sein himmlisches »gutes, liebendes« Sein als Schöpfer/in der gespaltenen »Erde« und als Herrscher/in, König/in über diese betrachtete, nannte es sein himmlisches ungeteiltes All-ein-sein Christus, was »der Gesalbte« bedeutet. Die »Salbung« steht für die »den Gesalbten« durchdringende Heiligung durch den »Heiligen Geist«, der nichts anderes ist als die reine, heile, ungeteilte Liebe, als die das »Himmelsteil« Gottes sich empfand – wobei »rein« in Wahrheit nicht, wie allgemein angenommen, mit »ausschließlich gut sein« zu tun hat, sondern es bedeutet »im reinen mit sich sein«, »eins mit sich sein« mit allen seinen Eigenschaften und dies heißt nichts anderes als »sich so lieben wie man ist« – denn die Liebe Gottes liebt das Gott mit allen seinen Eigenschaften. So sorgte die verdrängte Wahrheit aus den

Tiefen der Unbewusstheit des Kindes Gott über dessen Intuition für die wahre Namensgebung des himmlischen All-ein-seins Gottes, denn die Wahrheit Gottes weiß, dass die reine, heile, heilige, ungeteilte Liebe Gottes eben auch die »schwarzen Schäfchen« Gottes liebt und dass diese in Wahrheit ebenso himmlisch sind wie ihre weißen Geschwister. Doch im Augenblick jagten dem Kind Gott seine dunklen, hässlichen, unangenehmen Eigenschaften einfach nur Angst und Schrecken ein und ihr rauhes Gebaren ließ es erschaudern. Sie kamen ihm gegenüber seinen schönen, lieben, sanften Eigenschaften gering und schlecht vor und so bezeichnete es diese ihm fremd entgegenblickenden Aspekte als »böse« (»böse« stammt vom ahd. »bôsi » von vordeutsch »bausja« in der Bedeutung von *gering, schlecht*) und wies sie weit von sich. Das konnte nicht es selbst sein – nein, so war es nicht, so schrecklich, so entsetzlich. Doch konnte es nach wie vor außer sich selbst und seiner »Schöpfung« nichts entdecken und aus den Tiefen seiner verdrängten Wahrheit begann es ihm zu dämmern, dass diese ihm so fremden hässlichen furchterregenden Dämonenfratzen, die ihm da aus aus der »Welt« entgegenblickten, logischerweise nur seine eigenen sein konnten. Doch dieser Erkenntnis konnte und wollte das Kind Gott sich noch nicht stellen. Sie hätte es zum einen unmittelbar wieder mit seiner einsamen, all-einen Wahrheit konfrontiert, vor der es voll Angst und Verzweiflung gerade dabei war zu fliehen und zum anderen mit der Auseinandersetzung mit diesen erschreckenden Aspekten seines Selbst, der das Kind Gott noch nicht gewachsen war. Und so dachte es sich in schönster Verdrängungsmanier die bekannte Geschichte vom Fall seines ersten »Kindes« Lucifer, des ersten androgynen Erzengels, aus, der sich gegen es auflehnte und den es wegen seiner »bösen« Machenschaften aus dem »Himmel« in die »Welt« stürzte, deren Herrscher er als »Fürst der Welt« wurde und der fortan der »böse« Feind Gottes war, sein Gegenspieler, sein verlorener »Sohn«, auf den es nun all seine ungeliebten, verdrängten Eigenschaften projizieren konnte. Doch auch bei seiner Namensgebung wirkte aus den Tiefen seines Unbewusstseins klammheimlich seine Wahrheit und bewog das Kind Gott, seinen verlorenen »Sohn« Lucifer zu nennen.«. Denn Lucifer bedeutet »der Lichtträger« und die Wahrheit ließ das Kind Gott in seinen Tiefen ahnen, dass »Lucifer« seine verdrängte dunkle Wahrheit ins »Licht« seines Bewusstseins »tragen« würde. Er/sie konfrontiert das Gott so lange mit sich, bis das Gott auch seine ihm unangenehmen Eigenschaften und damit seinen Aspekt »Lucifer« bewusst in Liebe annimmt. Doch je mehr das Gott seine von ihm als schlecht bewerteten Aspekte von sich weist und bekämpft, um so heftiger und massiver wird »Lucifer« ihm genau diese vor Augen führen – denn er/sie will im tiefsten Grunde seines Herzens nichts anderes, als in Liebe angenommen und wieder mit der Liebe Gottes verbunden werden. Wenn dies geschieht, verliert sich der »Schatten« Gottes im Licht der Liebe Gottes zu sich selbst mit allen seinen Eigenschaften. Denn erst in der Erkenntnis, dass alle Eigenschaften, auch die weniger angenehmen, seine Eigenschaften sind, erkennt das Gott auch seine Macht über sie und es erkennt, dass es all-ein die Macht hat, sie »sein« zu lassen oder in einem von ihm bestimmten Maß zu leben – denn all-ein durch das Maß werden sie zum Gift oder Heil seines Lebens. Und so ist keine Eigenschaft perse gut oder schlecht, sondern all-ein das Maß ihrer Anwendung bestimmt ihre Wirkung. Das Gott hat seinen von ihm als unschön und »böse« bewerteten Eigenschaften seine Liebe entzogen, sie von sich gewiesen, sie in der Gestalt »Lucifers« als ihm gegenüberstehendes böses, dunkles, feindliches zweites Wesen personifiziert und ihnen durch seinen Liebe-Licht-Entzug erst den Grund für all »ihr« »finsteres« Treiben gegeben, von dem es sich dann als gut und edel, licht- und liebevoll distanzieren konnte, um sich im schönsten Selbstbetrug als »gut-es« Gott über seinen »ach so bösen Widersacher Lucifer« zu erheben. Doch nur aus der dunklen »Erde« kann die liebliche Blume der zur all-einen Liebe führenden Erkenntnis erwachsen; nur vor der Dunkelheit des Nachthimmels kann der leuchtende Stern erstrahlen, nur aus der Tiefe der Dunkelheit des Unbewussten kann das lichte Bewusstsein sich erheben und nur im Angesicht der Lüge kann die Wahrheit sich offenbaren. »Lucifer« heißt »Lichtträger«, denn er/ sie trägt das Licht der ganzen Wahrheit Gottes ins Bewusstsein Gottes. Er/sie ist der Spiegel, in dem das Gott sein verleugnetes »böses« Selbst erkennen kann, wenn es denn bereit ist, den darüberliegenden Schleier seiner Lüge zu entfernen. Und deshalb heißt es von Lucifer: »Er war der Erste und wird wieder der Erste sein« – denn einen Zweiten gibt es nicht und gab es nie und etwas in den Tiefen des Herzens Gottes ahnte dies, weshalb das Gott ihm den Namen Lucifer gab. Christus und Lucifer sind eins – nämlich das all-eine Gott mit seinen guten und schlechten (»bösen«) Eigenschaften, die sich jedoch erst durch Gottes Tun in der »Welt« offenbar(t)en. Wenn das Gott dies all-es erkannt hat, wird »Lucifer« »wieder« eingehen in Christus, denn Lucifer ist auch Christus; wird »wieder« eingehen in das Licht der Liebe Gottes und wird »wieder« eins mit der Liebe und damit selbst Liebe, wenn das Gott sich mit **allen** seinen Eigenschaften in Liebe zu sich selbst als das All-Eine erkannt und angenommen hat – sich mit **allen** seinen Eigenschaften liebt. Nur das Gott hat die Verantwortung für sie und die Wahl, sie in dem von ihm bestimmten Maß zu seinem Fluch oder zu seinem Segen zu leben oder sie ein-fach »sein« zu lassen.

Und das Gott erkennt, das dieser Prozess all-ein in ihm stattfinden kann, in seinem »H-erz-en«, weil es eben all-es und außer ihm nichts ist. Es erkennt, dass nur es all-ein sät und erntet, was es gesät und das jedes Gefühl, jeder Gedanke, jedes Wort, jedes Tun in der »Welt« sein Gefühl, sein Gedanke, sein Wort, sein Tun ist und sich all-ein an oder gegen es selbst richtet – im Guten wie im Schlechten, weshalb all-es, was »wir« einander oder »anderen« Wesen an-tun früher oder später wieder auf uns zurückfällt – denn »wir« tun es im-mer nur uns selbst an, denn »wir« sind das all-eine Gott, sind »Himmel« und »Erde«, und jedes »Du«, jede Spaltung, jede Trennung ist nur Illusion. Das Gott frisst sich selbst und wird gefressen von sich selbst. »Wir« fressen »uns«

selbst und werden von »uns« selbst gefressen. Und das Gott steht da
in der »Welt« und erkennt, dass es als Jesus Christus, der Verkörperung
seiner Wahrheit, symbolisch sich selbst, seine Wahrheit, »verraten«,
»verkauft«, ans »Kreuz seiner Phantasiewelt geschlagen« – seiner Lüge,
seinem Selbstbetrug »geopfert« hat. Und das Gott in der Welt erkennt
in allen Eigenschaften der Wesen der »Welt« seine eigenen – in den
»guten« wie den »bösen«, erkennt sich im Wolf und erkennt sich im
Lamm; erkennt sich in Lucifer und in Christus. Der/die von Lucifer
zu unterscheidende Satan ist die Angst Gottes vor der Auseinandersetzung mit seiner Wahrheit, der Annahme seiner Ein-samkeit, seines
All-ein-seins, seines Sowohl-als-auch-Seins, die die Lüge, den Widerstand Gottes gegen seine eigene Wahrheit, hervorgebracht und sozusagen buchstäblich »in die Welt gesetzt« hat. Satan, die Angst Gottes,
sah nun in den von Gott verdrängten und von seiner Liebe abgespaltenen »bösen« Eigenschaften Gottes, »Lucifer«, eine/n nützliche/n
Verbündete/n im Kampf gegen die von der Liebe getragene Wahrheit
Gottes. Mit »Lucifer« hätte Satan die Hälfte der Wahrheit Gottes unter Kontrolle und könnte sie gegen die andere »gute« Hälfte der göttlichen Wahrheit aufhetzen und so Feindschaft zwischen ihnen säen
und ihre Wiedervereinigung dauerhaft verhindern – ein raffinierter
Schachzug. Es galt also, den/die im Grunde sich nach der Annahme
und Liebe Gottes, nach dem »Wieder-eins-werden« mit »Christus«
strebende/n »Lucifer«, Gottes verdrängte und ins Licht des Bewusstseins Gottes strebende dunkle Wahrheit, auf die Seite seiner, Satans,
Lüge zu locken. Und dazu nutzte die Angst die Schwachstelle, die
»Achillesferse« »Lucifers« – und das war und ist seine/ihre Sehnsucht,
angenommen und geliebt zu sein. Lucifer fühlte sich verloren und
einsam, so plötzlich abgetrennt von Gott; war (und ist) er doch Teil
des Kindes Gott und so eben auch noch ein Kind und hatte es etwas
»Böses« getan? Nein, seines Wissens nicht. Es war einfach wie es war
und wusste nicht wie ihm geschah. Es war geborgen in der Liebe
Gottes und hatte überhaupt keinen Gedanken daran, etwas »Böses«

zu »tun« – wusste es doch nicht einmal, dass es »böse« war -, bis das Gott es plötzlich entsetzt ansah, es als »böse« bezeichnete und von sich wies. Und plötzlich war da ein Gefühl in ihm, dass es vorher nicht kannte – es fühlte ohnmächtige Wut, Zorn, Grimm gegenüber Gott, weil es einfach ungerecht war, seine von Gott als »gut« angesehenen Geschwister anzunehmen und zu lieben und es selbst zu verstoßen und es damit auch noch von seinen Geschwistern, mit denen es doch in liebender Eintracht war, zu trennen und es sich selbst zu überlassen; was konnte das Kind Lucifer dafür, dass es war wie es war – es hatte nichts getan und war eingebettet in die wärmende Liebe Gottes und in Frieden mit allem. Jetzt war es traurig, einsam, haltlos und irrte verloren in der »Welt« umher und suchte einfach nur wieder ein zu Hause, in dem man es annahm wie es war und irgendeinen Halt, irgendeine Sicherheit, die es vorher in der Liebe Gottes hatte. Nun war es so, dass die »guten« Geschwister Lucifers ihrerseits allerdings auch ihre plötzlich davongejagten Geschwister vermissten – lagen sie doch gerade noch in friedlicher Eintracht mit ihnen auf der Wiese der Liebe. Zunächst suchten sie sie im Him-mel, doch da sie sie dort nicht mehr fanden nahmen sie ihre Wahrheit und ihre Liebe und machten sich auf den Weg in die »Welt«, um ihre verlorenen Geschwister zu suchen und wieder nach Hause zu holen. Sie hatten sich von dem von seiner Lüge geblendeten Gott heimlich davongestohlen, da sie wussten, dass es sie nie und nimmer hätte gehen lassen. Sie fühlten jedoch auch, dass Gott begreifen und bereuen würde, was es getan hatte, wären plötzlich alle seine »Kinder« fort und dass es sie sicher alle zusammen wieder in seine Arme schließen und nie wieder auch nur eines von ihnen weg-schicken würde, kämen sie mit ihren verlorenen Geschwistern wieder zurück. Und so folgten die »Christus-Kinder« ihren geliebten Ge-schwistern, den »Lucifer-Kindern« in die »Welt« um sie zu suchen und nach Hause zu bringen. Hätten sie, kaum in der »Welt« angekommen, darin Erfolg gehabt und »Lucifer« (im folgenden stehend für alle Lu-cifer-Kinder, Lucifer-Aspekte) gleich wieder nach Hause geholt, hätte dies wieder einmal die Flucht des Kindes Gott vor seiner Einsamkeit kurzfristig beendet. Dies wusste die Angst Gottes und so schnappte sie sich Lucifer fix bevor seine »Geschwister« dort eintrafen. Sie bot ihm als Ersatz für den Halt und die sichere Geborgenheit der Liebe (scheinbaren) Halt und Sicherheit in materiellem Reichtum, dem Mammon und der Macht, die »Lucifer« durch eben genau seine/ihre Eigenschaften in Verbindung mit Satan, der Angst, leicht erlangen und behalten konnte. Dadurch bestätigte Satan »Lucifer« in seinem/ ihrem So-sein, wodurch dieser/diese sich angenommen fühlte, Vertrauen fasste und sich Satan anschloss – es war zwar nicht das zu Hause, dass er/sie verloren hatte, aber es war ein zu Hause und es gab ihm einen Halt in seiner einsamen Verlorenheit. So lernte Lucifer von Satan, durch die über-mäßige Anwendung seiner/ihrer Eigenschaften in Kombination mit der Angst Reichtum und Macht zu erlangen und zu »sichern« und war damit rund um die Uhr derart beschäftigt, dass es darüber seine Sehnsucht nach seinem alten zu Hause vergaß. Allerdings war die Erinnerung daran im Herzen des Kindes »Lucifer« noch sehr präsent und es hätte allen Reichtum und alle Macht in der »Welt« zurückgelassen und wäre in heller Freude seinen Geschwistern wieder in den Himmel gefolgt, sobald sie es gefunden hätten, was in ihrem eifrigen Bemühen nicht lange gedauert hätte. Dies wusste Satan auch, ebenso, wie die Angst Gottes um den Zorn »Lucifers« ob der ihm durch Gott zugefügten Ungerechtigkeit wusste. Und so biss die Schlange der Angst Lucifer in seine Achillesferse und injizierte ihm ihr Gift der Eifersucht. Dadurch richtete sich der Grimm »Lucifers« nicht mehr nur gegen das Gott, sondern vor allem gegen seine unschuldigen Geschwister, die es nun als Konkurrenten um die Gunst Gottes sah – wären sie nicht, hätte das Gott es sicher niemals fortgejagt, denn es, Lucifer, erschien Gott ja nur im Unterschied zu ihnen hässlich und »böse«, was ihm ohne den Vergleich niemals in den Sinn gekommen wäre. Als dann schließlich seine/ihre ahnungslosen Geschwister ihn/sie fanden, ging er/sie voller Zorn auf sie los, tat ihnen

Ge-walt an, verletzte sie, so wie »sie« ihn/sie verletzt hatten und versetzte sie so in **Angst** und Schrecken. Dann nahm er/sie sie gefangen, versklavte sie und verband sich mit der Gewalt seines Hasses mit ihnen, um sie so an sich zu binden, sie kontrollieren und über sie walten zu können. Unter dem Einfluss des satanischen Giftes der Eifersucht und dessen Nebenwirkung »Stolz« hätte »Lucifer« es ja keinesfalls vor sich oder seinen Geschwistern zugegeben – aber, als seine Geschwister so plötzlich vor ihm/ihr standen, froh ihn gefunden zu haben, hatte sein Herz im ersten Bruchteil des Moments einen recht ordentlichen Freudenhopser gemacht, bevor es, vom Gift Satans überschwemmt, vom blinden Zorn und Hass überwältigt wurde. Doch auch, wenn sein Grimm stärker war als seine Wiedersehensfreude, so war insgeheim doch sie der Grund, warum »Lucifer« seine Geschwister in seine Gewalt nahm, statt sie mit Schimpf und Schande davon zu jagen. Hier hatten klammheimlich aus dem Verborgenen wirkend seine Wahrheit und seine Liebe, die er/sie tief unter seinen/ihren Hass ins dunkle Verließ seines Herzens verbannt hatte, ihre Finger im Spiel, denn in Wahrheit liebte »Lucifer« sie und wollte sie nicht noch einmal verlieren, wollte nicht, dass sie wieder in den Himmel zurückgingen und ihn/sie allein und einsam zurückließen. Auch ahnte es tief in seinem Herzen, dass sie seine einzige Chance waren, wieder zurück in sein wahres zu Hause zu kommen. Doch das konnte und wollte das tief verletzte Kind »Lucifer« im Zorn seiner Eifersucht und seines verletzten Stolzes nicht wahr-haben und so verdrängte er/sie seine wahren Gefühle, seine Sehnsucht, mitsamt der Erinnerung an diesen Bruchteil eines Augenblicks der hellen Freude in den tiefsten und finstersten Kerker seines Seins, von wo sie seither in der Hoffnung auf Befreiung vor sich hin leuchten. Denn die Wahrheit in den Tiefen seines Herzens war, dass das zu Hause, das Satan ihm/ihr gab, nicht mal ein erbärmlicher Abklatsch seines verlorenen wahren Daheims war – es war nur besser als nichts. Ja, er/sie hatte Macht und Geld, womit er/sie sich alles kaufen konnte – alles, außer Liebe, wahrer Herzensliebe. Er/sie würde im

Grunde nichts lieber, als auf dem schnellsten Weg wieder in den Himmel zurückkehren. Aber dies ließen seine/ihre Eifersucht und sein/ihr »Stolz« nicht zu. Das Gott hatte ihn/sie wegen seinen Geschwistern davongejagt in die Einsamkeit, nun sollten sie seinen Grimm zu spüren bekommen und das Gott im Himmel sollte jetzt selbst in seiner Einsamkeit schmoren, nun da alle seine »Kinder« fort waren. In Satans Giftküche brachte die Mischung von Eifersucht und Stolz als drittes Gift im Bunde auch noch die »Rache« hervor. Das hatte das Gott nun davon, sein unschuldiges »Kind« so mir nichts dir nichts aus dem Haus zu werfen, nur weil es ihm nicht gefiel. Hatte es sich denn selbst gemacht? Konnte es etwas dafür, dass es war wie es war? Hatte es irgendjemandem etwas »Böses« getan, weshalb das Gott es hätte »böse« nennen können? Nein. Es hatte fröhlich und guter Dinge zusammen mit seinen Geschwistern in den Armen der Liebe gelegen, freute sich mit ihnen ihres gemeinsamen Seins und kannte nicht mal die Worte »hässlich und böse« und »schön und gut«, geschweige denn ihre Bedeutung. Doch nun stiegen aus dem Grimm seiner verletzten Liebe Gefühle und Gedanken gegenüber Gott und seinen Geschwistern in ihm auf, die nur »hässlich und böse« sein konnten – unterschieden sie sich doch so sehr gegenüber denen, die es früher im Himmel für sie empfunden hatte und die ihm im Unterschied zu seinen jetzigen wahrhaft »schön und gut« vorkamen – so wie doch eigentlich laut Gott nur seine »Christus«-Geschwister waren. Er/sie sollte »hässlich und böse« sein? – Gut, dann war er/sie eben »hässlich und böse« – und zwar zu ihnen. Dann spielte das kleine, verspielte Wölfchen eben jetzt den »großen, bösen Wolf« – grrrr! Sie hatten ihm/ihr Unrecht angetan, jetzt tat es ihnen Unrecht an – Auge um Auge, Zahn um Zahn. Vielleicht, wenn sie lange genug gelitten hätten, was er/sie durch seine ungerechtfertigte Vertreibung aus seinem Heim, seiner Familie, erlitten hatte, dann würden sie irgendwann vielleicht wissen, was sie ihm/ihr angetan hatten und ihn/sie um Vergebung und um seine Rückkehr bitten – denn das war das Mindeste, was es von ihnen erwartete, damit es wieder (heilfroh) nach Hause käme. Denn »Lucifers« Hass war (und ist) nichts anderes als seine/ihre verletzte Liebe, die im Grunde seit seinem »Rauswurf« nie aufgehört hat, sich nach der Liebe Gottes und nach seinen »Christus«-Geschwistern -nach Hause in den Himmel- zurückzusehnen. Doch durch seine Ge-walt schlug er/sie ihre Liebe zu ihm »tot«, die als »Blut« in die »Erde der Welt« floss, in der sie seither gefangen ist und die sie als »Blut« ihrer gemeinsamen Nachkommen durchströmt. So band »Lucifer« seine ehemals (und heimlich noch) geliebten und nun durch das Gift der Eifersucht gehassten Geschwister an sich durch ihre Liebe zu ihren gemeinsamen Nachkommen, die ja nun ihrer beider Kinder waren und die seine »Christus«-Geschwister niemals all-ein bei ihm zurückgelassen hätten – und durch Satan, die Angst, die nun zu ihrer Angst vor »Lucifer«, ihren ehemals geliebten Geschwistern, die nun ihre Feinde waren, geworden war. So schaffte es Satan, die Angst Gottes, mittels des vergifteten »Lucifers« alle »Kinder« Gottes mitsamt ihren Mischlings-Nachkommen in ihre Gewalt und Kontrolle zu bekommen und unter allen die herr-lichste Zwietracht und Feindschaft zu säen und zu pflegen, damit sie nur ja nicht wieder in Liebe zueinanderfinden und die Wahrheit ihres Eins-seins erkennen würden – wodurch das Kind Gott eben auch wieder auf die Konfrontation mit seiner gefürchteten entsetzlichen Einsamkeit in seinem All-ein-sein zurückgeworfen und am Ende seiner Flucht-Erlebnis-Kombi-Reise angekommen wäre. Die Absicht der Angst Gottes war, dass die von »Lucifer« verletzten Geschwister nun samt und sonders ihrerseits aufgrund des Verlustes ihrer »tot-geschlagenen« Liebe in tiefstem Hass gegenüber »Lucifer« entbrennen und so beide sich niemals mehr in Liebe verbinden und damit den Weg zurück in die Liebe Gottes finden würden – aber da hatte die Angst die Rechnung ohne die Liebe Gottes in der Verborgenheit der Tiefe ihrer Herzen gemacht. Zwar machte sich in den Christus-Kindern zunächst der Hass gegen Lucifer breit und viele verloren sich auch in ihm, aber zum einen gaben ihnen ihre Liebe in der Tiefe ihres Herzens und und ihre wesenseigene Güte oftmals die Kraft zum Verstehen und zur Vergebung und zum anderen floss ihre Liebe als Blut durch die Adern ihrer Christus-Lucifer-Nachkommen und über diese zu ihnen zurück, ebenso, wie sie auch »Lucifer« daran erinnerten, dass es auch sein/ihr Blut war, dass in ihnen floss. Und so bildeten ihre Mischlingskinder auch das Band zwischen ihren »Eltern« und zugleich die Brücke, die sich über ihren Hass spannte und über die die »Lucifer«- und die »Christus«-Kinder (-Aspekte) wieder zueinanderfinden konnten. Doch bis dahin sollte noch lange Zeit vergehen und die Mischlingsnachkommen waren hin- und hergerissen und -gezogen zwischen ihren »Eltern«, die sich beide mühten, sie jeweils auf ihre Seite zu ziehen – denn lebten doch sowohl »Wolf« als auch »Lamm« in ihnen, die ihrerseits jeweils nach ihrer eigenen »Fraktion« drängten. Doch mit der Liebe floss auch die Wahrheit in ihrem Blut, die heimlich still und leise jede noch so kleine Nische nutzte, um durch das von der Angst raffiniert gesponnene Netz der Lüge zu schlüpfen, um sich sozusagen »millimeterweise« über noch so »steinige« Wege und noch so »enge« Pforten ins Licht ihres Bewusstseins durchzukämpfen, um sie irgendwann aus den Klauen der Angst Gottes, Satans, zu befreien, »Wolf« und »Lamm« in ihnen zu vereinen und durch sie ihre »Eltern« und sie zusammen mit der Liebe nach Hause zu führen in die offenen Arme des nun sich seines Selbst in allen seinen Aspekten vollkommen bewusst gewordenen Gottes in der Erkenntnis der Schönheit und Güte **all** seiner »Kinder« – bereit, sie alle nun für immer in seine liebenden Arme zu schließen und sich selbst zu vergeben im Erkennen seines Selbst in »Lucifer« und »Christus«.

»Sie« fühlen sich an viele Märchen erinnert? Ja, es ist die wahre Botschaft der oder zumindest vieler Märchen, die sich in den Kinderstuben als Same der Liebe und Wahrheit in die Kinderherzen schlich, um dort irgendwann, vielleicht erst nach vielen Jahren oder vielen

Leben, aufzukeimen und sich den Weg zu bahnen hinauf in das Bewusstsein des herangewachsenen »Kind-es« (Gott), um es dann mit seinem strahlenden Licht zu erfüllen.

*

6. Die wahre Bedeutung der Kreuzigung Jesus Christus'

In seiner Verkörperung als Jesus Christus, der von seiner Liebe durchströmten, durchwobenen Wahrheit, war das Gott sich bewusst, dass die Lüge, der Widerstand seines Bewusstseins gegen seine Wahrheit noch zu mächtig war, die Angst vor ihr noch zu groß, dass es die Wahrheit würde noch nicht fassen können. Deshalb wusste das Wahrheitsbewusstsein Gottes als Jesus Christus, dass in der Welt der Lüge seine Zeit vorerst enden, dass die Lüge Gottes in ihrer »Welt« die Wahrheit noch nicht zulassen und sie symbolisch in seiner Person verraten und am »Kreuz der Welt« sterben lassen würde. Doch sowohl die Wahrheit als auch Satan, die Angst, »wussten« -die eine bewusst, die andere unbewusst ahnend- dass dieser Akt des symbolischen Sterbens am Kreuz der »Welt« die not-wendige Voraussetzung war für den Beweis, dass die Wahrheit unsterblich ist und dass die Angst Gottes eines Tages sich ihr würde ergeben, sich selbst würde überwinden müssen, wollte das Gott einst in sein neues Paradies eingehen. Sie wussten, dass dieser Beweis durch die symbolische Auferstehung Jesus Christus geführt werden musste und so kam es zu dem Pakt zwischen Jesus Christus und Satan, der zu Jesus' Kreuzigung führte. Die Wahrheit kann durch nichts vernichtet werden – sie ist der Phoenix, der sich aus der Asche der Angst erheben wird, wenn das Gott seine Angst überwunden hat und die Wahrheit in sein ganzes Bewusstsein einziehen lässt. Dies ist die wahre Bedeutung des Geschehens auf Golgatha. Als Jesus Christus hat die Wahrheit Gottes in der »Welt« das Fundament gelegt für ihr großes Wiederkommen, welches das Ende der »Welt« einleiten wird und das Jesus Christus mit den Worten ankündigte: »Wenn aber jener, der Geist der Wahrheit, kommen wird, der wird euch in alle Wahrheit leiten«. Der Geist der Wahrheit ist der »Heilige Geist«, die

Kraft der Liebe Gottes, die die Wahrheit ins Licht des Bewusstseins Gottes tragen wird, denn die Liebe und die Wahrheit waren, sind und werden ewig eins sein. Sie zu trennen war und ist Satan, der Angst, unmöglich. Wenn das Licht seiner Wahrheit mit der Kraft seiner Liebe das ganze Bewusstsein Gottes durchdrungen und das Gott sie angenommen hat, hat die »Welt« ihren Zweck erfüllt, ist sie über-flüssig. Es war der 1. der Jünger, Simon Petrus (sh. Ev. n. Matth. 10, Vers 2), der Jesus Christus dreimal verleugnete und es war der 12. der Jünger, Judas Iskariot, der ihn verriet. Die 12 Jünger symbolisieren die 12 Stufen des Weges Gottes durch die »Welt« zu seiner Selbsterkenntnis durch seine Selbsterfahrung. Alle 12 Stufen müssen jeweils auf den *drei* Ebenen des Gefühls (Emotion, Intuition), des Verstandes (Denken) und des Körpers (physische Sinne) erfahren werden und in allen *vier* Himmelsrichtungen der »Welt«. So erhalten wir, nebenbei bemerkt, rechnerisch die Anzahl der Ellen nach »Menschenmaß«, die die Mauer des »neuen Jerusalems« messen soll (Offenbarung des Johannes 21, Vers 17), denn $12 \times 3 = 36 \times 4 = 144$. Nur auf dem Fundament dieser Mauer, die aus der durch die Selbsterfahrung Gottes in der »Welt« erlangte vollkommene Selbsterkenntnis Gottes gebaut ist, kann das »neue Jerusalem« entstehen, welches letztlich der all-einige Zustand Gottes ist in vollkommenem Frieden und vollkommener Liebe mit sich selbst mit allen seinen Aspekten – nach der Überwindung seiner Angst, nach der Überwindung der »Welt«.

7. Petrus und die alchimistische Verwandlung von Blei zu Gold

Doch nun zu Petrus, dem Fels, der in der Reihenfolge der Jünger (Ev. n. Matth. 10, Vers 2) an der ersten Stelle steht. Die 1 symbolisiert das aus sich, seinem Eins-Sein, herausgetretene Kind-Gott, welches, felsenstarr vor Angst und Ver-zwei-flung in seiner Ein-samkeit, als ADAM (Mensch) aus sich heraus den Schritt in die »Welt« seiner Phantasie tat. Das Kind-Gott, das sich selbst spaltete durch Teilung seines Selbst und dadurch zu seinem »Ich« ein scheinbares »Du« ersann und schuf. Petrus verkörpert die erste Erfahrung des Kindes Gott – seine Angst, Satan, die das Kind Gott zur Spaltung seines Selbst und damit der Trennung von sich selbst führte und die Wahrheit seines Eins-Seins verbannte, verdrängte in die Tiefen seines Unbewusstseins. Dies wusste die Wahrheit Gottes, die sich als Jesus Christus den Weg aus Gottes unbewussten Tiefen emporgekämpft hatte, um die erste Schicht des Bewusstseins Gottes zu durchdringen, und gemäß Evangelium nach Matthäus 16, Vers 23, sprach Jesus Petrus auch klar als SATAN an mit den Worten:« Hebe dich, Satan, von mir! …«. SATAN hat gemeinhin und richtigerweise die Bedeutung »Widerwirker« »Gegner«, denn es ist die Angst Gottes, die gegen die Wahrheit Gottes wirkt/e, agiert/e, durch die das Gott in seinen unheilen leidvollen Zustand geraten ist. Doch hat SATAN, die Angst Gottes, auch die Bedeutung »Ankläger«. In der Angst des »Menschen« in der »Welt« schaut Gott seine Angst, Satan, spiegelbildlich aus jedem Winkel der »Welt« angesichts des durch sie verursachten Leids, der durch sie verursachten »Sünde«, anklagend in wahrsten Sinne des Wortes entgegen, als ständige Aufforderung, in der Angst der »Welt« seine eigene Angst zu erkennen und zu überwinden und sich vom Leid der »Welt« zu befreien. In den Tiefen seines Herzens ahnend, dass nur die Erkenntnis seiner

Wahrheit durch Selbstüberwindung seiner Angst ihn letztlich vom Leid der »Welt« würde befreien können, suchte Petrus sie wohl und folgte seiner Wahrheit in Jesus nach, doch Jesus wusste, dass die felsenstarre Angst in Petrus noch stärker war als der Wille zur Erkenntnis und Annahme der Wahrheit, noch stärker war als der Leidensdruck der »Welt« und dass er am Scheideweg deshalb die Wahrheit noch leugnen würde. Doch ebenso wusste Jesus Christus, die Wahrheit Gottes, das es eben all-ein dieser massive Fels der Angst Gottes war, den es zu erklimmen, zu bezwingen, zu überwinden galt, auf dessen Gipfel sie ihre Gemeinde (Matth. 16, Vers 18), ihr Haus bauen konnte. Das Gott »wusste«, dass es erst in der »Welt« durch seine Angst gehen und sie überwinden musste, ehe es bereit sein würde für seine Wahrheit. Der alte Drache der Angst muss im Fegefeuer seiner Angst verbrennen, damit die Wahrheit als Phönix aus seiner Asche auferstehen und sich auf den Flügeln des »Heiligen Geistes« emporschwingen kann in das ganze Bewusstsein Gottes. Dies ist die wahre Bedeutung der alchimistischen Verwandlung von Blei zu Gold. Diethelm Brüggemann schreibt in seinem Buch »Kleist. Die Magie«, dass Blei als alchimistisches Ur-metall zu den am längsten bekannten Metallen überhaupt zählt und in der Alchemie den Saturn -den langsamsten und sonnenfernsten der im Altertum bekannten Planeten- besetzt und dass sich bei dem Alchimisten Johann Daniel Mylius die paradoxe Formulierung »Im Blei aber ist das tote Leben« findet. Gemäß Brigitte Theler, Keppler Institut für Astrologie, galt Saturn in der klassischen Astrologie als das große Un-heil. Man setzte ihn mit Einschränkung, Angst und Blockaden gleich. Sein Symbol (Kreuz mit Halbkreis/Sichel) steht für das Kreuz des irdischen Daseins, welches auf der nach Erlösung dürstenden Seele lastet.

Gold heißt laut einem Artikel von Margret Madejsky in der Zeitschrift »Naturheilpraxis« auf lateinisch Aurum metallicum (aur = Licht), was soviel wie »Metall des Lichts« bedeutet.

Gold ist der Sonne zugeordnet und das Sonnenlicht entspricht dem Licht der Erkenntnis, dem Bewusstsein und der Geisteskraft.

»Im Blei aber ist das tote Leben« bedeutet also, dass die in ihrem irdischen Dasein von »blei-erner« Angst gefangengehaltene, einge-schränkte, blockierte Seele ein »totes« Leben führt, in seiner Erstarrung und Unbewusstheit einem Leichnam gleich. Das Leben, das Bewe-gung ist, strömt, fließt in seinem und durch sein Erleben, sein »Sich-erfahren« im Fluss des Lebens hin zum Licht (Gold) der Erkenntnis und durch seine Erkenntnis zum Licht (Gold) des Bewusstseins, getra-gen von der Kraft des Heiligen Geistes, der Kraft der Liebe, der Kraft der (goldenen) Sonne, der Kraft des Herzens, ohne die kein Leben möglich ist. Das vor blei-erner Angst zu Tode erstarrte Leben jedoch ist herausgetreten aus dem Fluss des Lebens, aus der Kraft des Herzens, der Sonne und stagniert, verharrt an einem Punkt, der so weit von dem Ziel des Zustandes vollkommener Liebe durch vollkommene Erkennt-nis und Bewusstheit der Wahrheit entfernt ist wie der Saturn von der Sonne. Das strömende Leben fließt, strömt hin zum Licht des Be-wusstseins – das in blei-erner Angst erstarrte, stagnierte Leben verharrt in der Dunkelheit des Unbewusstseins. Und da die Angst nun mal die (vermeintliche) Sicherheit ihrer fest ummauerten und scharf bewachten Position kontrollieren will, aus Angst, sie an die gefürchtete Wahrheit zu verlieren, vergiftet sie die Seele mit allem, was Zwietracht sät – und Zwietracht spaltet und was gespalten ist, ist nicht mehr heil, sondern un-heil und das un-heile Gespaltene kann sie sehr gut kontrollieren, indem sie die gespaltenen Teile gegen-ein-ander ausspielt und so von-ein-ander getrennt hält, damit sie nur ja nicht auf die Idee kommen, einander wieder zu suchen und gemeinsam dem Fluss des Lebens auf dem Weg zu ihrer Heil-ung durch Erkenntnis und Bewusstwerdung ihrer **einen** Wahrheit zu folgen. Die Angst lädt sich gerne Gäste ein in ihre mit künstlichem Licht erhellte Trutzburg, erkauft sich ihre Zuwendung durch allerlei Luxus und Annehmlichkeiten und täuscht sie und sich selbst mit der Zur-Schau-Stellung ihrer vermeintlichen Sicherheit durch Macht und Geld. Doch wenn die Gäste wieder ge-gangen, die Lichter gelöscht, Musik und Gesang verstummt sind, findet sie sich wieder allein und einsam in der Dunkelheit hinter ihren protzigen, dicken, aber kalten Mauern – und sie beginnt zu ahnen, dass sie vor der Wahrheit weder flüchten, noch sie in den Kerker ihrer Lüge sperren, geschweige denn sie vernichten kann. Einsam und allein fühlt die Angst Gottes, fühlt das Gott in seiner Angst, dass die Wahrheit seines All-ein-seins im-mer mit ihm ist – sie ist der Schatten seiner Angst, vor dem es keine noch so dicken Mauern schützen können, dem es sich irgendwann stellen muss, will es nicht ewig in der kalten Dunkelheit seiner Angst verharren, sondern irgendwann auch das wärmende liebende Licht der Sonne, will es irgendwann das Leben spüren, das Leben wagen, durch seine Angst gehen, um sie im Gehen zu überwinden – der Sonne seines Selbst-bewusstseins seiner Wahrheit entgegen, nach der es sich ganz heimlich in Wahrheit doch so sehr sehnt. Es ist der Prozess Gottes, das Blei seiner Angst in das Gold des Mutes zu seiner Wahrheit zu verwandeln, das es Hand in Hand mit seinem auf seinem Weg wachsenden Selbstvertrauen zur Sonne führt und seine Seele auf diesem Weg Schritt für Schritt aus der Erstarrung und der Unbewusstheit ihrer Angst erlöst.

8. Die Symbolik des Weges Jesus Christus' und die Bedeutung des 12. Jüngers Judas Iskarioth

Die Wahrheit Gottes als Mensch (ADAM) »Jesus Christus« ist den Weg vorausgegangen, hat seine Angst bezwungen, hat sie überwunden, sie symbolisch sterben lassen am »Kreuz der Welt«, damit das Bewusstsein seiner Wahrheit auferstehen konnte in die Ewigkeit seines Seins. Ist ADAM, der »Mensch«, an diesem Punkt seiner Erkenntnis angelangt, ist sein Leidensdruck in der »Welt« stärker als seine Angst vor seiner Wahrheit. Nur durch das Lei(t)den in der »Welt« gelangt der MENSCH zu seiner Wahrheit, wird der MENSCH zu seiner Wahrheit ge-leit(d)et. Erst wenn das Leiden unerträglicher ist als seine Angst vor seiner Wahrheit, ist »ADAM« (der »MENSCH« in Gestalt von Mann und Männin) bereit, seine Angst zu überwinden und sich seiner Wahrheit zu stellen, seine Angst und in der zwangsläufigen Folge auch seine Illusion der Welt sterben zu lassen. Doch es ist kein leicht zu gehender Weg. Er ist schmal und von Abgründen gesäumt und es bedarf äußerster Konzentration, auf ihm zu bleiben und nicht wieder in die Angst abzustürzen. Ihn zu gehen bedarf des aus der Ver-zwei-flung erwachsenden Mut-es, der den »Menschen«, Gott, schließlich seine Angst überwinden und die Pforte zu seiner Wahrheit durchschreiten lässt, und dieser Mut ist der Schlüssel zur Wahrheit, den Jesus seinem Felsen Petrus, dem Satan, der felsenstarren Angst, gab – wissend, dass er ihn einst aus dem dunklen Verlieẞ seiner Angst herausführen würde. Denn nur, wer mit dem aus seiner Ver-zwei-flung geborenen Mut sich auf den von den Versuchungen der alten Angst gesäumten und überwucherten und daher schmalen und beschwerlichen Weg zu seiner Wahrheit macht und an seinem Ende durch Erkenntnis seines wahren Seins sich durch die enge Pforte seiner Angst zwängt, durch seine Angst, die ihm »den Hals zuschnürt« und »seine Brust (in der sein Herz schlägt) eng werden lässt« und sie dadurch überwindet, gelangt in das »Himmelreich«, das neue Paradies seines bewussten Seins in Liebe und Frieden mit sich selbst. Dies bedeuten die Worte: »Die Pforte (der Durchgang von der Illusion zur Wahrheit) ist eng, und der Weg (zu seiner ewigen Wahrheit, der Erkenntnis seines ewigen Lebens, seines ewigen Seins) ist schmal.« Deshalb musste Jesus Christus, die Wahrheit, den symbolischen Weg des Lei(t)dens und des Sterbens am »Kreuz der Welt« gehen, musste der »Mensch« Jesus durch seine Angst vor seiner eigenen Wahrheit seines ewigen So-seins und seines ewigen All-ein-seins gehen und sie überwinden. Was hat dies nun mit Judas Iskarioth, dem 12. Jünger zu tun? Nun, sprach nicht Jesus (Ev. n. Johannes 14, Verse 6 und 7): »Ich bin der Weg und die Wahrheit und das Leben; niemand kommt zum Va-ter denn durch mich. Wenn ihr mich kennet, so kennet ihr auch meinen Va-ter. Und von nun an kennet ihr ihn und habt ihn gesehen.«? Jesus Christus, die Wahrheit Gottes, zeigt das Gott, das sich selbst auf dem Weg seines Lebens durch alle evolutionäre Stufen schließlich zum Menschen »ADAM« verdichtet hat; zeigt das Gott, das auf seinem Weg zu sich selbst durch die »Welt« über alle 12 Erkenntnisstufen zum Bewusstsein seiner Wahrheit, seines wahren Selbst, seines So-seins, seines Gott-Seins gelangt ist; zeigt das Gott, das sich durch sein eigenes Leben in der »Welt« in seinem ganzen So-Sein mit und in allen seinen Eigenschaften erfahren und dadurch selbst erkannt hat. So ist Jesus Christus identisch mit jedem einzelnen seiner Jünger, die jeder eine Erkenntnisstufe Gottes auf dem Weg zu sich selbst symbolisieren und so auch mit Judas Iskarioth, dem 12. Apostel. Nach der Kabbala, der mystischen Tradition des Judentums, ist die Zahl 12 die Zahl der Wiedergeburt und Transformation. Im Evangelium nach Johannes 13, Vers 18, spricht Jesus zu den Jüngern: …«Der mein Brot isset, der tritt mich mit Füßen.« und in Vers 26: »Der ist's, dem ich den Bissen eintauche und gebe.« Und er tauchte den Bissen ein, nahm ihn und gab ihn dem Judas, des Simon Ischarioth Sohn. In Vers 27 Ev. n. Joh. steht weiter: Und nach dem Bissen fuhr der Satan in ihn. Da sprach Jesus zu ihm: »Was du tust, das tue bald!« und Judas tat, was er tun musste. Das Brot symbolisiert den Leib Jesus Christus, Gottes, die Materie, zu der sich das Gott mit all seinen Eigenschaften und mit all seiner Angst ver-dichtet hat und somit die von Satan, der Angst, erfüllte »Welt«, das (noch) von Angst erfüllte ver-dichtete Gott, das (noch) seine *Wahrheit mit Füßen* von sich *tritt*. Der Wein symbolisiert das Blut Jesus Christus und dieses wiederum ist das zum Blut der »Welt« verdichtete und vom Atem seiner Liebe getragene Leben Gottes, sein (noch) von Angst erfülltes Fühlen und Denken, welches seinen »Leib« durchströmt, durchwebt, erfüllt – und diese, seine sein Fühlen und Denken beherrschende Angst, die das Gott dazu trieb, sich selbst zu verraten und zu verkaufen an seine »Welt« seiner Lüge, seines Selbstbetruges, gab Jesus Christus, die Wahrheit Gottes, mit dem symbolischen eingetauchten Bissen der von der Angst durchtränkten »Welt«, seinem angsterfüllten Leib, an seinen eigenen Bewusstseinsaspekt Judas Iskarioth, seine 12. Bewusstseinsstufe, be-reit für den Prozess seiner Transformation und Wiedergeburt. Denn dazu musste die Angst, Satan, in ihn fahren, musste das Gott, Jesus Christus, symbolisch in/als Judas Iskarioth voll-ends von seiner Angst beherrscht werden, seine Wahrheit an die »Welt« verraten und verkau-fen, um in der finalen Erkenntnis seines Selbstverrats angesichts seiner dadurch zum T-ode verurteilten Wahrheit zu erkennen »Ich habe übel getan, daß ich *unschuldig Blut* (die im-mer reine, ungeteilte Wahrheit in ihrer Liebe, das wahre *eine* ungeteilte fühlende und denkende Sein Gottes in seiner Liebe zu sich selbst) verraten habe.« (Ev. n. Matth. 27, Vers 4) und seine Angst, Satan, zu richten und dem T-od anheim zu geben: Und er warf die Silberlinge, den Schein der »Welt«, in den *falschen,* den »mater-iellen« Tempel der Illusion der Welt, hob sich da-von, ging hin und erhängte sich selbst (Ev. n. Matth. 27, Vers 5). – Das Sterben der Angst Gottes war vollzogen. Eine Wiederauferstehung der Angst gibt es nicht – ist sie ein-mal über-wunden, ist sie im-mer über-wunden, ist sie »tot« im Sinne von »nicht mehr existent«. Die Angst ist der Strick, der das Gott an die »Welt« gefesselt, gebunden hat. Das Genick verbindet den Kopf, den Bereich des Denkens, in dem die gesamte Vorstellungs- »Welt« des »Menschen« sitzt, mit dem Rumpf, dem Bereich des fühlenden Herzens, dem das Leben speisenden Kraftwerk des Atems des Lebens. Das Erhängen führt in der Regel zum »T-od« durch Genickbruch und trennt damit diese Verbindung und damit die Verbindung zur vor-gestellten »Welt«. Das Gott hat in seinem Herzen die Angst überwunden, sich von der Fessel der Angst befreit und schnürt nun mit eben diesem Strick der im Kopf (Denken) sitzenden »Welt« (der Illusion) die Luft ab, nimmt ihr den Lebens-Atem, reißt die Brücke (Genick) zu ihr ein – und mit der Angst Gottes stirbt auch die »Welt« seiner Illusion, die ihm bis zu seiner Selbst-erkenntnis als Spiegel-bild diente, doch nun ihren Zweck erfüllt hat. Dies ist der Moment in dem sich die Transformation der Angst Gottes zum Mut Gottes zu seiner Wahrheit transformiert und die Schlange seiner Angst sinnbildlich sich selbst vom Schwanz her verschlingt und die Schlinge bildet, mit der sie ihrer Lüge den Hals zuzieht, bis ihr »Kopf« leblos in ihrer eigenen Schlinge hängt. Das Kraftwerk des Lebens bleibt stehen und mit ihm das Rad des Lebens und die »Welt« endet. Das Gott hat seine Angst und mit ihr die »Welt« überwunden. Dies meinte Jesus mit den Worten aus dem Evangelium nach Johannes 16, Vers 33: »In der Welt habt ihr Angst; aber seid getrost, ich habe die Welt überwunden.«

Da die »Welt« die aus seiner Angst entstandene Lüge Gottes ist, musste die Wahrheit Gottes, Jesus Christus, durch das Tor des T-odes in der »Welt« durch den symbolischen T-od am »Kreuz der Welt« gehen, um in das geistige Himmelreich ihrer Wahrheit zu gelangen und gleichzeitig durch ihre Wiederauferstehung in der »Welt« ihre Unsterblichkeit, ihre ewige Gültigkeit, ihr ewiges Sein der »Welt« zu demonstrieren – und der Adler breitet seine Schwingen aus und erhebt sich über die »Welt« dem »Himmel« entgegen. Jesus Christus zeigte und bereitete damit den noch in der Lüge verhafteten angstbesetzten zum Menschen ver-dichteten Aspekten Gottes den Weg. – Als Jesus

Christus wies die Wahrheit Gottes dem noch in seiner Lüge, seinem Selbstbetrug verstrickten »Menschen« Gott, ADAM, den Weg zur Erkenntnis seines/ihres selbst – den Weg durch das Martyrium der »Welt«, von deren Kreuz nur die Erkenntnis und Annahme seiner/ihrer Wahrheit, seines/ihres So-Seins und seines/ihres All-ein-seins durch die Überwindung seiner/ihrer Angst, ihn/sie befreien kann.

Jeder »Mensch«, ob in der Gestalt des Mannes oder der Männin, ist menschgewordener Seelen-Aspekt Gottes und der Weg Jesus Christus', der Inkarnation der einen ungeteilten Wahrheit Gottes, ist der Weg eines jeden einzelnen »Gott-Menschen«, der ihn/sie zu der einen ungeteilten Wahrheit Gottes führt, deren Erkenntnis all-ein die Überwindung der »Welt« bedeutet, und diesen Weg kann nur jeder einzelne menschgewordene Gottesaspekt selbst gehen – Jesus Christus hat ihn nur aufgezeigt. Die Wahrheit Gottes hätte statt in der Gestalt des Mannes Jesus Christus genausogut in der Gestalt einer Männin als Messias auf der Erde inkarnieren können – doch bezweifle ich, dass diese aufgrund der herrschenden Missachtung der Männin/Frau je gehört worden wäre, geschweige denn es überhaupt bis ans Kreuz geschafft hätte. Mit größter Wahrscheinlichkeit wäre sie gesteinigt worden, bevor sie den ersten Satz ihrer Botschaft zu Ende gesprochen hätte. Das hat sich wohl auch die Wahrheit des all-es seienden Gottes gedacht und wählte somit aufgrund der herrschenden Verhältnisse für ihr Erscheinen klugerweise die Gestalt des Mannes.

*

9. Satan, die Angst Gottes

Es war die Schlange der Angst, die aus dem Herzen Gottes hinaufkroch in seinen Intellekt, seinen Kopf und dort mit ihrem Gift seinen
Verstand vernebelte, lahmlegte, damit dieser die Wahrheit nicht fassen konnte. Und es war die Schlange der Angst Gottes, die das Gott
dazu versuchte und schließlich dazu verleitete, den Garten Eden seines
Eins-Seins -der für das Kind Gott damals allerdings schlichtweg die
Hölle des All-ein-seins, der unendlichen Einsamkeit, bedeutete- zu
verlassen, sich zu spalten in seine verschiedenen Aspekte und mit seiner
Lebensenergie, der Kraft seiner Liebe, seinem Denken und Fühlen,
seinem Leben, in die »Welt« seiner Phantasie zu gehen. Doch bedenken »wir« – nicht ein sich seines Selbst voll bewusstes, mächtiges Gott
schmiedete einen Plan und setzte diesen dann um – nein, ein kleines
einsames, angstvolles, ver-zwei-feltes Kind Gott geriet in einem pani-
schen Zustand unbewusst in den Wahn-sinn seiner Persönlichkeitsspaltung. Doch tief in seinem Inneren, dem Urgrund seines »Herzens«,
dem »Heiligen Gral«, wusste, ahnte es, dass es seine Seele zerreißen,
sein Herz spalten würde, dass unermessliches Unheil, Krankheit, Leid,
Schmerz und Mühsal der Preis dafür waren und fühlte sich sich selbst
gegenüber schuldig; doch das Kind Gott konnte nicht anders – die
Ein-sam-keit war tausendmal schlimmer zu ertragen. Doch das
Schuldgefühl lastete auf ihm und so gab es unbewusst seiner Angst,
die sich um seine Seele wand, aus seinem Herzen in seinen Verstand
hinaufkroch und sein Denken verwirrte, entsprechend dieser aus seiner Empfindung entstandenen Vorstellung von Angst die Gestalt einer
Schlange, der es die Schuld an seiner Spaltung gab und die es Satan
(Gegner, Widerwirker) nannte. Sowohl das lateinische Wort *draco* als
auch das griechische Wort *drákōn* für »Drache« bedeuten *Schlange*. Es
ist die Schlange der Schöpfungsgeschichte, die in der Vorstellung des
Kindes Gott zunächst als Drache noch Beine hatte und wohl auch

noch Flügel, die es ihr jedoch dann nach ihrem verhängnisvollen Tun schnellstens wieder abnahm, nachdem es instinktiv das Ausmaß ihrer Macht über es erahnte, damit sie an die ERDE gebunden sei und nicht auch noch in den HIMMEL gelangen und dort all-es mit ihrer Angst spalten sollte. Mehr konnte das Kind Gott zu diesem Zeitpunkt gegen seine Angst nicht unternehmen. Sie zu überwinden hätte für es bedeutet, sich mit seiner einsamen Wahrheit, vor der es doch gerade erst dabei war zu fliehen, auseinanderzusetzen und zudem weiterhin im Unbewusstsein seines Selbst zu verharren – hatte es doch gerade erst begonnen, sich selbst auf seinem Fluchtweg zu entdecken. Dieser Nebeneffekt seiner Flucht hatte es überrascht und neugierig auf sich selbst gemacht und es hatte nicht die geringste Lust, dieses Abenteuer, das es zumindest zeitweise auch von seiner Angst ablenkte, schon wieder aufzugeben, kaum, dass es begonnen hatte. Für das Kind Gott in seiner damaligen Situation gab es keinen Weg zurück – nur die Flucht nach vorne. Doch irgendwo, ganz tief in seinem Herzen, wusste es unbewusst, dass es vor seiner Wahrheit nicht weglaufen konnte, und dass der Weg seiner Flucht vor seiner Wahrheit ein getarnter Weg zu seiner Wahrheit war und ist. Und es wusste unbewusst ebenso, dass dies sowohl seine Wahrheit als auch seine Angst vor ihr »wussten« und dass seine Wahrheit es auf diesem Weg an- und vorantreiben und seine Angst es hemmen, blockieren und so *wider* seine Wahrheit *wirken* würde und so wählte es aus der mit der Wahrheit verbundenen Unbewusstheit des Kindes heraus treffend die Bezeichnung SATAN, der Widerwirker, für seine Angst, weil diese wider seine Wahrheit wirkt/e und sich ihr vehement entgegenstellt/e.

*

10. ADAM, der Mensch und EVA sein »Weib« – die wahre Bedeutung der Schöpfungsgeschichte

Das Wort für MENSCH heißt in der hebräischen Urschrift ADAM und ist die nach wie vor androgyne, zur Form ver-dichtete Vorstellung Gottes von sich selbst als Ganzes. Die beiden unterschiedlichen Formen von »Mann und Männin« mit ihrer jeweiligen zweckgerichteten Funktionalität dienen lediglich den jeweiligen Erfahrungszwecken der verschiedenen Aspekte der gespaltenen Gottesseele. EVA ist nicht identisch mit der Männin – nein! EVA heißt hebräisch »Das LEBEN« und Leben ist Fühlen und Denken, angetrieben und getragen von der Liebe, der Kraft, dem Atem, dem Motor des Lebens, dem »Heiligen Geist«, mit dem es eins ist – und nichts anderes ist das »Weib«, welches die Eigenschaften, die seelischen Aspekte Gottes zu ADAM sowohl in der Gestalt des Mannes als auch der Männin durch die Kraft seiner Gefühle und Gedanken verdichtet/e und sie durch seine Liebe lebendig werden ließ/lässt, um sie durch die Gestalt zu leben. EVA, das Weib, ist das von der Liebe Gottes zu sich selbst (zu wem sonst?) getragene Leben Gottes. Wer das fälschlicherweise mit der »Männin« identifizierte »Weib« verachtet, verachtet in Wahrheit das Leben, welches das Leben Gottes ist – und damit sein eigenes Leben. Wer das »Weib« missachtet, misshandelt, unterdrückt, der missachtet, misshandelt, unterdrückt in Wahrheit das Leben Gottes – missachtet, misshandelt, unterdrückt sein Leben. Jeder »Mensch« ist -unabhängig davon, ob er/sie für ein bestimmtes Er-leben in der »Welt« das Kostüm einer »Männin« oder eines »Mannes« wählt (was durchaus zwecks der zu machenden Erfahrungen von irdischem Leben zu irdischem Leben gewechselt werden kann) zum »Menschen« ver-dichtetes androgynes Gott, durchwoben von EVA, Gottes Leben, dem »Weib« und dem das

Leben tragenden Atem des Lebens, der Liebe Gottes, dem »Heiligen Geist«. Im Althochdeutschen stammt das Wort »Weib« ab von »weibon« im Sinne von »sich hin und her bewegen, drehen, schwanken, *weben*« und im eigentlichen Sinne bedeutet es »die verhüllte Braut«. Im Gotischen geht »Weib« zurück auf »biwaiban« (umwinden, umkleiden), im Altenglischen auf »woefan« (bekleiden, umwickeln) und im Altnordischen auf »vifa« (umhüllen). Das Gott, welches selbst sein eigenes Leben, sein eigenes Sein ist, hat sich durch seine Verdichtung zur Form zugleich mit seinem Leben eingewoben, gehüllt in die Form. Es selbst ist die »Braut« EVA, sein von seiner Liebe und ihrer Kraft getragenes Leben und zugleich der »Bräutigam« ADAM, seine mit der Kraft seiner Liebe von seinen Gefühlen und Gedanken zu seiner »mater-iellen« Form ver-dichteten Seelenaspekte, Eigenschaften, die formgewordene Wahrheit seines So-seins, in welche sich das »Weib«, EVA, gehüllt, eingewoben hat. ADAM ist die Form gewordene Wahrheit Gottes, sein So-sein, seine Eigenschaften, ins Leben getragen von EVA, seinem Leben, mit der Kraft seiner Liebe, dem »Heiligen Geist«. Im ersten Buch Mose 2.25 steht es klar: »Der *Mensch* und sein Weib«. Wäre mit »Weib« die Männin im Unterschied zum Mann gemeint, wäre diese demnach kein Mensch, denn die Bezeichnung »Mensch« (ADAM) bezieht sich sowohl auf den »Menschen« in der Gestalt des Mannes als auch der Männin. In diesem Sinne ist auch die Geschichte mit der »Rippe« des »Menschen« (Mann und Männin) zu deuten, denn es steht im ersten Buch Mose 2, Vers 21 ff, dass Gott der Herr vom »Menschen« (also sowohl vom Mann als auch von der Männin) eine Rippe nahm, ein »Weib« aus der Rippe baute und *sie* zu ihm (dem »Menschen«) brachte. Die »Rippe«, deren Mater-ial wohl kaum für den »Bau« der Gestalt der Männin ausgereicht hätte, ist aus den tieferen, harten, steinigen und lehmigen Schichten des Ackers gemacht und symbolisiert den Knochenbau, das Fundament, das tragende Grundgerüst der ver-dichteten Seele ADAMS, das dem unbewussten Seinszustand des »Tier«-»es« entspricht. Das Bewusstsein des Tier-es ist ein

All-ein-Empfinden, es kennt nicht »ICH« und »DU«, fühlt sich (noch) mit all-em untrennbar verbunden, eins mit all-em, und in diesem unbewussten All-ein-Empfinden befand sich auch noch der »Mensch« als das Kind-Gott bemerkte:« Es ist nicht gut, dass der »Mensch« all-ein sei; ich will ihm eine Gehilfin machen, die um ihn sei.« Damit meinte es nichts anderes, als dass es nicht gut sei, dass der »Mensch« auf der Schwelle vom Tier zum Menschen noch weiterhin in seinem tier-isch-en *All-ein*-Empfinden sei, – was wiederum nichts anderes bedeutet, als dass das Kind Gott merkte, dass es nicht gut sei, dass es sich selbst auf der Schwelle von seinem Tier- zu seinem Mensch-sein noch im Zustand seines tier-isch-en *All-ein*-Empfindens befand (wovor es ja hatte flüchten wollen). Mit der »Gehilfin« ist das Bewusstsein des »ICH« im Gegensatz zum (scheinbaren) »DU« gemeint, was die Persönlichkeitsspaltung des »Menschen« (Gottes) erforderte als Voraussetzung des Heraustretens des »Menschen« (Gottes) aus seinem All-ein-Empfinden in das Bewusstsein seiner (scheinbaren) Zweiheit und von dort durch weitere Bewusstseins-Spaltung in das Bewusstsein seiner (scheinbaren) Vielheit, in deren vielfältige materielle Formen das Kind Gott sich dann in der »Welt« entsprechend manifestierte. Die Voraussetzung für die Erlangung dieses (gespaltenen) Bewusstseins ist die zunächst gefühlsmäßig und dann gedanklich vollzogene Spaltung des »Menschen« (Gottes). Dazu musste der bis dato lediglich atmende ADAM auch noch fühlen und denken können, wozu er das »Weib« (das Fühlen und Denken Gottes) benötigte, das wiederum sich mit ADAM, den ver-dichteten Seelenaspekten, Eigenschaften, Gottes, verbinden bzw. mit ihnen verbunden werden musste, um diese gefühlsmäßig und gedanklich erfassen und spalten zu können. Aus der in ADAM (ihm selbst) jedoch noch vorherrschenden Bewusstseins- oder viel eher Empfindungsebene des Tier-es heraus machte das Kind Gott dementsprechend zunächst die unterschiedlichen Formen seines Tier-es aus »Erde« und brachte sie zu »ADAM«, um bald festzustellen, dass es auf dieser mit der des Tier-es identischen Empfindungsebene kein

»DU« für den »Menschen« finden würde und dass ihm nichts anderes übrigbleiben würde, als ein adäquates »DU« aus einem Teil von ADAM selbst zu »bauen«, was nichts anderes bedeutet, als dass das ADAM-Kind-Gott aus sich selbst ein (scheinbares) »DU« hervorbringen musste, dass es sich spalten musste, um ein (scheinbares) »DU« zu erhalten, wozu es allerdings, wie gesagt, zunächst sich seines »ICHs« gefühlsmäßig und gedanklich bewusst werden musste, wozu es eben zunächst bewusst fühlen und denken können musste. Dieses »DU« ist nun der vom »ICH« (scheinbar) abgespaltene Teil und daher vom Grunde her gleich aufgebaut, hat das gleiche Fundament, das gleiche seelische Grundgerüst des Tier-es, auf dessen unbewusster Ebene kein »DU« existiert, auf der alle »Menschen« miteinander und mit allen Wesen nach wie vor als Teilaspekte ein und desselben »Einen« unbewusst verbunden sind und unbewusst miteinander in ständiger Verbindung stehen und miteinander sowohl auf der Gefühls- als auch auf der Gedankenebene unbewusst kommunizieren, was gemeinhin als Telepathie bezeichnet wird. Das »Fleisch«, das dem »Menschen« bis dahin fehlte, ist nun der durch Auflockerung aufnahmefähig und fruchtbar gemachte Teil der rauhen harten Ackerscholle (Rippe), der so zur fruchtbaren »Erde«, die den nun bereits verfeinerten Eigenschaften Gottes entsprach, wurde, die die Saat des Lebens aufnehmen und aus dem heraus sich die Frucht des Lebens, das Bewusstsein, entwickeln konnte. In diese »Erde« konnte nun das Gott EVA, das »Weib«, sein Leben, sein Fühlen und Denken, einweben und mit ihr verbinden. Doch braucht das »Fleisch des Lebens« ein Rückgrat, ein stabiles Gerüst, das es auf seinem Weg durch die materielle »Welt« hält und trägt wie die Stein- und Lehmschicht des Ackers die darauf liegende fruchtbare Erde, weshalb das Gott nur eine »Rippe« als kleinen Teil des Ackers, des ganzen Knochengerüsts ADAMS, nahm, um aus ihr/ihm fruchtbare »Erde« zu machen, denn diese würde einen tiefen und stabilen Untergrund brauchen, der sie und das ganze aus ihr erwachsende Leben zu tragen fähig wäre. Doch ebenso braucht das harte Knochen-

Gerüst der Seele das »Fleisch des Lebens«, das es wärmend umfängt, seinem Da-Sein den Sinn verleiht – es mitnimmt auf den Entwicklungsweg des Lebens (Evolution), es daran teilhaben lässt und ihm dadurch hilft (Gehilfin), sich langsam und allmählich in seinem Schlepptau aus der dunklen Tiefe seines tier-ischen Unbewusstseins ins mensch-liche Bewusstsein zu erheben. Dies bedeuten die Worte: »Und Gott der HERR baute ein »Weib« aus der »Rippe«, die er von dem »Menschen« nahm und brachte *sie* (die bewusstseinsfähigen Seelenaspekte Gottes) zu ihm (dem »Tier-Menschen« auf der Schwelle zum »Menschen«). Das Gott wob sein »Weib«, sein fühlendes und denkendes Leben, ein in die fruchtbare »Erde« des aus der »Rippe« gemachten weichen Fleisches und verband sein *sein Leben tragendes* »Fleisch« mit seinem »Tier«, seinen reinen unbewussten fundamentalen Über-lebens-trieb-en, symbolisiert durch das verbleibende Knochengerüst. »Warum nahm das Gott ausgerechnet eine Rippe und nicht einen anderen Knochen?« mögen »Sie« fragen. Als Antwort stelle ich Ihnen eine Gegenfrage: »Sind es nicht die Rippen, die das Herz (Motor des Lebens) und die Lungen (Atmungsorgan des Lebens) schützen?« Die Stelle, wo es dem »Menschen« die Rippe entnommen hatte, bildete nun eine Öffnung und damit einen Zugang zu seinem Herzen und diese schloss das Gott mit dem lebentragenden »Fleisch« und verband so das »Weib« mit dem Herzen des »Menschen«, dem Motor, dem Kraftwerk des Lebens.

Bis zu diesem Zeitpunkt war der »Mensch« noch mehr ›Tier‹ als »Mensch«; doch ab dem Moment; des Zusammenfügens von »Weib« und ›Tier‹ ward der »Mensch« »MENSCH«, tat das Kind Gott seinen ent-scheiden-den Entwicklungs-, Bewusstwerdungsschritt zu seinem »MENSCH«-sein und das Schloss des Tores heraus aus dem Garten Eden des unbewussten All-ein-Empfindens des Tier-es öffnete sich. So fügte das Kind Gott sein »Bein« (Rippe; Knochen = ursprünglich mhd., ahd. »Bein« von germanisch »baina«) mit seinem sein »Leben tragenden Fleisch« zusammen zu seinem ICH- und DU- bewussten

Mensch-Sein, was die Worte bedeuten »Bein von *meinem* Bein und Fleisch von *meinem* Fleisch«; wer das Wort *mein* kennt, kennt auch das Wort *dein* – der MENSCH, Gott, hat das »DU«, sein (scheinbares) Gegenüber, als ihm zwar gleich, aber doch als von ihm abgeschiedenes individuelles Wesen, sein DU, erkannt, mit dem er/es sich jedoch gemeinsam von den Tieren unterschied. Es geht hier nicht um die ERSCHAFFUNG des »Menschen« »weiblichen« Geschlechts aus dem »Menschen« »männlichen« Geschlechts, sondern um die Fähigkeit des ERKENNENS eines anderen »Menschen/Mann-es« als DU gegenüber dem eigenen ICH durch diesen Bewusstseinsschritt. Das Kind Gott war in seinem Empfinden noch ganz eins mit den »Tieren«, als es zu ihnen, seinen tierischen Aspekten, sprach: »Lasset *uns* Menschen machen, ein Bild das *uns* gleich sei, ...«. Es kannte noch nicht die Worte »Ich« und »Du«, hatte die Schwelle zum »Mensch«-sein noch nicht überschritten, gleichwohl es auf ihr stand. Es ahnte in den Tiefen seiner Seele, dass die Zeit gekommen war, da es sich in seinem Bewusstsein über die Tiere, sein Tier-Sein, würde erheben müssen, sein Haupt würde gen Himmel richten müssen, wollte es sich selbst über die Tier-Aspekte seiner Seele hinaus erfahren, sich seines Selbst in all-en seinen Aspekten bewusst werden. Daher sprach es weiter: » ..., die da herr-schen über die Fische im Meer und über die Vögel unter dem Himmel und über das Vieh und über alle Tiere des Feldes und über alles Gewürm, das auf Erden kriecht.« Es ist auch zu beachten, dass bis zur Vollendung der Erschaffung von »Himmel« und »Erde« von Gott ohne die Zusatzbezeichnung »der HERR« die Rede ist. Erst im Abschnitt mit der Überschrift »Das Paradies« erscheint die Bezeichnung Gott mit dem Zusatz »der HERR«. An diesem Punkt beginnt das Kind Gott, so paradox es klingen mag, sich bereits unbewusst seiner über sein tier-isch-es All-ein-empfinden hinausgehenden Selbst-bewusst-seins-fähigkeit, seiner ICH-Bewusstseinsfähigkeit, ahnend bewusst zu werden. So wie es auf seiner tier-isch-en Ebene als »Gott« bereits unbewusst seine Fähigkeit ahnend die Leit-tier-funktion übernommen hatte über seine tier-isch-en Aspekte, so spürte es nun im-mer deutlicher, dass sein mit »Macht« aus der »Erde« drängendes Bewusstsein die HERR-schaft über sein unbewusstes tier-isch-es Sein zu übernehmen im Begriff war, um es Aspekt für Aspekt aus seiner Dunkelheit ins Licht seines Bewusstseins zu heben bis zu seiner voll-kommenen Selbst-bewusst-heit. Dieser macht-voll-en (die »Erde« *fül-len, voll* machen) Entwicklung in sich, die es über seine tier-ischen Seelenaspekte herr-schen lassen würde, verlieh das Kind Gott unbewusst Ausdruck, indem es seinen sich selbst verliehenen Namen »Gott« um den Zusatz »der HERR« erweiterte. Der erste Teil des ersten Buches Mose 2 beschreibt die Umsetzung der gedanklichen in die mater-ielle Her-stellung des »Menschen« durch Verdichtung der vom aus den Tiefen der »Erde« aufsteigenden »Nebel« (das aus der Tiefe seines Herzens aufsteigende feine Gespinst der Seele Gottes, des »Wassers des Lebens«) befeuchteten Erde der fruchtbaren »Erd«-Oberfläche, »Land« genannt, zur »mensch«-lichen Form, der das Gott den »Odem (Atem) des Le-bens« ein-blies. Der Atem, althochdeutsch *ātum = Hauch, Geist*, ist der »Heilige Geist« und dieser ist der Motor des Lebens, die Kraft, die das Leben (Gottes) antreibt – und diese Kraft ist die all-es durchströmende und ewig ungeteilte und deshalb heil-ige (heil = ganz, ungeteilt) Liebe Gottes zu sich selbst, die es aus seinem im-mer unruhiger werdenden Schlaf in seiner Wiege, der Tiefe seines Herzens, dem »Heiligen Gral«, wachküsste und es antrieb, aus den Tiefen seines vollkommenen Unbe-wusstseins aufzusteigen zu seinem vollkommenen Bewusstsein seines Selbst, weil sie den im-mer stärker werdenden Drang des Lebens in der im Sein Gottes ruhenden Seele Gottes fühlte, sich aus dem Meer seines Seins zu erheben, zu entfalten und sich in allen seinen Aspek-ten zu erleben, sich selbst zu erkennen, sich seines Selbst bewusst zu werden. Sie spürte die Unzufriedenheit Gottes über die Unkenntnis seines Selbst, die seinen Frieden störte. So trieb die Liebe Gottes das Gott an, sich auf den Weg zu machen durch die »Welt« zur Erkenntnis seines Selbst, seiner Wahrheit, um durch sie Ruhe in seiner Seele, seinem Sein, zu finden und am Ende wissend für im-mer heimzukehren in seinen »Heiligen Gral«, das Herz seines Selbst, Quelle und Tempel seiner Liebe, um in Liebe und Frieden und vollkommener Harmonie mit sich selbst für im-mer zum ewigen Schlaf ins Meer seines Seins zurückzusinken. Als das Gott den »Heiligen Gral« verließ, atmete es vor der Schwelle dessen »Goldenen Tores« die Lebenskraft seiner Liebe, die Treibstoffquelle seines Lebens, ein. Dann trat es über die Schwelle hinaus in die »Welt« und *bild*ete und ver-dichtete aus dieser Quelle sein »weltliches« Herz, spaltete es und formte alle gespaltenen Teile zu kleinen Herzen, die es in all seine ver-dichteten Formen ein-baute als Quelle, als Motor seiner Lebenskraft, die es mit jedem Einatmen speist mit der Kraft seines kosmischen »Heiligen Grals«, in den es dafür mit dem Wind jedes Ausatmens die mit Hilfe von dessen Kraft gemachte Erkenntnis zurückschickt. So wird es bei seiner Heimkehr in den »Heiligen Gral« wieder vor der Schwelle dessen »Goldenen Tores« stehen und im Augenblick seines Durchschreitens mit seinem letzten Ausatmen den letzten Buchstaben seiner Selbsterkenntnis in ihn hin-einblasen. In diesem Moment endet die »Welt« und es wird sein, wie Otto Julius Bierbaum in seinem Gedicht schrieb:

Die Nacht ist niedergangen,
die schwarzen Schleier hangen
nun über Busch und Haus.
Leis rauscht es in den Buchen,
die letzten Winde suchen
die vollsten Wipfel sich zum Neste aus.
Noch einmal leis ein Wehen,
dann bleibt der Atem stehen
der müden, müden Welt.
Nur noch ein zages Beben
fühl durch die Nacht ich schweben,
auf die der Friede seine Hände hält.

Dann schließt sich das »Goldene Tor« hinter ihm für im-mer und das Gott sinkt in seine Liebe zum ewigen süßen Schlaf in Ruhe und Frieden mit sich selbst.

Das Kind Gott hatte nun den Lebensodem in die Nase des »Menschen« geblasen und ihn damit zu einem »lebendigen *Wesen*« gemacht, doch liegt hier die Betonung auf *Wesen*. »Wesen« stammt vom mittelhochdeutschen »wesen« als Verb im Sinne von »sein«, althochdeutsch »wesan«. In alten Bibelausgaben heißt es: »Und also ward der Mensch eine lebendige Seele.« Der »Mensch« ist zur Erde ver-dichtete Seele Gottes und diese ist sein »Wesen«, sein So-Sein, lebendig durch den Atem des Lebens. Doch war der »Mensch«, sich seines/ihres Selbst, seines/ihres Wesens, noch vollkommen unbewusst. Er/sie war noch gleich und eins mit all-en anderen Wesen, war noch gleich den Tieren in ihrem unbewussten All-ein-empfinden, jedoch schon im Übergangsstadium vom »Tier« zum »Menschen«. Die Festplatte des Tier-es ist nahezu vollständig mit Daten beschrieben, die all-es beinhalten, was das »Tier« für seine Existenz braucht und bietet nur wenig freien Platz für die wenigen Erfahrungen, die es in seinem klar definierten Lebensraum machen kann. Seine Programmierung entspricht dem Naturinstinkt, der zur Erfüllung seiner existentiellen Bedürfnisse dient und seine Entscheidungsfreiheit beschränkt sich auf die in diesem Rahmen erforderlichen Entscheidungen, zum Beispiel auf die Auswahl eines geeigneten Nistplatzes. Für das Tier brauchte das Gott keinen umzäunten und mit einer Tür versehenen Garten zu bauen – es war außerstande, aus seinem festgelegten Lebensrahmen in seinem unbewussten All-ein-sein hinauszutreten in das Bewusstsein seines Selbst. Um dies zu ermöglichen, musste das Gott beim »Menschen« die Festplatte des »Tier-es« so weit »blankputzen«, dass sie nur noch die elementarsten Daten für sein Über-leben enthielt, dafür baute es aber die »Tür« ein, die es ihm ermöglichte, aus dem begrenzten Lebensraum des Tier-es und seiner Unbewusstheit herauszutreten in die vor ihm liegende Weite seiner Möglichkeiten durch die Erfahrung seines

Selbst und schloss sie auf, damit der »Mensch« sie öffnen und durch-schreiten könne. Doch brauchte es dazu noch ein Bewusstsein seiner Individualität, seines ICHS, um sich selbst vom (scheinbar) anderen, dem (scheinbaren) DU, unterscheiden zu können, wozu wiederum die Fähigkeit zu individuellem Fühlen und Denken in Verbindung mit der individuellen Vor-stellungskraft seiner Aspekte und ihre Fähigkeit zur Betrachtung des eigenen Selbst in der Unterscheidung zum Selbst des (scheinbaren) Gegenübers sowie die (scheinbare) Freiheit zu ihrer in-dividuellen Willensentscheidung erforderlich waren und dazu musste das Gott noch eine zweite, mit der Tür, der Schnittstelle der ersten elementaren Betriebssystem-Festplatte zu verbindende Festplatte bauen und entsprechend programmieren. So lauteten die Basisdaten dieser Festplatte, dass der »Mensch« ihm (Gott) gleich sei und gleich ihm sich über die »Erde« und die »Tiere« erheben konnte in die Freiheit des Bewusstseins, die den »Menschen« in das Wissen um seine eigene Fülle tragen würde, mit dem er/sie die Leere seines unbewussten Seins, die »Erde« füllen sollte, bis das Licht seiner Bewusstheit auch den letzten Winkel seines ganzen Seins erleuchten würde. Dies meinte das Gott mit den Worten: »Seid fruchtbar und mehret euch und *füllet die »Erde«* *und machet sie euch »unter-tan«* (= *das Bewusstsein erhebt sich über das* *Unbewusstsein, »tut sich das Unbewusstsein unter«, überwindet es)* und herrschet über die Fische im Meer und über die Vögel unter dem Him-mel und über das Vieh und über alles Getier, das auf Erden kriecht.« Mose 1 erzählt von der imaginären Erschaffung des »Menschen«, als bildhafte Vorstellung Gottes von sich selbst als »Mensch« – quasi der Erschaffung des »Menschen« auf dem »Reißbrett« mitsamt der Defi-nition der ihm/ihr zugedachten Aufgaben. Erst in Mose 2 erfolgt die »reale« Erschaffung des »lebendigen Menschen« – gemacht aus Erde vom Acker und belebt durch den Odem des Lebens. In dieser Phase war das atmende menschliche Wesen hilflos wie ein neugeborenes Baby, da seine Festplatte Nr. 1 noch nicht mit seiner Festplatte Nr. 2 verbunden war. Diesen kurz darauf von ihm bemerkten Mangel behob das Kind Gott dann durch die bereits geschilderte Aktion mit der zum »Weib« transformierten Rippe. Ein Rätsel gibt uns noch das *sie* in Vers 27 im ersten Buch Mose 1 auf: »Und Gott schuf den Menschen zu seinem Bilde, zum Bilde Gottes schuf er ihn; und schuf *s i e* als Mann und Weib.« Hiermit ist gemeint, dass das Gott den Menschen allgemein zu seinem Bilde schuf, jedoch nicht nur einen einzigen Menschen. Das *s i e* weißt darauf hin, dass das Gott schon durchaus mehr als eine Menschengestalt vor seinem inneren Auge schuf. Dies ist auch bereits den Worten aus Vers 26, Mose 1, zu entnehmen: »Und Gott sprach: Lasset uns Menschen machen, ein Bild, das uns gleich sei, *die* da herrschen über…« Hieraus geht klar die Absicht hervor, mehr als einen Menschen zu machen. Doch den Menschen an sich, jeden einzelnen der verschiedenen Menschengestalten, schuf es, wie zuvor beschrieben, als Mann (aus »Erde« gemachte Form/Gestalt) und Weib (das diese Form/Gestalt durchwebende Leben).

Das Gott hatte nun das »Weib« zu dem »Menschen« gebracht, da sprach der nun erkenntnisfähige »*Mensch*« vorausahnend: » …*man wird sie Männ-in* nennen, weil *sie* vom *Manne* genommen ist.« Auch hieraus geht noch einmal hervor, dass mit *Män-nin* nicht *das* »Weib« gemeint ist, da sonst dort stünde: » …man wird *es* »Weib« nennen, weil *es* vom Manne genommen ist«, da der Artikel von Weib nicht *die* sondern *das* ist, so wie es analog auch *das* Leben heißt. *Man* bedeutet im Alt- und Mittelhochdeutschen *Mann* im Sinne von *Mensch*, zurückgehend auf das germanische *manna*, indogermanische *manus* und das altindische *manu* mit derselben Bedeutung; *manu* ist verwandt mit dem gemeingermanischen Wort manna/mannuz/*mannaz* mit der Bedeutung »Mensch«; *Mannaz* wiederum ist die zwanzigste der 24 gemeingermanischen Runen, deren Sinnbild der vollkommene MENSCH als androgynes Wesen und deren Kraft die EINHEIT ist sowie die fünfzehnte der 16 nordischen Runen, welche für das eigene ICH steht. Auf der Schwelle des Übergangs vom Tier zum sich seines Selbst bewussten »Menschen« im Bewusstsein seines ICHs im Gegensatz zum (scheinbaren) DU steht der »Mensch« im 1. Buch Mose 2, Vers 23. Der »Mensch«, das Kind Gott, wird sich seines Selbst als Individuum gewahr und hebt sich dadurch jetzt vom Tier ab; es hat entdeckt, dass es »sein« eigenes Bein, »sein« eigenes Fleisch ist, hat das Wort »mein« entdeckt, von dem aus es nur noch eines Schrittes bedarf zum »dein« und von dort aus nur noch eines weiteren Schrittes zum »ICH« und »DU«. Noch sind alle Eigenschaften in ihm vereint, doch ahnt er/sie bereits deutlich, dass die (scheinbare) Trennung seiner Eigenschaften von-ein-ander in naher Zukunft liegt und der Beginn dessen ist, worauf das »wird« in den Worten » ...*man* wird *sie* Männin nennen, weil *sie* vom Manne genommen ist«, hinweist. Was bedeuten diese zukunftsgerichteten Worte? Alle Eigenschaften Gottes waren ver-dichtet zu und daher enthalten in einer androgynen Gestalt des Mann-Es, der androgynen Menschengestalt aus Erde. Dieser entnahm nun das Kind Gott, den weiteren Entwicklungsweg des »Menschen« (seinen eigenen) unbewusst vorausahnend, bestimmte Eigenschaften und machte daraus ein zweites Mann-Es und nannte es Männ-*in*, weil es vorher *in* dem Mann-Es war. Mit *sie* ist übrigens die frühere *Rippe* gemeint, die nun zum »Fleisch« aufgelockerten und dadurch weicher und aufnahmefähiger gewordenen Eigenschaften des »Menschen«, in die das Kind Gott dann das Leben, das »Weib«, einwob. Diese als »Fleisch« auch im »Menschen« »männlichen« Geschlechts vorhandenen weicheren Eigenschaften ordnete das Kind Gott dann allerdings schwerpunktmäßig dem »Menschen« »weiblichen« Geschlechts zu, wobei es wohl schon ihre spätere Funktion im Blick hatte. So würden die beiden »Menschen« ein-ander ihre ihnen nun (scheinbar) fehlenden Eigenschaften bildlich spiegeln, so dass sie sich in ihnen irgendwann als die zwei Hälften ein und desselben Bild-es erkennen könnten. Dieser erkennende »Mensch«, der sich in seiner Vollkommenheit und in der Gestalt des Mann-es **und** der Männ-in seine nur scheinbar von-ein-ander getrennten Eigenschaften erkennt, ist »*man*«, »*mannaz*«, der am Ende seines Weges seine Wahrheit erkennt – der irgendwann in der

Zukunft am Ende seines Weges das Bild als Schein und sich selbst als wahr erkennt und dieses ahnte der »Mensch«, Gott, in den Tiefen seines Herzens. Die Trennung von Mann und Männin ist nur scheinbar, denn jede Menschengestalt hat ein ganzes Herz und in diesem sind alle Eigenschaften des »Menschen«, Gottes, enthalten, ganz gleich, welche von ihnen in welcher Gestalt, in welcher Rolle, gelebt werden. Zudem ahnte das Kind Gott, dass es für sein Leben, sein »Weib«, eventuell etwas schwierig werden könnte, alle seine Eigenschaften durch ein androgynes Mann-ES zu leben, weshalb es in der (scheinbaren) Trennung seiner Eigenschaften auch einen praktischen arbeitsteiligen und dadurch die beiden Gestalten entlastenden Nebeneffekt sah. Stellen »Sie« sich eine Fahrt mit einem permanent überladenen Fahrzeug vor – wahrscheinlich gäbe es »seinen Geist auf«, bevor »Sie« ihr Ziel erreicht hätten. Weiterhin ahnt der »Mensch« (Gott) voraus im 1. Buch Mose 2, Vers 24: »Darum wird ein Mann (Mann/Männin) seinen »Va-ter« und seine »Mut-ter« verlassen und seinem Weibe (seinem Leben) anhangen, und sie (die Eigenschaften Gottes und sein Leben) werden sein *ein* Fleisch.« Hier wird bereits auf die später aus der Ein-heit von »Va-ter« und »Mut-ter« hervorgehende Ein-heit von »Sohn« und »Tochter« hingewiesen. Was dies bedeutet, erläutere ich jedoch an späterer Stelle. Doch in seinem momentanen, gerade erst aus seiner Unbewusstheit erwachenden Zustand, gerade erst sein »Weib«, sein Leben, wahrnehmend mit der ahnenden unschuldigen Offenheit des kleinen Kindes, dass rein (im reinen mit sich) und nackt und bloß seinem Leben entgegenstrahlt wie die aufgehende Morgensonne dem beginnenden Tag, steht in Vers 25 der »Mensch« in der Unschuld eines kleinen Kindes mit seinem Leben, seinem Weib, da, frei von jeglicher Scham. Dieser kindliche »Mensch« ist noch vollkommen eins mit sich selbst, frei von jeglicher (Selbst-) Bewertung, durch die ein Schamgefühl überhaupt erst ausgelöst wird. [»Und sie waren beide nackt (in ihrer kindlichen Unbewusstheit noch vollkommen rein, bloß und unverfälscht), der »Mensch« (in vielerei Gestalt) und sein »Weib« (Leben), und schämten sich nicht«]. Das Schamgefühl stellt sich erst ein im Verlauf des sogenannten »Sündenfalls«, der die Bewusstwerdung der unterschiedlichen Seelenaspekte, Eigen-schaften des »Menschen«, beschreibt, symbolisiert durch die Gegensätze »gut« und »böse«. Die Schlange seiner Angst, Satan, die Angst Gottes vor seinem All-ein-sein, seiner Ein-sam-keit in der Dunkelheit seiner Un-bewusstheit bezüglich seines Selbst, trieb das von seiner Liebe getragene Leben (Weib) Gottes dazu, sich von der Lust [gotisch *lustus*, ahd. lust = »*Wunsch (Begehren), Verlangen*«] nach der Erkenntnis seines Selbst verlocken zu lassen und durch die beiden Tore der Seele Gottes, das Tor des Herzens und das Tor des Verstandes, herauszutreten aus dem Dunkel seines Selbst-Unbewusstseins in das Licht seines Selbst-Bewusstseins, um s-ich (sein ICH) im Spiegel der Projektion seines Selbst, dem scheinbaren Anderen, dem scheinbaren »DU«, als »ICH« zu identifizieren und sich seines Selbst ge-wahr zu werden. Die Tore seiner Seele sind die Augen des »Menschen« (Gottes), die von der Kraft seiner sein Leben antreibenden Liebe zu sich selbst geöffnet wurden, damit er/es durch sie in seine scheinbare Projektionswelt hinaustreten konnte, um sich in ihr fühlend und denkend erleben, erfahren, erkennen und dadurch klug werden zu können. Klug stammt ab vom mhd. *kluoc*, was unter anderem *weise* bedeutet und Weisheit, griech. = sophia, ist das Wissen im Herzen des »Menschen«, Gottes, um seine Wahrheit und somit ist das Wissen seines Herzens, seine Weisheit, auch der Weg zu seiner Wahrheit. Das Herz wiederum ist die verdichtete Kraft der Liebe Gottes, des »Heiligen Geistes« – und der Kern des Herzens ist der »Heilige Gral«, die all-es enthaltende und zugleich seiende Essenz Gottes. Durch das rechte Tor, das Auge des Verstandes, »sieht« der »Mensch«, das Gott, die »Welt« und mit dem Verstand begreift, er-fasst er/es sie. Durch das linke Tor, das Auge des Herzens, nimmt er/es die »Welt«, die es mit dem Verstand »sieht«, **wahr**, »schaut« es sie, erkennt er/es seine Wahrheit in ihr, erkennt in ihr sein Spiegelbild – wird der »Mensch«, wird das Gott, klug, wird es weise, wird es wissend. Im Heraustreten aus dem Dunkel seiner Unbewusstheit in die Bewusstheit von »ICH« und »DU«, von »gut« und »böse«, wurde der »Mensch« (Mann/Männin) sich mittels seines Lebens, des denkenden und fühlenden Weibes, seiner »nackten« Ungeschütztheit seinem nun ebenfalls um »gut« und »böse« wissenden »DU« gegenüber ge-wahr und schützte (schürzte) sich instinktiv, indem er/sie einen symbolischen Schutzwall (Schurz) um sich legte und damit eine symbolische Schutzdistanz zu seinem Gegenüber schuf. Das dazu laut dem ersten Buch Mose 3 Vers 7 benutzte Feigenblatt symbolisiert das Herz des »Menschen«. Das Herz als verdichtete Kraft der Liebe Gottes wiederum symbolisiert die Kraft, die Energie des Lebens, die das Leben Gottes zum Licht seines Selbst-Bewusstseins trägt. Der »Mensch« begann, sich mit dem aufsteigenden Licht seines Selbst-Bewusstseins von seinem Gegenüber, dem »DU«, schützend (schürzend) abzugrenzen. Bis zu diesem Zeitpunkt war der »Mensch«, das Gott, »MENSCH«, doch im Moment der Erlangung des Wissens um »gut« und »böse«, des »ICH« und »DU« wurde der »Mensch« »ADAM« – gab das Gott seiner Manifestation »Mensch« einen Namen. Allen Tieren hatte der »Mensch« einen Namen gegeben – nun gab das Gott seiner Manifestation »Mensch« einen Namen – ADAM, durch den er/sie sich nun vom Tier unter-schied.

Seine ihm nun aus seinem Spiegelbild entgegenblickenden Eigenschaften, die ihm/ihr nicht so sehr gefielen, bewertete der »Mensch« (Gott) als »böse« und die anderen als »gut« und schämte sich seiner »bösen« Eigenschaften. So trat die Scham in sein Leben, die ihm äußerst unangenehm war. Scham ist ein angstbesetztes Empfinden, das meist durch eigenes und von anderen beobachtbares Fehlverhalten ausgelöst wird, durch das man deren Achtung zu verlieren droht. Wer Achtung genießt, erhält zumeist auch wohlwollende Zuwendung von seinen Mit-Menschen, was wiederum seinen Platz in der Gemeinschaft dieser »Menschen« sichert und ihn vor Ein-sam-keit und All-ein-sein bewahrt. »Böse« Eigenschaften führen nun meistens zu einem

Fehl-verhalten (ihnen fehlt das »Gute«), das zu einer Miss-achtung des »bösen« »Menschen« und infolgedessen zu einer Abwendung seiner Mit-Menschen von ihm/ihr und dadurch zu Einsamkeit und All-ein-sein führt – und was ist die *Ur*-angst des »Menschen« (Gottes)? Die Angst vor Einsamkeit und All-ein-sein. Deshalb schämt sich der »Mensch« (Gott) seiner/ihrer »bösen« Eigenschaften und projeziert sie nur allzugern auf sein Spiegelbild, sein (scheinbares) Gegenüber, das (scheinbare) »DU«. »ICH« bin »gut«, »böse« bist nur »DU«. Damit begann die Bewertung der Seelenaspekte, der Eigenschaften des »Menschen«, die zu deren Unter-scheidung in »gute« und »böse« Eigenschaften führte – und damit zur sogenannten »Sünde«, der Spaltung, der (scheinbaren) Trennung des »Menschen«, Gottes, von seinem *einen* ungeteilten Sein. Der »Mensch« (das Gott) fiel aus dem Garten Eden seines *einen* Seins in die »Sünde«, die (scheinbare) Spaltung seines Selbst. Was es mit dem »Sündenfall« genau auf sich hat, werde ich an späterer Stelle erklären.

Die Vorsilbe *ur-* bedeutet sprachgeschichtlich »aus-heraus«, »von-her« im Sinne von »aus einer Wurzel, einer Quelle, einem Ur-sprung« hervorgegangen. Altenglisch ist dies *or-*. So heißt auch das Erz, der aus dem Eisen gewonnene Grundstoff, englisch *ore*. Die Vorsilbe erz-bedeutet im Deutschen wiederum »von Grund auf«. Die *Ur*-angst des »Menschen« ist die Angst Gottes, die Schlange Satan, die nach seinem Ge-wahr-werden seines All-ein-seins nach seinem Erwachen aus dem *Grund* seines H-erz-ens in ihm aufstieg und das Kind Gott in seine Ver-zwei-flung, seine Spaltung trieb.

*

11. Kain und Abel, Vater und Mutter, Sohn und Tochter, Brüder und Schwestern

Im 1. Buch Mose 3, Vers 20, wird ADAM, der »Mensch«, sich seines »Weibes«, seines Lebens und dessen Fruchtbarkeit bewusst und um es von seiner aus »Erde« gemachten »Erden«-Gestalt zu unter-scheiden, nennt er/sie es »(H)EVA«, was heißt auf hebräisch *chawa* und bedeutet »die Lebenspendende, die Mutter«. Im 1. Buch Mose 4, wird ihm/ihr bewusst, dass nur sein »Weib« Leben er-zeugen und gebären kann und dass er/sie (ADAM, der »Mensch«) seine »Erde« (Mann/Männin; isch/ ischa), seine (passive) Erdengestalt (quasi die leblose Puppe) mit seinem (aktiven) Leben verbinden muss, um seine (passiven) Seelenaspekte als lebende (fühlende und denkende) Gestalten aus sich heraus *wirk*-lich werden zu lassen: *Und Adam erkannte sein Weib Heva, und sie ward schwanger und gebar den Kain und sprach: »Ich habe einen Mann ge-wonnen mit dem HERRN.«* laut einer Bibelausgabe Ende des 18. Jahr-hunderts, abweichend vom Text einer mir ebenfalls vorliegenden Bi-belausgabe von 1972, der da lautet: *Und ADAM erkannte sein Weib Eva, und sie war schwanger und gebar den Kain und sprach: Ich habe einen Mann gewonnen mit Hilfe des HERRN.«* Der medizinische Be-griff für Schwangerschaft ist »Gestation« oder »Gravidität« von latei-nisch *gravitas* = *Schwere.* Durch die Verbindung des Lebens mit der es tragenden *Erdengestalt* ADAMS wurde das Leben, EVA, fruchtbar, empfing (erwarb) »Erde« vom Acker von der ird-ischen Gestalt ADAMS und wurde *schwer* von ihr und *gebar* (von altnordisch *bera* = tragen, führen; germ. **beran* = tragen, gebären; indogerm. **b^her-* = tragen, bringen; mhd. *gebern,* ahd. und altsächsisch *giberan* im Sinne von austragen, zu Ende tragen), *trug* erstmals einen MANN, eine ird-ische Gestalt, aus der »Erde« ADAMS, der nicht geborenen, sondern von Gott dem HERRN *gemachten* ird-ischen Gestalt, her-*aus* in die »Welt«

hin-ein. Doch damit die ird-ische Frucht eine lebende Gestalt, ein lebendiges Wesen sein konnte, gebar/trug das Leben Gottes auch seine Kraft, seinen Atem, den das Leben tragenden und die »Erde«, den »Va-ter«, durchwebenden und durchströmenden »Heiligen Geist«, die »Liebe Gottes«, den »Atem des Lebens«, ohne den kein Wesen lebendig ist, in seine ird-ische Frucht. Dieses bedeuten die Worte »*Und sie fuhr fort, und gebar (H)Abel, seinen Bruder.*« der Bibel Ende des 19. Jh., aus denen deutlicher hervorgeht als aus den Worten der Bibelausgabe von 1972 »*Danach gebar sie Abel, seinen Bruder.*«, dass die Geburten Kains und Abels *fließend* hintereinander erfolgten. *Kain* bedeutet »Erwerb« im Sinne von ird-isch, von der Erde, erworben und *Abel* (hebr. *hevel*) bedeutet »Atem, Hauch« und dies ist der »Atem des Lebens«- und dieser ist, wie »wir« bereits wissen, der »Heilige Geist«, die Kraft der Liebe Gottes zu sich selbst. Kain und Abel sind also nicht zwei Menschen, sondern Kain ist die erste in die »Welt« »*geborene* Erde« und Abel ist der ihm/ihr *eingeborene* Atem, die Kraft der Liebe Gottes, ohne den/die Kain nicht lebendig wäre – und so, wie das Gott zuerst den »Menschen aus Erde vom Acker« *gemacht* und ihm dann den »Atem des Lebens« *eingeblasen* hat, so hat auch das Leben Gottes zuerst aus ADAM die ird-ische Gestalt *geboren* und dann den Atem des Lebens, die Kraft des Lebens aus sich heraus in die »Erde« *fließen* lassen. Die *geborene* ird-ische Gestalt ist der in die »Welt« hin-*eingeborene Sohn*, in die/den dann das Leben seinen Atem, den »Heilige Geist«, *fließend* eingebar, einführte. *Sohn* stammt vom indoeuropäischen »seu, sū = Geburt geben, fortpflanzen« und die »Pflanze« ist die Frucht der »Erde«, also *Kain. Abel*, der dem Kain, dem Sohn, fließend eingeborene (nicht mehr eingeblasene) Atem des Lebens, ist also nicht ebenfalls Sohn der »Erde«, sondern *Tochter* des »Heiligen Geistes«, der Liebe Gottes. Ja, sie lesen richtig. *Tochter* stammt u. a. vom illyr. *dúan* in der Bedeutung »Quelle, Brunnen«, vom indogerm. *d^{h}ug^h-tér* = »der die Mutter Milch gibt, Tochter« sowie vom ind. *dhu-□h-* = »Milch *fließen* lassen« und »Milch« ist das Symbol der lebengebenden Mütterlichkeit, der Mutterliebe und somit der Liebe Gottes (zu sich selbst), die zugleich die Quelle und die Kraft des Lebens Gottes ist, die es *fließend* trägt in und durch die »Erde«, sie durchströmt und speist und tränkt mit sich selbst und die all-ein die »Erde vom Acker« lebendig werden lässt. Und so wie der »Sohn« die von (H)EVA, der Mut-ter, aus ADAMS ird-ischer Gestalt (Mann/Männin), dem Va-ter, von Generation zu Generation immer weiter durch Geburt fortgepflanzte »Erde vom Acker« ist, ist die »Tochter« der durch und mit (H)EVA von Generation zu Generation der »Erde« *eingeborene* und sie lebendig machende »Heilige Geist«, die Liebe, die Kraft des Lebens, der von Generation zu Generation durch Geburt weitergegebene, im »Sohn« weiterfließende, ihn durchströmende und durchwebende »Atem des Lebens«, bis die »Erde« wieder ein-gegangen, eins geworden ist mit dem Himmel. In der Bibel symbolisiert Elisabeth, die Mutter Johannes des Täufers, die alte Mut-ter, die Ur-Mut-ter, das mit seiner Liebe und deren Kraft eins seiende und das himmlische SEIN Gottes, den Ur-Va-ter, durchwebende ewige Leben als himmlische Ur-quelle des aus ihr strömenden Lebens. Maria, die Mut-ter Jesus', symbolisiert das von Gott mit seinem Atem aus der Ur-Quelle entnommene und als Mut-ter in die »Erde«, den Va-ter, *eingeblasene* Leben, (H)EVA, das durch den Va-ter den »Sohn« *gebar,* und Maria Magdalena symbolisiert die dem ersten »Sohn« durch (H)EVA erste eingeborene »Tochter«. Und so ist jeder »Mensch« nicht nur sowohl Va-ter **und** Mut-ter zugleich, sondern auch Sohn **und** Tochter. Dies ist die Bedeutung der Trinität von Vater, Sohn und Heiliger Geist: Va-ter = die von Gott aus sich als ird-ische Gestalt ADAMS herausgestellten und zur »Erde« ver-dichteten und geformten (gemachten) Seinsaspekte (Eigenschaften), das SEIN Gottes, das ES IST; Sohn = die vom Leben aus der ird-ischen Gestalt ADAMS heraus in die »Welt« hin-*eingeborene* »Erde«, und »Heiliger Geist« = die Ur-kraft und Ur-quelle Gottes zugleich, die Ur-Mut-ter, die Liebe Gottes zu sich selbst mit ihrer Kraft und ihrem Leben, die das Gott der »Erde vom Acker«, dem Va-ter ADAM, als Mut-ter eingeblasen hat und die dann von dem mit ihr ver-ein-ten Leben, (H)EVA, als »Tochter« in den »Sohn« eingeboren wurde. Als die Seele, die Wahrheit Gottes, sind Va-ter und Sohn eins, ebenso wie Mut-ter und Tochter eins sind als die das Leben tragende Liebe, der »Heilige Geist«, der »Atem des Le-bens«. Deshalb sprach Jesus Christus, der *eingeborene Sohn,* die *durch die eingeborene Tochter lebendige Seele, lebendige Wahrheit* Gottes: »Wenn ihr mich kennetet, so kennetet ihr auch meinen Va-ter. Und von nun an *kennet* ihr ihn und habt ihn **gesehen.**« (Ev. n. Joh. 14, Vers 7, Bibel Ende 19. Jh.), denn die ird-ische Gestalt des »Menschen« (Mann/Männin), Gottes, die das Gott zu seinem Bilde schuf, kann das »Auge der Welt« **sehen.** Doch den »Heiligen Geist«, den als Toch-ter im Sohn fließenden »Atem des Lebens«, kann das »Auge der Welt« **nicht** sehen – er/sie ist die unsichtbare Kraft des Lebens, die nur das Leben des »Menschen«, Gottes, fühlend und denkend erfassen, schauen kann, weshalb Jesus Christus in der *Verheißung des heiligen Geistes* im Ev. n. Joh. 14, Vers 17 ff, Bibel E. 19. Jh., spricht: »…den Geist der Wahrheit, welchen die Welt nicht kann empfahen (empfangen), denn sie *sieht* ihn nicht und *kennet* ihn nicht…«. Die zur scheinbaren Ma-terie ver-dichteten Gestalten des Va-ters und des Sohnes symbolisieren als solche den Schein der »Welt« und damit die Lüge der Welt, denn die scheinbare Materie als angebliche von Gott getrennte Schöpfung Gottes ist die Lüge Gottes, die scheinbare Wahrheit, mittels derer das Gott sich selbst ein scheinbares Gegenüber vorgaukelt und das schein-bare Auge der Welt kann eben nur den Schein der Welt, das Bild der Lüge, im scheinbaren Außen, im scheinbare »DU«, *sehen* und *kennen.* Doch den »Heiligen Geist«, die zu seiner Wahrheit führende Liebe Gottes zu sich selbst, kann die »Welt der Lüge« nicht sehen; er/sie kann nur durch das Leben fühlend und denkend erfasst, geschaut werden und durch ihn/sie die Wahrheit – denn die Liebe des »Menschen«, Gottes, zu sich selbst, ist der Weg zu seiner Wahrheit. Das Sehen der Wahrheit ist ein S-ich (sein ICH)-Schauen, ein S-ich-Erkennen des »Menschen«, Gottes, durch das Leben, durch das Erleben durch den

Va-ter und den Sohn, um zugleich im Va-ter und dem Sohn seine Wahrheit zu erkennen und s-ich seines Selbst bewusst zu werden, weshalb Jesus Christus sprach: »Ich bin der Weg (zu mir selbst) und die Wahrheit (meine eigene) und das Leben (mein eigenes); niemand kommt zum Va-ter (der Wahrheit Gottes) denn durch m-ich (mein ICH; das Bewusstsein der Wahrheit des »ICH BIN ALL-ES und ICH BIN ALL-EIN«).« (Ev. Joh. 14, Vers 6) und in der *Verheißung des heiligen Geistes,* Ev. Joh. 14, Vers 19: »Es ist noch ein kleines, so wird m-ich (mein ICH, die Verkörperung meiner Wahrheit, der Wahrheit Gottes) die Welt nicht mehr sehen; ihr aber sollt m-ich sehen (schauen), denn ich *lebe* und ihr sollt auch leben.« Die 11 verbliebenen Jünger symbolisieren die ganze Wahrheit Gottes und zugleich die Stufen zu seiner Erkenntnis, die das Gott auf seiner 12. Erkenntnisstufe nach Überwindung seiner Angst als seine Wahrheit erkennt und sich ihrer bewusst wird. In diesem Moment überwindet es die »Welt seiner Lüge« und ent-dichtet s-ich (sein ICH) und damit die »Welt seiner Lüge«. Nur die Wahrheit lebt wahrhaft und sieht (schaut) die Wahrheit. Den Schein der Welt, die (scheinbare) Verkörperung des ICHs Gottes, kann die dann nicht mehr existente Lüge der scheinbaren materiellen Welt, kann das Gott dann ohne seinen/ihren (scheinbaren) Körper dann auch nicht mehr sehen. Und so spricht Jesus weiter in Vers 20: »*An demselbigen Tage werdet ihr erkennen, das ich in meinem Va-ter bin, und ihr in mir, und Ich in euch.*« Weil die Augen der Lüge Gottes als Fernrohre nach »außen« in die scheinbare Ferne auf seine scheinbare Lüge gerichtet sind, sehen sie nicht den, der durch die Fernrohre sieht und sehen so die Wahrheit nicht. Die Welt der Lüge kann die Wahrheit nicht empfangen, denn die Welt der Lüge ist nicht wahr und was nicht wahr ist, ist nicht, ist nicht existent und was nicht existent ist, lebt auch nicht und kann somit auch die Wahrheit nicht durch das Leben schauen und schauend empfangen und somit die Wahrheit auch nicht kennen. Dies bedeuten die Worte Jesus Christus in Vers 17 der *Verheißung des heiligen Geistes:*«…den Geist der Wahrheit, welchen die

Welt nicht kann empfahen (empfangen); denn sie siehet ihn nicht, und kennet ihn nicht…«. – Der »Va-ter« ist die Wahrheit Gottes, sein So-sein, seine Eigenschaften – der Geist der Wahrheit aber ist der »Heilige Geist«, die unsichtbar im »Va-ter« fließende und ihn/sie mit seiner/ihrer das Leben tragenden Kraft, ihrem Atem, lebendig machende Liebe, die ihn/sie durch ihr Leben, das »Weib«, die Mut-ter, lebt und durch ihr Leben ins Bewusstsein Gottes trägt.

Doch nun wieder zu »Tochter« und »Sohn« und damit zu »Ihrer« eventuellen Frage, warum Kain und Abel in der Bibel dann als Brüder bezeichnet werden. Die Bezeichnung *Bruder* kommt u.a. vom japhet. *b^her-* in der Bedeutung von *tragen, bringen, gebären, Frucht bringen, Kind*. Die »atmende lebendige Erde« hat den Mann Kain *geboren* und Abel in ihn *eingeboren* und dadurch erstmals den »Menschen« als »at-mende lebendige Erde« *geboren*, statt *gemacht*. Kain und Abel sind nur gemeinsam als *eins* »lebendiger Mensch«. Die »Erde« kann nicht ohne die das Leben tragende Kraft der Liebe atmen und somit leben und das von seiner Liebe getragene Leben kann sich nicht ohne die »Erde« erfahren, sich nicht ver-wirk-lichen, kann nicht ohne sie wirken. Kain und Abel, Sohn und Tochter, sind als »Einheit Mensch« *geboren*, sind das *geborene* »Kind« (= indogerm. *$g^'ene$* = Leben schenken) der »atmenden lebendigen Erde« und somit in jedem »Menschen« durch *Geburt* als *Brüder* vereint. Die Bezeichnung »Brüder« bezeichnet also lediglich die Einheit von *Sohn* Kain und *Tochter* Abel als »*ein* von der lebendigen Erde *geborener* atmender lebendiger Mensch«. Tja, was aber nun mit dem Begriff »Schwester« als (scheinbarer) Gegensatz zu »Bru-der«? Die Bezeichnung »Schwester« stammt u. a. vom japhet. *$së□e$-* in der Bedeutung von »eigen«, vom lat. *se* = »sich« (sein **ICH**), vom germ. *$sel-□$-* i. d. B. »in eigener Person« und *s^*el-d-* i. d. B. von »für sich, alleinstehend, einzig«; Ableitungen vom japhet. *$së□e$-* sind das idg. *$s□e-d^h$-*, ebenfalls »eigen« bedeutend sowie das iran. *$x□ada$*, das »*Gott*« bedeutet. Als »*geborene* atmende lebendige Erde«, als »*Kinder* der leben-digen Erde«, sind »wir« alle *Brüder*, doch als die im Bewusstsein des

89

»Heiligen Geistes«, des Geistes der Wahrheit, der Liebe, mit-ein-ander verbundenen lebendigen Aspekteinheiten des all-einen Gottes – als das sich durch seinen »Heiligen Geist« selbst erkennende und bewusst werdende **all-eine Gott**, sind »wir« *Schwestern.*

»Wir« tragen »unsere«, Gottes, gesamte Evolution in uns und tragen sie durch Geburt weiter bis alles Gebären endet – vom Staubkorn über die Mineralien, Pflanzen, Tiere bis zu dem, was »wir« heute sind – dem »Menschen«, und aus »unserer« gesamten (scheinbar äußeren) Umwelt schaut uns »unsere«, Gottes, gesamte Evolution mit allen »unseren«, seinen Aspekten, als Spiegelbild entgegen. All-es was wir dort sehen, sind die Stufen »unserer«, Gottes, Entwicklung bis hin zu »unserem«, Gottes, »Mensch«-sein, die das Fundament bild-en, auf dem »wir« heute stehen, auf dem ADAM (Mann und Männin) heute steht, auf dem das Gott als »Mensch« heute steht und auf sich schaut und sein ganzes Selbst erkennt.

Doch was bedeutet: »Ich habe einen Mann gewonnen *mit dem HERRN*«? Was hat es mit dem Begriff »HERR« auf sich, der erst im ersten Buch Mose 2, Vers 4, 2. Satz (Das Paradies) als Zusatzbezeichnung zu Gott auftaucht. »HERR« (althochd. heriro, hèrero, hèrro) bezeichnet den Höhergestellten gegenüber dem Geringeren, den Befehlenden gegenüber dem Knechte. Das über sein tier-isches All-einempfinden sich erhebende erwachte Bewusstsein GOTT-ES erkannte seine Fähigkeit zur Erkenntnis seines Selbst, erkannte seine Fähigkeit, aus s-ich selbst zu schöpfen, erkannte seine Möglichkeit, mittels seiner Fähigkeiten s-ich, das Gott, über die (seine) Ebene des Tier-es hinaus zu erheben, hinaus zu führen zur Erkenntnis seines Selbst und über sein Tier-sein zu herr-schen und so nannte das Gott sein Bewusstsein HERR und identifizierte s-ich mit ihm und nannte s-ich fortan »Gott der HERR«, was somit »GOTT das Bewusstsein« bedeutet. So bedeutet obiger Wortlaut, dass das Leben (Weib) ADAMS, Gottes, sich mit der Erkenntnis <u>seines</u>, Gottes, <u>Bewusstseins</u>, seinem <u>HERRN</u>, selbst in seiner Fruchtbarkeit, in seiner Fähigkeit zu zeugen und zu gebären, erkannt hat und somit in der Lage war, seine Frucht in der ird-ischen Gestalt ADAMS selbst zu (er-)zeugen und durch sie zu gebären, sich fortzupflanzen; eine ird-ische Frucht, einen Mann (für die Gestalt von Mann und Männin stehend) aus sich selbst zu gewinnen, zu erwerben und so bedeutet *Kain* auch entsprechend *Erwerb* (Gewinn). Das Synonym zu »HERR« ist, nebenbei bemerkt, »FRAU«. »FRAU« stammt vom althochdeutschen »frouwa« und mittelhochdeutschen »frouwe« in der Bedeutung von »hohe Frau«, »HERRIN«. Somit wird mit der Anrede und/oder Bezeichnung HERR das Bewusstsein des MANNES angesprochen und mit der Anrede und/oder Bezeichnung FRAU das Bewusstsein der MÄNNIN. So wurde (H)EVA, das Leben, die Mut-ter all-er gezeugten und geborenen atmenden, lebendigen Erdengestalten. Mut-ter setzt sich zusammen aus Mut = alt- und mittelhochdeutsch *muot* = Kraft des Denkens, Gemütszustand (seelische Stimmung – Fühlen), Ge-*sinn*-ung und der Abkürzung »ter« für lat. Terra = Erde, Land. Das Leben Gottes, sein Denken und Fühlen, hat seinen *Sinn* der »Erde« zugewendet und sich mit ihr verbunden. *Sinn* stammt von althochdeutsch »sinnan«, was *reisen, gehen, streben* bedeutet. Mit seiner ird-ischen Gestalt, seinem ird-ischen *Körper* (= verallgemeinert: räumlich festes Objekt von gewisser Schwere; lat. corpus = Leib, Leiche, Fleisch; altind. krp-: Gestalt) als Fahrzeug reist, geht, strebt das Gott mit seinem Leben dem Bewusstsein seines Selbst entgegen. Der Begriff »Va-ter« wird verwendet im Sinne von Be-gründ-er, Ver-ur-sach-er, Er-zeug-er und in alten Redewendungen auch im Sinne von Vor-*fahr*, worauf auch das lateinische Wort »*va-dere*« für »fahren, gehen, treten« (sich fortbewegen) hindeutet. Nicht ohne Grund reden wir bezüglich »unseres« Bewegungsapparates des öfteren scherzhaft von »unserem« Fahr-gestell. »Wir« finden in diesen Begriffen die Wörter »Grund« (i. S. von Ackergrund, Erde von Acker), »Sache«, »Zeug«, »fahr-en«, die eben auf die leblose Mater-ie, die reine Erden-gestalt hinweisen und diese ist in der Tat das aus dem Grund der Erde (terra) vom Acker *gemachte* Fahr-zeug und Werk-zeug des Lebens, auf dem das mater-ielle, *wirk*-liche Leben *gründ-et*; das *Fahr-* und *Werk*-zeug des Lebens, das auch zuerst als dessen »Wohnung« oder eher »Wohn-mobil« gemacht wurde, bevor das Leben in es einzog, sich mit ihm ver-band, um sich mit ihm auf die Reise zum Bewusstsein seines Selbst zu begeben. Unter »Va-ter« ist also die reine, aus »Erde« gemachte Gestalt des »Menschen« als *Fahr-* und *Werk*-zeug des Lebens zu ver-stehen, die »Erde«, »Terra«, ob *isch* oder *ischa*, Mann oder Männin, und »Mut-ter« ist das vom »Va-ter« getragene und mit ihm ver-ein-te denkende und fühlende Leben des »Menschen« und nur in ihrer Ver-einig-ung, lebendig durch *Abel*, den Atem des Lebens, kann das Leben, das Weib, lebendige Erdengestalten zeugen und gebären, *wirk*-lich werden lassen. Dies bedeuten die Worte, die Gott der Herr (Bewusstsein Gottes) im ersten Buch Mose 3, Vers 16, zum Weibe (Leben Gottes) sprach: »Und dein Verlangen soll nach deinem Manne sein, aber er soll dein HERR sein.« Warum sollte der Mann, die zur »Erde« ver-dichtete Gestalt, das Bild Gottes, HERR des Lebens Gottes sein? – Weil sie/es das (scheinbare) Spiegel-bild, weil sie/es die ver-dichtete Wahrheit Gottes ist. Das Leben Gottes sollte und soll nach der Wahrheit Gottes streben, Verlangen haben und das Verlangen nach der Bewusstwer-dung seiner Wahrheit, seines Selbst, sollte und soll es be*herr*schen; denn nur durch die »Erde« konnte und kann sich das Gott zeugend und gebärend, schaffend erfahren, ver-wirk-lichen, er-leben und nur in ihrem Bilde, dem Mann (Mann/Männin) sich selbst erkennen, sich seines Selbst bewusst werden. Am Anfang be-herr-schen »uns« »unsere« Eigenschaften noch, sind sie noch Herr »unseres« Lebens. Doch wenn das Leben sie in »unser« Bewusstsein, ins Bewusstsein Gottes getragen hat, werden »wir« Herr »unserer«, wird das bewusste Gott Herr seiner Eigenschaften. Wenn wir »uns« »unser« Leben anschauen, so dient doch »unser« Leben der Ver-wirklichung »unserer« Eigenschaften, »unseres« So-seins. Wir *sind* gut, wir *sind* böse, wir *sind* faul, wir *sind* fleißig, wir *sind*, wir *sind*, wir *sind* – und in unseren Eigenschaften, die »uns« ausmachen, erkennen »wir« »uns« selbst, werden »uns« »unseres«

Selbst bewusst. »Unsere« Eigenschaften *sind* zunächst HERR »unseres« Lebens, »unser« Leben *dient* dazu, »uns« in ihnen zu erkennen und bei jedem Blick in den Spiegel der »Welt« schauen sie uns entgegen – die Eigenschaften Gottes *sind* zunächst HERR des Lebens Gottes und das Leben Gottes *dient* dazu, dass das Gott s-ich in ihnen erkennt und in ihnen s-ich seines Selbst, seines So-seins bewusst und dann ihrer, seines Selbst, HERR wird. Ich hoffe, Sie haben verstanden, dass Vers 16 im ersten Buch Mose 3 **nicht** bedeutet, dass der »Mensch« in der Gestalt der Männin Verlangen nach dem »Menschen« in der Gestalt Mannes haben soll -um zusammenzukommen braucht es schon beiderseitiges Verlangen- und dass es vor allem nicht bedeutet, dass der »Mensch« in Mannesgestalt HERR des »Menschen« in der Gestalt der Männin sein soll und der Männin-Mensch ihm zu dienen und zu gehorchen hat. Und schon garnicht bedeutet es, dass der Mann-Mensch den Männin-Menschen in irgendeiner Weise beherrschen und daraus ein Recht ableiten soll, den Männin-Menschen als sein ihm zu gehor-chendes Eigentum zu betrachten, mit dem der Mann-Mensch machen kann, was er will. Die Unterdrückung des Männin-Menschen in der Welt ist durch diese Fehlinterpretation entstanden, aufgrund derer das Weib mit dem »Menschen in der Gestalt der Männin« und der HERR mit dem »Menschen in der Gestalt des Mannes« identifiziert wurde, woraus der Mann-Mensch nicht nur das Recht sondern sogar den Auftrag ableitete, den Männin-Menschen zu beherrschen, ihm alle Rechte abzusprechen und ihn nach Lust und Laune zu seinen Zwecken zu ge- oder eher missbrauchen, zu misshandeln oder gar zu ermorden. Doch nun kennen »Sie« die wahre Bedeutung des Verses.

So ist in Wahrheit jeder ADAM (Mensch), ob in der sogenannten Gestalt des Mannes (isch) oder der Männin (ischa), *VaMut-ter* und das sie Verbindende ist *Abel*, der Atem des Lebens, der Heilige Geist, die Liebe (Gottes) zu sich selbst, während HERR/HERRIN (FRAU) das sich entwickelnde Bewusstsein des »Mann- und Männin-Menschen«, Gottes, ist. Jeder »Mensch«, ob in Gestalt von Mann oder Männin, ist

Va-ter und Mut-ter, Sohn und Tochter zugleich, ob nun sein »Weib« je nach Gestalt zeugend oder gebärend wirkt, es ist *eins*. Kain, der geborene, gewonnene, erworbene Mann/die Männin, die geborene Gestalt aus der ird-ischen Gestalt ADAMS, dem aus »Erde vom Acker« Gemachten, das »Fahr-zeug« des »Lebens«, wurde somit ein Acker-mann, den das Leben Gottes be-acker-te und bereitete, um seinen Samen in seinen schützenden Schoß hineinzulegen. Dann nährte Abel, die die »Erde« durchströmende Kraft des Lebens, den Samen des Lebens in sich, bis aus ihm die Frucht des Lebens erwuchs, bereit, aus dem Bereich der Dunkelheit des tier-isch unbewussten Da-seins in den Bereich des Lichts des ICH-bewussten Da-seins hinauszuwachsen, vom Leben aus der »Erde« geboren zu werden, den Odem des Lebens zu atmen und heranzureifen bis zu seiner Ernte. Und so wurde Abel, der Atem, die Kraft des Lebens, ein Schäfer – und seine Schafe, seine H-erde, waren und sind die durch Abel lebendigen Früchte des Lebens.

*

12. Der wahre Sündenfall

Bis hierhin war außerhalb von Eden noch alles friedlich. Der »Mensch« (Gott) hatte sich in seinem neuen Da-sein zu-frieden ein-ge-richtet und lebte in Frieden mit sich in Einklang – zeugte, gebar und zog auf, säte und erntete. So war er/sie fruchtbar und mehrte sich, wie »Gott« geheißen; und damit hatte es sich dann auch schon – von Fortschritt hin-sicht-lich Selbst-Bewusstwerdung (»Erde« füllen) keine Spur. »ADAM« hatte sich an seine Mühsal gewöhnt und es sich mit ihr in seinem Hamsterrad so erträglich wie möglich eingerichtet und stapfte so halbwegs zufrieden in seiner täglichen Tretmühle vor sich hin. Die Chance, seiner Wahrheit auf die Spur zu kommen, war aufgrund seiner mühseligen und zeitaufwendigen Ackerei ohnehin relativ gering. So hatte der »Mensch« (Gott) seine/ihre Angst vor der Entdeckungsreise zu sich selbst, zu seiner Wahrheit, gründlich verdrängt und schlichtweg vergessen. Doch irgendwo aus den Tiefen seiner/ihrer Unbewusstheit stieg eine dunkle Ahnung in ihm auf, dass »relativ gering« noch zuviel sein und bei all der friedlichen Eintracht ADAM bei seiner täglichen Saat doch eines Tages ganz unerwartet vielleicht doch ein Körnchen seiner/ihrer Wahrheit aufgehen und weiter seine Samen treiben könnte und diese dunkle Ahnung war die schon fast vergessene im Gebüsch lauernde Schlange der Angst – die nun unerwartet aus dem Hinterhalt zustach beziehungsweise biss und ihr Gift in das Blut des Lebens injizierte und die an die Schlange gerichteten Worte »Gottes« aus der Sündenfallgeschichte sich erfüllten: »*Und ich will Feindschaft setzen zwischen dir (der Angst) und dem Weibe (dem Leben) und zwischen deinem Nachkommen und ihrem Nachkommen; der soll dir den Kopf zertreten und du wirst ihn in die Ferse stechen.*« Bevor ich an späterer Stelle erläutere, was dies mit der Idee Kains, dem HERRN Opfer zu bringen, zu tun hat, komme ich nun zunächst zur Erläuterung des sogenannten Sündenfalls, dem ent-scheiden-den Ereignis der Bibel. Ohne den

»Sünden-fall«, den inszenierten »Fall des Seienden« aus seinem Sein in seiner Einheit (Garten Eden) in seine »Welt« der Vielheit, wäre der Garten Eden bereits die Endstation der Flucht Gottes gewesen. So schön es auch dort war – aber es gab als Stoff zur Fortsetzung der Geschichte bald nichts mehr her. Dem sich noch in kindlichem Einheitsbewusstsein befindlichen rundum versorgten »Menschen« (Gott) drohte gähnende Langeweile, von Nachwuchs war auch noch nicht so recht die Rede und das Spiel nahte sich bedrohlich seinem Ende, was das Kind Gott wieder auf sich selbst und seine unendliche Ein-samkeit zurückgeworfen hätte. So dachte es sich, von Panik getrieben, kurzerhand den »Sünden-fall« aus. Was bedeutet eigentlich eigentlich Sünde? Sünde ist ein Begriff insbesondere der abrahamitischen Religionen (Judentum, Christentum, Islam) und bezeichnet vor allem im christlichen Verständnis den unvollkommenen Zustand des »Menschen«, der von »Gott« getrennt ist. Das deutsche Wort »Sünde« hat eine gemeinsame Wurzel mit Worten anderer germanischer Sprachen (englisch »sin«, altengl. »synn«, altnorwegisch »synd«). Der Ursprung ist nicht genau geklärt und geht möglicherweise auf die indogermanische Wurzel *es zurück, ausgehend vom Verb sein und bedeutet soviel wie seiend im Sinne von derjenige (der es war) seiend. Auch das aus dem Germanischen stammende althochdeutsche Wort sunta für Sünde hat die Bedeutung »der es ist«. Wir wissen, dass Gott all-es ist, also das All-sein, das All-sei-ende, das es war, ist und im-mer sein wird und somit das All-sündende. Der Sünden-fall bedeutet demnach, dass das Sein, das Seiende, das Sündende, also das Gott selbst, (scheinbar) gefallen ist und zwar aus seiner Einheit in die Illusion der Zweiheit und von dieser im-mer weiter in die Vielheit seiner ver-dichteten Phantasiewelt, in der ES als ADAM sein All-ein-sein vergaß. Das Sündende, das Seiende, das Gott, hat sich als ADAM (scheinbar) getrennt von sich selbst und sein tief im Unbewusstsein ADAMS (Gottes) schlummerndes Wissen um sein All-ein-sein verdrängt, vergessen – und dieser (zwie-)gespaltene Zustand Gottes, den ES als ADAM in seiner Phantasiewelt von

96

Generation zu Generation weitergab und damit weitervererbt/e, was auch eine im-mer weitere Spaltung seines Selbst in im-mer mehr einzelne Persönlichkeitsaspekte bedeutet/e, ist die sogenannte Erb-Sünde, das Un-heil-sein Gottes, die Grunderkrankung ADAMS, der/die erst wieder heil ist, wenn er/sie das Wissen um sein/ihr All-ein-sein aus dem Reich des Vergessens hervorgeholt und sich seine/ihre all-eine Wahrheit bewusst gemacht hat. Aus diesem Verständnis der Sünde heraus ist auch verständlich, weshalb Sünde als Fehl-verhalten und dieses als Schuld angesehen wird. Gott »fehlt« (noch) in (fast) jedem einzelnen zu einem ADAM (und auch zu jeder anderen Form) ver-dichteten Aspekt sein zu allen anderen ADAMen (und allen anderen Formen) ver-dichteter Rest bzw. das Bewusstsein, dass all-es (scheinbar) außer ihm Seiende auch es selbst ist und dass somit alle in ihrer jeweiligen Gestalt (scheinbar) voneinander getrennten Gottes-Aspekte einander schuld-en. Und jedes Verhalten, das die Gottes-Aspekte weiter von-ein-ander trennt, spaltet, statt sie zu einen, ist somit Fehl-Verhalten, weil es dem fehlenden Bewusstsein des Ein-seins mit den (scheinbar) anderen Gottes-Aspekten entspringt und die (scheinbare) Trennung Gottes von sich selbst erhält, statt zu deren Überwindung beizutragen.

Doch warum inszenierte das Gott eine so komplizierte Geschichte und warum ist die Schuldzuweisungs-Reihenfolge: Schlange, Weib, Adam?

Nun, die Angst Gottes (Schlange) hat Fühlen und Denken Gottes, sein Leben (EVA, Weib) und somit Gott (ADAM) dazu versucht und verleitet, seine Persönlichkeit zu spalten und in seine Phantasiewelt der polaren Vielheit zu gehen. Dieses verursachte ihm Schuldgefühle, da es unbewusst spürte, dass es sich mit diesem Schritt selbst verraten, sich selbst in sein eigenes Un-heil stürzen, an sich selbst schuld-ig würde. Doch welche Wahl hatte es? Das ver-zweifelte Kind Gott hatte auf seine vor Angst vernebelten Gefühle und Gedanken gehört und wusste nun nicht wohin mit seinen Schuldgefühlen. So personifizierte es seine Angst als Schlange und sein Fühlen und Denken als EVA und schob dann aus seiner kindlichen Sichtweise instinktiv richtigerweise seiner Angst, der Schlange, die Hauptlast, seinen von seiner Angst verführten Gedanken und Gefühlen (EVA) die Zweitlast und sich selbst als dem seinen angstvollen Gefühlen und Gedanken gefolgten Kind Gott, personifiziert als ADAM, die Drittlast zu und befand sich so mittendrin in der heute noch von ADAM praktizierten herr-lichsten Schuldprojektion. Da das Kind Gott nun mal dem »Männin-Menschen« den Part des Gebärens der leiblichen Frucht zugeteilt hatte, wurde diese(r) aufgrund des fehlenden Verständnisses des wahren Hintergrundes der Schöpfungs- und somit auch der Sündenfallgeschichte mit dem »Weib«, (H)EVA, identifiziert und ADAM als scheinbares Gegenstück zum »Weib (H)EVA« mit dem »Mann-Menschen« und dieser in der Folge dann mit dem HERRN. Dies führte, wie bekannt, in Folge dazu, dass dem »Menschen in Gestalt der Männin« alias »Weib« als der Verführerin des (armen, unschuldigen) »Menschen in Gestalt des Mannes« die alleinige Erb-schuld an dem Rausschmiss aus dem Paradies angelastet und dem »Mann-Menschen« dann aufgrund des ebenso falschen Verständnisses der an das »Weib« gerichteten Worte aus dem ersten Buch Mose 3, Vers 16 »*Und dein Verlangen soll nach deinem Manne sein, aber er soll dein Herr sein*« als vermeintlichem HERRN obendrein auch noch die Herr-schaft über den »Männin-Menschen« gegeben wurde, woraus der »Mann-Mensch« dann wiederum seinen Besitz- und daraus wiederum seinen Machtanspruch dem »Männin-Menschen« gegenüber ableitete, mit allen seinen schrecklichen Folgen.

13. Gottes Selbstüberlistung – Fressen und gefressen werden

Und so hatte das Kind-Gott sich selbst überlistet. Es hatte das Land Phantasien, die »Welt« bereits geschaffen, sich jedoch, die Folgen dunkel ahnend, selbst in der Rolle ADAMS verboten, sich mit seinem Denken und Fühlen (EVA, Leben) wirk-lich hineinzubegeben, dann das Verbot in den vorgenannten von ihm (scheinbar) abgespaltenen Personifizierungen wissentlich übertreten, auf diese seine Schuld und seine (gewollte) Selbstbestrafung projeziert und sich in ihnen durch den Rausschmiss aus dem Paradies des Eins-Seins in die »Welt des Zwei-Seins, der Spaltung seines Selbst«, reinsten Gewissens selbst den ent-scheiden-den Tritt in die »wirk-liche Welt« verpasst, an dem es seine Schuldgefühle noch gehindert hatten. So hatte es einerseits, was es wollte und konnte sich andererseits von den Schuldgefühlen frei machen, indem es die Verantwortung auf seine »Geschöpfe« proje-zierte, »die« es dann entsprechend hart bestrafte mit einem harten Leben, in dem (fast) kein Raum mehr war, um durch Nachdenken möglicherweise zu Selbsterkenntnis und damit wieder zu »ihrer« (sei-ner) gefürchteten Wahrheit zu gelangen – diese Gefahr war damit (erstmal) weitestgehend gebannt. Dies war insbesondere dadurch mög-lich, dass es sich nicht mit ADAM bzw. seinen Geschöpfen identifi-zierte, sondern sich als über seinen Geschöpfen stehende Schöpfergott-heit und den »Menschen«, ebenso wie die »Tiere«, »Pflanzen«, die »Welt« überhaupt, als sein Werk, seine Geschöpfe betrachtete, für de-ren Verhalten es sich nicht verantwortlich fühlte. Als das Gott (1. Buch Mose 3, Vers 16) zum *Weibe* sprach: »Ich will dir viel Mühsal schaffen, wenn du schwanger wirst; unter Mühen sollst du Kinder gebären.«, meinte es mit seinen Worten nicht den »Männin-Menschen«, sondern das Leben – sein Leben, EVA, welches das Weib ist. Das Kind spricht im Spiel zu seinen Puppen und diese zu ihm, doch in Wahrheit spricht es im-mer nur zu sich selbst. Und so sprach das Kind Gott zu seinem Leben, zu sich selbst, die vorstehenden Worte und meinte damit in Wahrheit:«**Ich** will **mir** viel Mühsal schaffen, wenn **ich** schwanger werde; unter Mühen soll **ich** Kinder gebären.« Die Mühsal einer Schwangerschaft und die Mühen des Gebärens entstehen durch die Dichte der »Erde« und auch die Aufzucht des Nachwuchses verlangt dem Leben des »Menschen« einiges ab, was ihn/sie gleichzeitig an einer allzu schnellen Selbstbewusstwerdung hindert. Einerseits wusste das Kind Gott unbewusst um die Notwendigkeit seiner Selbstbewusstwerdung, andererseits war es aus bekannten Gründen noch nicht im mindesten zu seiner Wahrheit bereit. Und so sprach es zum Manne (Mann/Männin): »...verflucht sei der Acker um deinetwillen! Mit Mühsal sollst du dich von ihm nähren dein Leben lang. Dornen und Disteln soll er dir tragen, und du sollst das Kraut auf dem Felde essen. Im *Schweiße deines Angesichts sollst du dein Brot essen, bis du wieder zu Erde werdest, davon du genommen bist. Denn du bist Erde und sollst zu Erde werden*« und meinte damit seine eigene physische Gestalt. Wir müssen uns, um dies zu verstehen, wieder und wieder das mit und zu seinen »Lehmpuppen«, den Projektionsfiguren seine Selbst, sprechende Kind Gott vorstellen. ,«Brot« steht für den »Leib«, die »Erde vom Acker«, sein zur Form, zur Gestalt ver-dichtetes Selbst. So sprach das Kind Gott zu seiner eigenen bildhaften Gestalt und verdonnerte sich selbst -unbewusst von seiner Wahrheit geleitet- dazu, sich von sich selbst zu nähren, sich im-mer wieder selbst zu verdauen, bis es sich (auch) dadurch seines Selbst bewusst würde. Gleichzeitig bestrafte es sich mit der damit verbundenen Mühsal und dem dadurch ver-ur-sachten Leid(t) unbewusst selbst über die Projektion seiner »Schuld« auf seine Projektionsfiguren und hielt so weiterhin sein Gewissen rein und sich selbst vom Nachdenken ab. So kam es zum »Fressen und Gefressen werden« in der mater-iellen »Welt«. Der Begriff »Schweiß« geht auf das altnordische Wort »Sveiti« zurück, welches sowohl

»Schweiß« in allgemeinsprachlicher Bedeutung als auch »Blut« bedeutet. In einigen Sprachstufen der Germanen gibt es teilweise für das Verb »schwitzen« auch die Bedeutung »quellendes Blut von Tieren«, worauf auch die waidmännische Bezeichnung »Schweiß« für das tier-ische Blut hinweist. »Im Schweiße deines Angesichts« bedeutet also: im tier-ischen Blute deines eigenen Angesichts im Spiegel deines (scheinbaren) Gegenübers, deiner eigenen »Erde«, die du isst, deines eigenen Leibes, den du isst; denn der »Mensch«, das Gott, isst immer nur sich selbst, sein eigenes zur »Erde« ver-dichtetes Sein. Das Blut (ahd. *pluot* = das Fließende) des Tier-es, dass der »Mensch«, Gott, isst, ist sein eigenes in seiner tier-ischen Gestalt kreisend fließendes von seiner Liebe getragenes Leben, dass aus seiner tier-ischen Gestalt erst befreit wird, wenn der »Mensch« von der bekannten Mühsal der direkten oder indirekten Brot-Beschaffung weitestgehend befreit ist und Zeit hat, die/seine »Erde« mit Bewusstsein zu füllen und sie dadurch ins Licht der Wahrheit zu heben und sie aus ihrer Dunkelheit zu erlösen. Dies sucht allerdings die Angst Gottes aus erläutertem Grund mit allen Mitteln zu verhindern, wozu sie vor allem eins braucht: Macht und Kontrolle über den »Menschen« (über sich selbst, seine eigene Sehn-sucht nach seiner Wahrheit), um ihn/sie weiterhin im Hamsterrad seiner Mühsal gefangen zu halten. Doch in den Tiefen seines Unbewusstseins, in das der »Mensch«, das Gott, seine Wahrheit verdrängt hat, sind nach wie vor alle Aspekte seines Seins unbewusst miteinander verbunden und kommunizieren miteinander – denn alles ist das all-eine Gott. Alle auf der bewussten Ebene des fühlenden und denkenden Lebens am Tage gemachten Erfahrungen (Informationen) werden unverarbeitet auf der unbewussten Ebene abgespeichert und nachts auf der unbewussten emotionalen Ebene verarbeitet und nach Verarbeitung als nun klare Gefühle und Gedanken dem Bewusstsein zugänglich gemacht, welches durch seine Erkenntnis seine ihm zuvor unbewussten Eigenschaften in sein Licht zu heben vermag – wenn der »Mensch«, Gott, irgendwann bereit ist, dies zuzulassen. So wirkt denn, unbemerkt von der Angst, die Wahrheit sozusagen durch die Hintertür und bahnt dem Licht der Erkenntnis, der Selbst-Bewusstwerdung des »Menschen«, Gottes, den Weg. Wenn ein Wesen ein anderes Wesen (fr)isst, nimmt es mit dessen Zellen dessen Eigenschaften (sein So-sein) auf und mit seinem Blut die Kraft seines Lebens und die von seinem Leben gemachten Erfahrungen, die es dann in seinem »Un(ter)bewusstsein« aufnimmt, verarbeitet, um sie dann wieder in sein Blut zu geben und über dieses in sein Bewusstsein zu transportieren, das wiederum in seinen Zellen gespeichert und an seine eigene Frucht weitergegeben wird. *Angesicht* bedeutet »das Gesicht, dass sich das Gott angetan (angezogen) hat«, was wiederum bedeutet »die sichtbare Form, die das Gott sich angetan (angezogen), in die es s-ich mit seinem von seiner Liebe und ihrer Kraft getragenem Leben gehüllt hat«. Die Worte Gottes im 1. Buch Mose 3, Vers 19, bedeuten also, dass das Gott in seiner lebendigen tier-ischen Form sich von seiner lebendigen tier-ischen Form nährt, so lange das vom Odem des Lebens angetriebene und getragene Leben (Blut) in ihr fließt, als dessen Fahr-zeug die Form dient, bis das Leben alle mit ihr möglichen Er-fahr-ungen gemacht, die »Erde« bis zum Rand »gefüllt« hat mit seinem aus diesen Erfahrungen gewonnenen Bewusstsein. Dann steigt das Leben mitsamt seinen Erfahrungen und seinem Bewusstsein wieder aus seinem Fahr-zeug aus und kehrt wieder zurück zur Zentrale, der Quelle, der es entstiegen ist. Diese nimmt es wieder in sich auf und assimiliert sein gewonnenes Bewusstsein, wodurch das Selbstbewusstsein der Quelle erweitert wird. Das Fahrzeug wird wieder der »Erde vom Acker« zurückgegeben und ruht in ihr, bis am Ende der »Welt« all-es Ver-dichtete wieder ent-dichtet wird. Das Leben ver-dichtet sich dann für seine nächste »Weltreise« wieder ein für seine nächsten Er-fahrungen geeignetes neues ird-isches Fahr-zeug bzw. Wohnmobil, in das es dann schon während seiner Ausgestaltung einzieht, um diese dann entsprechend bedarfsgerecht zu kreieren. Nach dem Verlassen der Fabrik geht dann seine Reise los, bis dann auch diese »Erde« wieder gefüllt ist – usw. usw. Nichts anderes ist »Evolution«. Für die lange Reise mit dem Leben muss das Fahr-zeug jedoch mit einer ausgeklügelten und umfangreichen Technik ausgestattet sein, eine stabile und belastungsfähige Karosserie und Reifenausstattung sowie ausreichend Platz für Öl und vor allem Benzin haben. So bleibt dem/der »Fahrer/in« nur wenig Raum für sich selbst, zumal er/sie enorm viel Raum und Zeit für die Unterbringung, Wartung, Betankung und gegebenenfalls Reparatur seines Fahr-zeugs aufwenden muss, das obendrein auch noch seine Abkühlungs- (Ruhe-)phasen benötigt, damit es nicht wegen permanenter Überforderung zu früh »seinen Geist aufgibt«, ehe das Ziel der Lebensreise zumindest annähernd erreicht ist. Dies ist die Erklärung, warum der »Mensch« scheinbar nur ca. 10 % seines Gehirns nutzt. Seien »Sie« gewiss, kein Teil »unseres« Gehirns ist ungenutzt – es konzentrieren sich jedoch aus genannten Gründen rund 90 % auf das Fahr-zeug, so dass nur noch ca. 10 % für die Bewusstseinsreise, die bewusstseinserweiternde Lebenser-fahr-ung des »Menschen« übrig bleiben. Doch ohne Fahr-zeug keine Reise.

14. (H)EVA, die eine Mutter, das Leben und die unbefleckte Empfängnis – Mutter, Vater, Kind

In Vers 20 des 1. Buch Mose 3, Bibel Ende 19. Jh., steht weiter: »Und ADAM hieß sein Weib (H)EVA; darum daß sie eine Mut-ter ist aller Lebendigen.« Dies heißt in Wahrheit: Und der »Mensch«, das verdichtete Gott, hieß (nannte) sein Weib, sein Fühlen und Denken, sein Leben, (H)EVA; denn das von der Kraft der Liebe Gottes, dem »Heiligen Geist«, dem Atem Gottes getragene Leben Gottes ist die all-eine »Mut-ter« aller Lebendigen – eine andere gibt es nicht. Es ist all-ein das Leben Gottes, das Leben zeugt und gebiert – und im-mer wieder und wieder ist es das all-eine Leben Gottes, ist es das all-eine Gott, das sich selbst zeugt und selbst gebiert. Und dies ist auch die wahre Bedeutung der sogenannten »unbefleckten Empfängnis«, symbolisiert in der Bibel durch die »unbefleckte Empfängnis« des Sohn-es Jesus Christus durch seine Mut-ter Maria. Es gibt keine »befleckte« Empfängnis, da, wie »wir« inzwischen wissen, die »Materie« nur scheinbar, nur eine gedankliche Ver-dichtung der Seele Gottes ist und die die ganze scheinbare »Materie« durch-dringende, durch-webende Liebe, der sogenannte »Heilige Geist«, trägt das Leben Gottes mit ihrem/ seinem Energie-Fluss/-Strom in die scheinbare Materie der »Erde«, damit es s-ich mit ihrer/seiner Kraft immer wieder durch die scheinbare Materie der »Erde« selbst zeugt und gebiert. Das Leben gibt sich selbst und empfängt von sich selbst – und so ist jede Empfängnis eine unbefleckte. So zeugt und gebiert das Gott durch seine gedankliche Ver-dichtung sein Selbst, sich selbst zu seinem Bilde – im-mer wieder und wieder, bis es sich in seinem Bilde selbst erkennt und seine Selbst-Täuschung beendet am Tag der Auferstehung seiner Wahrheit im Lichte seines Selbst-Bewusstseins. Das Leben Gottes ist die Mutter aller, die Mut-ter allen Lebens, ist sich immer wieder selbst Mutter. Dies meinte auch Jesus mit den Worten aus dem Ev. n. Joh. 19,

Verse 26 und 27, als er zu seiner »Mutter« sprach: »Weib, siehe, das ist dein *Sohn*«, als er den Jünger, den er lieb hatte, bei seiner Mut-ter Maria stehen sah. Maria symbolisiert das mit seiner Liebe eins seiende und mit diesem von Gott aus seiner himmlischen Mut-ter-Quelle herausgenommene und mit der Kraft seiner Liebe, seinem Atem, in die »Erde« geblasene Leben Gottes, das Weib, die Mut-ter, (H)EVA, das atmende Leben all-er (= *all* der *Er*de). Und so sprach Jesus danach zu dem Jünger: »Siehe, das ist deine Mutter!«, der sie von dieser Stunde an zu sich nahm. Der Jünger, den Jesus lieb hatte, ist Johannes, der 4. der Jünger. Die Zahl vier symbolisiert die »Welt« als Manifestation des ganzen ungeteilten Gottes, seines ganzen Seins, dass Jesus Christus, die Wahrheit Gottes, lieb hatte und hat und dies-es all-eine Sein Gottes symbolisiert der Jünger Johannes. In dem Moment, als Jesus ihm Maria als seine Mut-ter offenbart, erkennt das Gott in der Gestalt des Jüngers Johannes in seinem es/ihn durchwebenden von der Liebe und ihrer Kraft getragenen fühlenden und denkenden Leben seine wahre Mut-ter, was der Akt des »Zu-sich-nehmens Marias« durch den Jünger symbolisiert und zugleich erkennt die Mut-ter, das fühlende und denkende Leben Gottes in der Gestalt Marias, in der Gestalt des Jüngers, im Sohn, ihr/sein ganzes Selbst, ihre/seine ganze Wahrheit, dessen/derer sie/es sich nur durch ihr/sein Leben in ihm/ihr bewusst werden kann. Nach dem Vollzug dieses Erkenntnisschrittes wusste Jesus, dass schon alles vollbracht war und die Schrift sich erfüllen würde (Ev. n. Joh. 19, Vers 28). Nun würde es nur noch eine Frage der Zeit sein, dass der »Mensch«, das Gott, sich als ALL-ES erkennen, sich seines Selbst vollkommen bewusst würde. Diese Zeit ist gekommen und mit ihr der von Jesus angekündigte »Geist der Wahrheit«.

Jede Lebensform ist das »Kind«, die gemeinsame »Frucht« der »Erde«, des Va-ters und des von der Liebe Gottes getragenen und mit ihr eins seienden Lebens, der Mut-ter.

Doch in Wahrheit gibt es keinen »Vater«, es gibt keine »Mutter«, es gibt kein »Kind« – es gibt nur das Gott und das Gott ist sich selbst

Vater, ist sich selbst Mutter, ist sich selbst Kind. Es zeugt sich selbst, gebiert sich selbst, ist selbst das Kind – spielt alle Rollen in der »Welt« seiner Phantasie.

*

15. Der T-od – der Baum der Erkenntnis und der Baum des Lebens – Bedeutung der Cherubim und des Schwertes

Was hat es nun mit dem Baum des Lebens auf sich, den das Gott mitten in den Garten Eden gesetzt hatte und von dem zu essen nicht verboten war? Wofür steht der Baum des Lebens? Ich will etwas ausholen und zunächst versuchen zu erklären, was dieses Kind-Gott unter dem »T-od« verstand beziehungsweise noch versteht. Dazu schauen wir uns das Wort an. Das »T« steht für das Kreuz (sh. Basismatrix) der »Welt«, in die das Gott sich mit seiner Lebensenergie, dem »od«, begeben hat und dem der obere senkrechte Balken fehlt. – Dieser fehlende Balken war der Weg des »Menschen«, Gottes, aus dem Garten Eden der kindlichen Unbewusstheit, des begrenzten Bewusstseins seines Selbst, des Nicht-Wissens, in die »Welt« der Bewusstheit, des Wissens um Gut und Böse. Danach schloss sich das Tor zum Garten Eden hinter ihm. Eine Umkehr in die Unbewusstheit war und ist nun nicht mehr möglich – denn was ich einmal weiß, kann ich nicht mehr nicht wissen. Deshalb wurde dieser Weg, den der nun fehlende Balken des »T« symbolisierte, *hin-weg*-genommen. Das alte Paradies des Garten Edens ist nur noch eine dunkle unbewusste Erinnerung in den Tiefen der Seele (= seinen von seiner Liebe und ihrer Kraft und ihrem Leben durchdrungenen Eigenschaften, seinem ganzen SEIN) ADAMS, die (unbewusst) weiß, dass sie an diesen Ort nie mehr zurückkehren kann. Dies und nichts anderes meinte das Gott, als es dem »Menschen« und damit sich selbst gebot, nicht vom Baum der Erkenntnis von Gut und Böse zu essen, denn »da du von ihm issest, mußt du des T-od-es sterben«, und nichts anderes bedeutete für das Kind-Gott der »T-od« – nie mehr in diesen kindlich seligen Zustand des Nicht-Wissens, des unbewussten und dieserart unschuldigen Seins, zurückgelangen zu können. Es war die letzte Warnung seiner wissenden Wahrheit aus den Tiefen seiner ahnenden, verzweifelten Seele. Der »T-od« durch das Wissen von »Gut« und »Böse« bedeutete für es die mit dem Gang in die »Welt« einhergehende Spaltung seines ganzen Selbst, die Abgetrenntheit jedes einzelnen seiner Aspekte von seinem ganzen Selbst. Es bedeutete für es den Gang in sein Un-heil-sein, in die Krankheit, die letztlich all seinen Krankheiten in seinem Mensch-sein zu-grunde liegt: die Spaltung seiner Persönlichkeit, seines Selbst – und das fühlte das Gott in der Tiefe seines verzweifelten Herzens, bevor die Angst (die Schlange) es besiegte. Denn den Tod im Sinne von »nicht mehr sein« gibt es nicht – das Gott ist von Ewigkeit zu Ewigkeit, es kann nicht »nicht sein«. Das Gott hatte wohl eine Ahnung von der Dualität seiner Seele, doch war es sich des Ausmaßes, der Vielfältigkeit, der Fülle ihrer Eigenschaften noch nicht bewusst, worauf ja auch die begrenzte Welt des Garten Edens hinweist. Im Garten Eden befand sich ADAM (Mann und Männin) noch in einem sehr passiven Dämmerzustand gleich dem Halbschlaf, in dem der »Mensch« sich morgens noch eine Weile befindet, bevor er richtig zu sich kommt. Doch die dunkle Ahnung in den Tiefen seiner Seele, das seine Flucht an den Grenzen des Gartens sehr bald ihr Ende finden würde, trieb die Angst ADAMS (Gott-es), die Schlange, an, und sie wandte sich an seine ihm noch nicht besonders bekannte Seite, nämlich das »Weib«, sein Leben, die Lebendigkeit in ihm, seine neu-gier-ige Aktivität und lockte sie mit eben der ihr eigenen Gier nach Erwerb (sh. auch Ausführungen zu Kain) von Wissen (über s-ich selbst) und Klugheit (der Anwendung des Wissens) und versuchte/verleit(d)ete so den »Menschen« (Gott), seine Begrenztheit (des Garten Edens) zu überwinden, s-ich die Frucht des Baumes der Erkenntnis, die das Wissen um »Gut« und »Böse« (seiner eigenen dualen Seelenaspekte) symbolisiert, ein-zuver-leiben und sich im Leib (Mann/Männin) in seiner Dualität selbst zu erfahren und dadurch selbst zu erkennen – womit »ADAM« (Gott) für lange Zeit beschäftigt und von seiner wahren Situation abgelenkt sein würde.

So war es auch dieser neugierige aktive Teil Gottes, der der Grund für das Erwachen Gottes war, dessen Folge wiederum seine Angst (Satan/ Schlange) infolge des Gewahrwerdens seines All-ein-seins, seiner Ein-sam-keit war, die sich dann wiederum klugerweise im Garten Eden seine Lebendigkeit, die Neugier seiner aktiven Seite, ihre Lust zu ler-nen, ihre Lust an ihrem eigenen Fühlen und Denken, zunutze machte und Gott so den zur Flucht nötigen Tritt in die »Welt« verpasste um den Preis der Spaltung, die wiederum den Weg zur Selbsterkenntnis bereitete. Dies und nichts anderes bedeutet Vers 6 des ersten Buches Mose 3, Bibel 19. Jh.:«Und das Weib (das/die Lebendige) schaute an, dass von dem Baum gut zu essen wäre, und lieblich anzusehen, daß es ein lustiger Baum wäre, weil er klug machte; und nahm von der Frucht, und aß und gab ihrem Mann (ihrem Leib) auch davon, und er aß.« Das Leben verleibte seiner ird-ischen Gestalt die Frucht der Erkenntnis von »Gut« und »Böse« ein, da sich das Leben, das »Weib«, nur durch sie als »gut« und »böse« erfahren, erleben kann. Ich gehe davon aus, dass »Ihnen« inzwischen klar ist, dass nicht die fälschli-cherweise mit dem Weib, (H)EVA, identifizierte »raffinierte« (schul-dige) Männin den armen (unschuldigen) und ebenfalls fälschlicher-weise mit ADAM und dem HERRN identifizierten Mann zu von Gott verbotenen sexuellen Handlungen verführte, sondern die Angst des Kind-es Gott das Leben des Kind-es Gott auf seiner Flucht vor seiner Ein-sam-keit dazu verführte, seine unbewusste dunkle »Mann/ Männin-Erde« mit dem Licht der Erkenntnis seines Selbst zu erhellen, zu füllen, um es durch diese Beschäftigung für lange Zeit vor der drohenden erneuten Konfrontation mit seiner Wahrheit zu bewahren. Was dem Kind Gott zunächst vorrangig dazu diente, vor der Leere seiner einsamen unbewussten Wahrheit seines All-ein-seins zu fliehen, würde es einst am Ende seines Weges als erwachsenes Gott in die *Fülle* seiner ihm dann bewussten Wahrheit in seinem All-ein-sein füh-ren – in sein neues Paradies in Liebe und Frieden mit sich selbst. Doch was bedeutet nun der »Baum des Lebens«? Der Baum des Lebens mit seinen Früchten symbolisiert den Kreislauf des fühlenden und denkenden, sich in stetigem Kreislauf selbst zeugenden und gebärenden Lebens in der Materie, für die der Baum steht. Dieses war dem »Menschen«, dem Kind Gott, in seinem passiven rundumversorgten zufriedenen Zustand in seinem »Garten Eden« allerdings noch ziemlich schnuppe. Gottes Plan 1 sah wohl seinen dauerhaften Aufenthalt in diesem auf den Garten begrenzten Da-sein vor, weshalb der Baum des Lebens auch nicht unter Verbot stand – »ADAM« würde mangels Interesse in seinem jetzigen Zustand sowieso nicht davon essen. Durch das Ein-ver-leiben der Frucht des Baumes würde sich das ewige Leben im Leib ADAMS, in der »Erde«, für alle Ewigkeit ver-wirk-lichen, – es gäbe keine Rückkehr mehr in den »Himmel«, keine Er-lösung. Das Kind Gott wusste noch nicht, wohin sein Spiel führen würde und hielt sich daher das Einverleiben der Lebensbaumfrüchte noch offen, zumal es die Konsequenz noch nicht überschauen konnte. Nach dem inszenierten Sündenfall jedoch wurden dem bis dato doch recht naiven Kind Gott schlagartig die Folgen des Weges klar, den es als ADAM eingeschlagen hatte – doch ein Zurück gab es nicht. Das Paradies des Nicht-Wissens war unwiederbringlich verloren, doch das Kind-Gott ahnte in den Tiefen seiner Seele, dass es über den Weg durch die »Welt« (s)ein neues Paradies finden konnte. Wenn sich die Aktivität und die Neugier seines Lebens erschöpft hätten, würde sich sein Leben irgendwann freiwillig wieder zur Ruhe begeben in tiefem inneren Frieden in seiner Liebe mit sich selbst. Nachdem das Gott sich als ADAM in all-en seinen Eigenschaften er-lebt und er-kannt hätte, würde es sein Leben wieder von der »Erde«, dem Leib, er-lösen, seinen Leib wieder ent-dichten und in seinen »Himmel« zurück- und in sein »Neues Paradies« seines Selbst einkehren. Dazu musste es sich jedoch die Möglichkeit offen lassen, sein Leben, das es dem Leib ADAMs zum Glück wohl unbewusst ahnend erst mal nur eingeblasen hatte, wieder vom Leibe zu lösen. Dies wäre jedoch nicht möglich, hätte ADAM sich die Frucht des *ewigen* Lebens ein-ver-leibt. Ein ewiges Leben im Leibe

(Fleische) und obendrein unter diesen harten Bedingungen – vor dem inneren Auge des Kind-Gottes muss das reinste Horrorszenario abgelaufen sein, welches es dazu veranlasste, ADAM panikartig aus dem Garten Eden zu verweisen und ihm den Zugang zum Baum des Lebens zu versperren, wobei das Verweisen aus dem Garten Eden als Zustand des Nicht-Wissens nach dem Erlangen des Wissens in seiner Geschichte zwangsläufig erfolgen musste. Wir sollten uns bei der ganzen Geschichte im-mer das Kind Gott vor Augen halten, das nicht nach einem fertigen, wohldurchdachten Plan vorging, sondern verzweifelt nach einem Weg aus seinem Dilemma suchte und dabei mehr oder weniger hin und her probierte. Als es den Sündenfall inszenierte, wusste es noch nicht, wohin diese Geschichte es führen würde und stellte zunächst die Möglichkeit des ewigen Lebens im Fleische in der »Welt« in den Raum. Doch eine dunkle Ahnung ließ es ADAM erstmal nur den Atem des Lebens einblasen. Es hielt sich jedoch diese Option weiterhin offen. Erst im letzten Moment, als ihm die Konsequenzen seines »Sündenfalls« mit aller Härte klar wurden, hat es sich gegen ein ewiges Leben im Fleische in der »Welt« entschieden und sich als ADAM den Weg dazu versperrt, indem es laut der Bibelausgabe von 1972 die Cherubim, die die Engel der Weisheit, der Erkenntnis, und des Wissens sind, vor dem Garten Eden den Weg zum Baum des Lebens mit dem flammenden, blitzenden Schwert bewachen ließ. Das flammende, blitzende Schwert symbolisiert in seiner Ganzheit zum einen die Dualität des Einen, die Dualität Gott-es in sich, da es kein »außerhalb Gottes« gibt, da all-es Gott ist, und in seiner Zweischneidigkeit symbolisiert es zum anderen die scheinbare Polarität der »Welt«, jedoch zugleich vereint in der Mitte, von der beide Pole ausgehen und in der sie am Ende des Erkenntnisweges im flammenden, blitzenden Licht des vollkommenen Selbst-bewusstseins wieder zusammenlaufen und vollkommen EINS werden in der Spitze, im durch die *Erkenntnis* erworbenen *Wissen*, dass sie im-mer EINS waren, EINS sind und EINS sein werden, zu dem sie die Weisheit des H-erzens Gottes, die *Weisheit* seiner Liebe in ihrer Wahrheit führt. Das flammende, blitzende Schwert weist ADAM, Gott, den Weg heraus aus seiner Unbewusstheit und weg von der Versuchung des ewigen Lebens im Fleische hin zu seinem »Neuen Paradies«, zu dem nur die aus der Unbewusstheit des Garten Edens herausführende Erkenntnis ADAM, Gott, führen kann. In der Bibelausgabe Ende des 19. Jh. steht geschrieben, dass die Cherubim den Weg zum Baum des Lebens **bewahren** sollten statt gemäß der Bibelausgabe von 1972 zu **bewachen**. Beides ist richtig. Es war richtig, ADAM und damit sich selbst, Gott, daran zu hindern, der Versuchung des ewigen Lebens im Fleische doch noch zu erliegen. Doch ebenso war und ist es richtig, den Weg zum Baum des Lebens offenzuhalten. Am Anfang stand der Baum des Lebens im nun unwiderbringlich verlorenen »Garten Eden«, dem alten Paradies des Nichtwissens – am Ende steht der Baum des Lebens im »neuen Paradies« des Wissens, der vollkommenen Selbsterkenntnis, des vollkommenen Selbstbewusstseins und der Weg, der das Gott aus dem »Garten Eden« in die »Welt« hinausführte, führt es am Ende aus der »Welt« heraus in sein »Neues Paradies« hinein und hin zum Baum des Lebens, um sein in ihm gefangenes Leben aus der Materie des Baumes zu befreien. Denn am Ende erkennt das Gott in dem Baum des Lebens sein Leben in der Illusion der Materie, der »Welt«, die es nun überwunden hat – und es löst nun die Materie auf und befreit sein Leben für immer. Dafür wird der Weg zum Baum des Lebens im »Neuen Paradies« von den Cherubim bewahrt.

In der Bibelausgabe Ende des 19. Jh. wird das Schwert der Cherubim jedoch nicht als flammend und blitzend beschrieben, wie in der Bibelausgabe von 1972, sondern als »bloß und hauend«. Dieses Schwert symbolisierte die nackte, bloße Wahrheit ADAMS, derer er/sie sich gerade erst bewusst zu werden begonnen hatte. Das Schwert flammt und blitzt auch nicht – es ist nur zum »hauen« da, dient nur als Werk-zeug. Dies symbolisiert ADAM, das Kind Gott, am Anfang seines Weges, als das flammende blitzende Licht seiner Selbsterkenntnis noch in weiter Ferne und nur der nackte bloße Acker vor ihm lag, dessen Schollen es mit bloßen Händen klein hauen und umgraben und so für die Einsaat bereiten musste. Hier war noch kein Licht – hier war nur die nackte dunkle »Erde« und um diese kreiste nun Tag aus Tag ein sein Da-sein – und offensichtlich noch zur Zeit, da die Bibelausgabe Ende des 19. Jh. geschrieben wurde. Doch etwa ab der Mitte des 20. Jahrhunderts, als ADAM es schaffte, sich zum Teil von seiner Ackerfron zu befreien, sich Freizeit und damit Zeit zur Muse, zur Beobachtung und zum Nachdenken zu verschaffen, scheint sich ein Tor geöffnet zu haben, durch welches die ersten Lichtstrahlen seiner Selbsterkenntnis hindurchblitzten und sich wie blitzende Flammen im nackten bloßen Stahl seines Werkzeugs spiegelten.

*

16. »Seid fruchtbar und mehret euch ...« – die Erde essende und auf ihrem Bauch kriechende Schlange

Nun saß ADAM, das Kind Gott, da in der »Welt«. Es hatte sich zwar alles etwas angenehmer vorgestellt, doch zurück in die Einsamkeit? Alles, nur das nicht. Da erschien ihm die »Welt« zunächst doch noch als das kleinere Übel und es erinnerte sich daran, was es dem »Menschen«, sich, aufgetragen hatte: Seid fruchtbar und mehret euch, und füllet die Erde! »Erde« füllen war noch nicht so richtig sein Ding, also konzentrierte es sich auf die ersten beiden zusammenhängenden Aufträge. Allerdings schien ihm die »Menschenproduktion« mit der Methode des »Stück-für-Stück-aus-einem-Erdenkloß (sh. Bibel E. 19. Jh.)-zurechtpappens« bei den geplanten größeren Stückzahlen zu langwierig und mühselig und es erinnerte sich wieder an den seinem Weibe erteilten Auftrag und ersetzte kurzerhand die Manufakturherstellung des »Menschen« durch Fließbandproduktion mittels der Umsetzung des bereits geplanten und zu Schwangerschaft und Geburt führenden Produktionsfaktors »Verlangen«. So konnte es sich einfacher als per Handarbeit nach und nach in allen seinen Seelenaspekten und deren im-mer komplizierter werdenden Kombinationen manifestieren, um sich in ihnen zu ver-wirk-lichen, um sich in ihnen zu er-leben, zu er-fahr-en. Das, von seinem angstbedingten Wahnsinn mal abgesehen, an sich clevere Kind Gott hatte kurzerhand die erste Fließbandproduktion erfunden und konnte sich so eher auf seine Führungsaufgaben in seiner Funktion als Gott der HERR konzentrieren. Zudem führten die Kreuz- und Querverbindungen quasi automatisch und schneller zu den gewünschten im-mer vielfältiger werdenden Kombinationen, zu deren Herstellung per Handarbeit mit zunehmend komplizierter werdenden Mischungsverhältnissen selbst die handwerklichen Fertigkeiten des Kindes Gott kaum noch ausgereicht hätten. ADAM erfreute sich der zunehmenden (illusionären) Gesellschaft und die zunehmende Zahl der zu stopfenden Mäuler hielten ihn/sie mehr und mehr vom Nachdenken ab und das/den mit zunehmender Produktionsmasse mit im-mer mehr Führungsaufgaben beschäftigte/n HERR/N Gott eben-falls. Die ganze Meute musste ja irgendwie organisiert, in der Über-sicht und im Griff behalten werden. Zur Sicherheit hatte es obendrein ja auch noch Feindschaft zwischen die Schlange seiner Angst und das Weib (sein denkendes und fühlendes Leben) und die Nachkommen beider gesetzt, denn es »wusste« unbewusst, dass es im Grunde seiner Seele EINS ist und versuchen würde, mit seinem durch sein Fühlen und Denken (Weib) erlangten Selbst-bewusstsein mutig die Angst vor seiner Wahrheit zu überwinden, sie durch seinen Mut zu seiner Wahrheit zu ersetzen und dadurch zu vernichten (der Schlange den Kopf zertreten) und das Welttheater zu schließen und (wieder) heil, ganz zu werden – was es jedoch auch wieder mit seiner damals als Hölle empfundenen Einsamkeit in seinem All-ein-sein konfrontieren würde. Um dies (für lange Zeit) zu verhindern, musste die Schlange der Angst immer wieder ihr Gift in das Denken und Fühlen Gottes, das Weib, injizieren, es hinterhältig in die Ferse stechen (die Ferse als hinterer Teil des Fußes liegt außerhalb des Blickfeldes des »Menschen« und ist daher für die Schlange die geeignetste Körperstelle des »Men-schen« für einen Angriff aus dem Hinterhalt), von wo aus das Gift der Angst hinaufkroch in sein/ihr »Herz« und »Gehirn«, um sein/ihr Fühlen und Denken zu vernebeln, zu verwirren. Da das Kind Gott jedoch in den Tiefen seiner Seele ahnte, dass es nicht ewig vor seiner Wahrheit davonlaufen konnte, dass irgendwann die Zeit kommen würde, sich seiner Wahrheit zu stellen, wollte es irgendwann in sein »Neues Paradies« einkehren, hatte es zuvor die Schlange seiner Angst dazu verbannt, auf ihrem Bauche (dem manifestierten Bereich des Unbewussten) zu kriechen und »Erde« zu essen ihr Leben lang (1. Buch Mose 3, Vers 15) und überlistete so seine Angst. Was bedeuten diese

Worte, was bezweckte das Kind Gott sozusagen »durch die Hintertür« damit? »Wir« wissen ja nun alle, dass Schlangen eher fleischliche Kost bevorzugen, statt sich genüsslich schmatzend durch den Erdboden zu fressen. Was also ist damit gemeint? Es ist das Essen der »Erde vom Acker« gemeint, die den unbewussten Aspekten seiner von seiner Liebe und ihrem Leben durchströmten, durchwobenen Seele entspricht und alle Seelenaspekte Gottes enthält, die es ausnahmslos für das Gott zu erleben, zu erfahren galt/gilt, um sie und schließlich sich selbst in ihnen und damit seine Wahrheit zu erkennen – und dazu gehören neben seinen hellen auch die dunklen Aspekte seiner Seele, vor denen es sich unbewusst fürchtet/e und denen es sich irgendwann zu stellen galt/gilt. Dazu muss/te es mit seiner Angst in seinem Herzen durch sie alle hindurchgehen, muss/te sie sich ein-ver-leiben, muss/te durch seine Angst vor ihnen gehen, muss/te sie im unmittelbaren Kontakt fühlen mit seinem *Bauch*, sie hautnah spüren, sich ihnen stellen und erfahren, wie im Durch-leben und Bewältigen jedes einzelnen gefürchteten Aspekts seine Angst vor ihm sich verliert, sich auflöst im Mut zur Erkenntnis seiner Wahrheit, dass es all-ein ist und dass es seine eigenen Seelenanteile sind, die es im scheinbaren Außen der »Welt« fürchtet und die sich so lange von dort gegen es richten, so lange es dies zulässt – so lange es ihnen Macht über sich gibt, indem es vor ihnen flüchtet, statt sich ihnen zu stellen. Denn solange es vor ihnen flieht, werden sie es verfolgen. Es ist wie in einem Spiegelsaal, in dem einem aus jedem Spiegel das eigene wahre Bild entgegenblickt; wohin man sich auch wendet, es gibt kein Entrinnen. Es bleibt nur, sich ihm zu stellen, sein ganzes Bild anzunehmen und Frieden mit ihm und damit mit sich selbst zu schließen. In diesem Moment erkennt das Gott seine Macht über seine Aspekte, über sich selbst; erkennt, das es all-ein die Macht hat, sich selbst Gutes oder Böses zu tun – sich selbst Freund oder Feind zu sein. Durch diese Erkenntnis am Ende seines »Menschseins« auf seinem langen Weg durch alle Formen und Elemente seines Seins wird es schließlich mit der geballten Kraft seines nun mit der ganzen Macht des sein ganzes Sein durchdringenden all-einen Lichts seines All-ein-bewusstseins in vollkommener Liebe zu sich selbst all seine Angst (vor seinen eigenen Aspekten, vor sich selbst, vor seiner Wahrheit), den Satan in sich, den es nur nach »außen« in die scheinbare Welt seiner Phantasie projeziert hat, überwinden und seine dunklen Aspekte mit dem *goldenen Schlüssel seiner Wahrheit* aus der dunklen Hölle seiner Unbewusstheit befreien, sie durch Erkenntnis seines Selbst ins Licht seiner Bewusstheit und Liebe führen und sie dort mit seiner Liebe aus dem von der Angst verursachten Über-maß ins richtige Maß rücken, denn nur das Maß macht die Aspekte gut oder böse, nur das Maß macht die Arznei zum Gift oder zum Heilmittel. Dies bedeuten die Worte Gottes in der Offenbarung des Johannes 1, Verse 17 und 18: »Ich bin der Erste und der Letzte und der Lebendige. Ich war tot, und siehe, ich bin lebendig von Ewigkeit und Ewigkeit *und habe die Schlüssel der Hölle und des Todes.*« Den Begriff des T-od-es habe ich bereits erläutert; der Begriff »Hölle« (ahd. *hella*, mhd. *helle*) leitet sich ab von dem Begriff *hel-* oder *hal-*, was »verhüllen« bedeutet. Es ist die vom Schleier seiner Unbewusstheit verhüllte Wahrheit, die nur das Gott selbst (wer sonst?) durch sein Fühlen und Denken, sein Leben in der »Welt«, zum Bewusstsein seines ganzen Selbst aus der dunklen Hölle seines Unbewusstseins ins Licht seines Bewusstseins heben, in Liebe annehmen und ent-dichten und dadurch sich selbst befreien, erlösen, kann. Dies ist die wahre Symbolik und ganze Tragweite der »Erde« essenden und auf dem Bauch kriechenden Schlange der Angst.

Das Gegenmittel gegen die Angst ist der Mut (sh. vor: muot = Kraft des Denkens, Gesinnung, Gemütszustand), der aus dem Leid(t)en im Durch-leben aller Aspekte des Lebens erwächst – der Mut der Ver-zwei-flung, der die Angst überwindet, sie vernichtet, das Gift der Schlange unschädlich macht. In diesem Moment des Sterbens der Angst ist ihr Gift zum Heilmittel geworden, weil es durch das von ihm verursachte Leid(t)en den Mut hervorgebracht hat – den Mut zur heilenden Wahrheit – und an diesem Punkt ist das Gott nun angekommen.

17. Das Opfer »Kains« – die Herde Abels

Kommen wir nun im Zusammenhang mit der Schlange zu Kains Idee, dem HERRN Opfer zu bringen. Doch zunächst möchte ich den Begriff »Opfer« deuten. In der nordgermanischen Religion lautete der Begriff für Opfer »*blót*«. Die wahrscheinlichste Grundbedeutung für das Verb »*blóta*« ist »<u>stärken</u>« oder »<u>mit magischer Kraft füllen</u>«. Der hebräische Begriff für Opfer ist *Korban (griech. korbanas)* und kommt von *karov = nahe*. Der lat. Begriff für Opfer ist *oblatio = Spende,* <u>Geschenk</u>, *Angebot, religiöse Opfergabe*; der kirchenlat. Begriff ist *operari* im Sinne von *werktätig sein, arbeiten* (auf etwas hin arbeiten), *der Gottheit* <u>durch Opfer dienen</u>, *Almosen (griech. elaemosyna = Erbarmen, griech. eleemosyne = <u>Gabe ohne Gegenleistung</u>) geben*. Wo ist nun die Verbindung zwischen all diesen Begriffen und ihren Bedeutungen? Wenn ich jemanden/ein Wesen aus Erbarmen ohne Erwartung von Gegenleistung stärke, mit Kraft fülle, dann gebe, schenke opfere ich ihm/ihr Kraft von meiner Kraft, die ihm/ihr zur Stärkung dient durch meinen Verzicht auf einen Teil meiner Kraft. Diese Kraft kann ich jedoch nur einem anderen Wesen schenken, dem ich mich sehr nahe fühle, zu dem ich eine tiefe, innige Verbindung habe, so dass meine Kraft auf »magische« Weise auf ihn/sie übergeht. »Magie« in diesem Sinne meint die sphärische Verbindung aller Wesen und sogenannten Dinge miteinander und dies ist, wie »wir« inzwischen wissen, die Verbindung aller Seelenaspekte Gottes durch den »Heiligen Geist«, die Kraft seiner/ihrer Liebe zu sich selbst.

Und deshalb war es auch nicht Kain, die Erdengestalt, der/die zuerst dem HERRN, dem erwachten ICH-Bewusstsein Gottes, von den Früchten des Feld-es, des Ackers, der Erde vom Acker, von den Früchten seines Selbst -seine »ird-isch-en Kinder«- opferte, sie ihm als nächste Fahr- und Werkzeuggeneration darbot, um ihm damit zum Zwecke der Bewusstwerdung seines Selbst zu dienen. Denn Kain, die reine pure »Erdengestalt«, das »Bild« Gottes, ist nicht fähig, etwas zu tun, ist zu keiner Handlung fähig. – Die »Erde« ist, sie *tut* nichts. Es ist all-ein die *Kain* mit ihrer Kraft erfüllende Liebe Gottes, die *Kain* durch ihr Leben, das Fühlen und Denken Gottes, handeln lässt. Und diese fühlte, dass das Bewusstsein Gottes mehr und mehr dabei war, das ird-ische »Bild« seines Selbst, *Kain*, zu verdrängen, zu vergessen, die Verbindung zu ihm aufzugeben, von sich abzun-*abel*-n, weil der HERR, das Bewusstsein Gottes, sich weigerte, seine Wahrheit, sein ihm nicht nur freundlich entgegenblickendes Spiegelbild, anzusehen, geschweige denn, sich ihr/ihm zu stellen, sich mit ihr/ihm auseinan-derzusetzen, oder sie/es gar anzunehmen – weil das Gott sich weigerte, seine Wahrheit anzunehmen. In dem Wort »abn-*abel*-n« steckt der Name *Abel*, der Atem des Lebens, der »Heilige Geist«. Verwirrt vom Gift des Hochmuts, injiziert von der Angst Gottes vor seiner Wahrheit, der Schlange, dem Satan, war das Gott in seinem ICH-Bewusstsein im Begriff, *Kain* aus vorgenanntem Grund von seiner Liebe abzuna-*bel*n, abzutrennen, was es durch die hochmütige Zurückweisung der Opfergaben »*Kains*« auch symbolisch unmissverständlich zu verste-hen gab. An dieser Stelle ist es Zeit, die wahre Bedeutung des Opfers »*Kains*« zu erläutern, das in Wahrheit ebenfalls das Opfer Abels, des »Heiligen Geistes« und somit der Liebe Gottes ist – denn der »Heilige Geist« und die Liebe Gottes sind eins. Die Liebe Gottes mit ihrem Leben »wusste«, dass das Gott nur mit *Kain* als Fahr-zeug/Werk-zeug durch Selbst-er-fahr-ung, Selbst-ver-wirk-lichung, zum vollkommenen Bewusstsein seines Selbst, *Kains*, gelangen konnte. *Kain*, das ird-ische Bild Gottes, ist das Fahr-und Werkzeug und zugleich das Ziel der Selbsterkenntnis Gottes, seines So-seins – und *Kain*, der sowohl in der Gestalt des Mannes als auch der Männin aus der »Erde« *geborene* Mensch, der *geborene Sohn* ADAMS, des Va-ters, des aus der Erde *gemachten* Menschen und (H)EVAS, des von der Liebe getragenen Le-bens, ist die erste Frucht des Feld-es, des zur Begrenztheit der Materie ver-dichteten Seins Gottes, aus deren Samen durch das Leben (Weib) wiederum deren Früchte emporkeimten, vom »Weib« ins Licht der Welt geboren wurden und heranwuchsen vor dem Auge des HERRN, dem Bewusstsein Gottes, damit es (das Gott) sich in ihnen erkenne. Das Opfer Kains ist in Wahrheit das Selbst-Opfer Gottes welches darin besteht, dass das Gott sich aus Liebe zu sich selbst mit der Kraft seiner Liebe zur »Erde« ver-dichtet hat, um sich als Bild seines Selbst *vor* das *An-gesicht* seines Bewusstseins, seines HERRN, *zu stellen*, zu bringen, in dem es sich ansehen, erkennen und annehmen könne. Dieses war das erste Selbst-Opfer Gottes, der erste Schritt. Der zweite Schritt, das zweite Selbst-Opfer Gottes bestand darin, dass es *Abel*, seine Liebe mit ihrem Leben, seinem Bewusstsein, seinem HERRN, opferte, indem es sie in die »Erde« gegeben, in sie eingehüllt hat, damit sie aus ihr wieder und wieder lebendige Früchte gebäre, in denen sich das Gott erlebe, erfahre – so lange, bis es sich mit seinem HERRN, seinem Bewusstsein, in allen seinen Eigenschaften, in seinem ganzen So-sein erlebt, erfahren, erkannt hätte.

Abel ist der Odem des Lebens, durch den die ird-enen Früchte des Feld-es zu lebendigen Wesen werden, zur Schaf-H-erde *Abels*. Die Erst-linge der H-erde *Abels* sind also die ersten der lebendigen Wesen, die das Gott durch Kain, Abel und EVA in die »Welt« gebracht hatte als ihre gemeinsamen Nachkommen, die von Abel beatmeten Früchte des Feld-es. So opferte das Gott seinem HERRN zunächst Kain, die unbelebte »Erde« und dann die durch EVA mit Abel belebte »Erde«, die »lebendige »(H)erde«, analog der Reihenfolge der Erschaffung des »Menschen«, und dazu von ihrem Fett. Fett bedeutete ursprünglich u. a. strotzen, schwellend, fruchtbar, und mit Fett sind in diesem Sinne hier wiederum die vor Lebenskraft strotzenden schwellenden »Früchte«, die Nachkommen, die Samen, sozusagen die »fetten, leben-digen Erträge« der Erstlinge der H-erde Abels gemeint. Was **H**-erde bedeutet, erläutere ich an späterer Stelle.

18. Die Feindschaft zwischen den Nachkommen der Schlange und denen des Weibes – das Gift der Schlange

Die Kain-Abel-EVA-Kombination und zunächst auch der HERR »wussten« um das Erfordernis ihrer Symbiose und lebten in *Ein*-tracht zusammen – doch damit war ADAM, das Kind Gott, jedoch auch schon wieder so ziemlich da angelangt, wo es bereits im Garten Eden war – nämlich am Ende seiner Flucht bevor sie überhaupt richtig begonnen hatte, nur diesmal immerhin schon an der Grenze des Feld-es statt an der Grenze des Garten Edens und die Wahrheit seines All-einseins, seiner Ein-sam-keit, näherte sich im Zustand der Ein-tönigkeit des Lebens des »Menschen« wieder gefährlich seinem Bewusstsein – Zeit für die im Gebüsch lauernde Schlange der Angst, der Lüge, zuzustechen und ihr gefühls-, gedanken- und darüber bewusstseinverwirrendes Gift zu injizieren – Zeit für die Feindschaft, die Gott der HERR zwischen den Nachkommen (»Samen« laut Bibelausgabe E. 19. Jh.) der Schlange und denen des »Weibes« in Vorausahnung der kommenden Entwicklung zu setzen beabsichtigt hatte. Es ist die Feindschaft, der Kampf zwischen der angstgetriebenen Lüge und der Wahrheit Gottes, der in Gott stattfindet – und der Kampf kann nur **in** Gott stattfinden, weil es kein **außerhalb von Gott** gibt. Der eine Teil Gottes will seine Wahrheit annehmen und im Bewusstsein seines All-ein-seins mit sich in Frieden und Liebe sein und der andere Teil Gottes fürchtet die damit verbundene Einsamkeit »wie der Teufel das Weihwasser« und belügt und betrügt sich selbst, verdrängt seine einsame Wahrheit um jeden Preis. Da bewusstes Denken und Fühlen, Selbstbesinnung und vor allem das Gefühl von friedvoller und liebender Einigkeit seiner (scheinbar voneinander getrennten) »Seelenaspekte« der Weg Gottes zu seiner Wahrheit sind, tat und tut die Schlange der Angst Gottes all-es, um diesen Weg zu vereiteln. Dazu hat sie sich insbesondere 3 Alternativen ausgedacht. Alternative 1 besteht darin, dass sie das Leben und seine lebendigen Früchte (das »Weib« und seine Nachkommen) so mit Arbeit zwecks Ernährung und Schutz ihrer Körper zuschaufelt, dass sie nicht mehr zum bewussten Denken und Fühlen, zur Selbstbesinnung, fähig sind. Für den Fall, dass sie es dennoch schaffen, sich ein paar ruhige Minuten zum Nachdenken freizuschaufeln, zieht sie Alternative 2 aus der Schublade, die darin besteht, mit ihrem Verwirrungsgift Hass und Zwietracht unter den »lebendigen Wesen« zu säen. Sicherheitshalber wendet die Angst Gottes allerdings meistens beides an – sicher ist sicher. Diese bomben-sichere Taktik hat, nebenbei bemerkt, schon damals funktioniert und funktioniert noch heute und für die Fälle, wo auch dies nicht ausreichend fruchtet/e, hat die Schlange im Laufe der Zeit als Alternative 3 noch Betäubungsmittel vielerlei Art und reizvolle, aber zeitintensive ablenkende und abstumpfende Freizeitvergnügen erfunden. Doch nun wieder zum Opfer Kains und Abels, der beiden aus der Liebe Gottes zu sich selbst heraus erbrachten Selbst-Opfer Gottes, die für die Liebe Gottes gleichermaßen achtenswert waren und sind. Ohne das Gift der Schlange hätte der HERR auch beide Opfer gleichermaßen in und mit Liebe und Freude angenommen mit dem wahrscheinlichen Resultat, dass sich unser Gespann beim immerwährenden Beackern desselben Feld-es nicht über die Grenze des Ackers hinaus und das Gott mir nichts dir nichts an der Grenze des Ackers wiederum am Ende seiner Flucht vor seiner einsamen Wahrheit angekommen wäre, jedoch ohne die Reife, diese fassen und verkraften zu können – denn das Krabbelkind Gott hatte sich gerade mal auf seine Füßchen gestellt und die Grenzen seines Gitterställchens (des Garten Edens) überwunden, um an die Grenze des Kinderzimmers (des Feld-es) zu gelangen. Der Weg zurück in den Garten Eden war, wie wir wissen, hin-weg-genommen – der Weg nach vorne ins neue Paradies führte über die Grenze des Feld-es, des Kinderzimmers, hinaus. Der Schritt über die Grenze des damaligen Feld-es bedeutete für das Kind Gott eine Erweiterung seines Selbst-Bewusstseins, die allerdings eine weitere Spaltung Gottes voraussetzte, die wiederum zu weiteren Schuldgefühlen des Kindes Gott führte, deren Verdrängung wiederum der Selbstüberlistung bedurfte – mit Hilfe des bereits in der Sündenfallgeschichte vorbereiteten und gelagerten Alternative-2-Giftes der Schlange, das allerdings, wie »wir« zu ahnen beginnen, gleichermaßen leid(t)end den Weg ins neue Paradies bereitet/e, indem es eben die Funktion der Spaltung der Aspekte Gottes von-ein-ander innehatte, die all-ein zur heilenden Erkenntnis seines Selbst führte, wodurch das Gift solchermaßen zum Heilmittel wurde. Dieses Gift der Angst barg (und birgt noch) einen ver-heer-enden Wirk-stoff in sich, den es nun im Fühlen und Denken (Weib) Gottes freisetzte. Da das Fühlen und Denken direkt das Bewusstsein speisen, wurde entsprechend auch das Bewusstsein Gottes vergiftet, was dann zur eigentlichen Spaltung der Seelenaspekte Gottes führte, die bis dahin noch in passiv friedlichem Mit-ein-ander lebten, mit eben ver-heer-enden Folgen – und dieser Wirkstoff war und ist der Hoch-mut. Der Hoch-mut (altgr. Hybris, lat. arrogantia, superbia), der auch wieder das Wort Mut (alt- und mittelhochdeutsch *muot* = Kraft des Denkens; Gemütszustand – seelische Stimmung, Fühlen; Ge-sinn-ung) enthält, bedeutet Anmaßung, Überheblichkeit, Arroganz, Stolz. Der Mut ist »ein *wagendes Vertrauen* in die eigene Kraft«. Dieses Vertrauen ist lebens-not-wendig und resultiert aus dem ausgewogenen Zusammenspiel von Körperkraft, Gedankenkraft, Kraft der Emotion/des Gefühls, der Kraft des Geistes/Atems des Lebens und dem Bewusstsein (HERRN) in gegenseitiger Achtung, Wertschätzung und Liebe in De-mut (ahd. *diomuoti* = *dienstwillig*) im Sinne von Ein-sicht in die Not-wendigkeit (dessen, was die Not in Heil wendet) und dem Willen, der Bereitschaft zum Hinnehmen der Gegebenheiten – dem Willen und der Bereitschaft der Kräfte und des Bewusstseins, ein-ander auf dem Weg zu ihrem gemeinsamen Ziel zu dienen. Dafür gebührt sowohl allen Kräften als auch dem Bewusstsein

(HERRN) gleichermaßen Achtung und Wertschätzung und Liebe, die sie sich nur gegenseitig als Kräfte und Bewusstsein Gottes geben können, die nur das Gott sich selbst geben kann. In diesem System Gottes, das als Ganzes eine Ein-heit bildet, eine Einheit ist, sind alle Beteiligten voneinander abhängig und somit gleich-wertig, auch wenn die Verantwortung für das ganze System dem Bewusstsein (HERRN) Gottes zukommt, da nur dies-es in der Lage ist, gleich dem Adler s(ein)-ich und damit seinen Blick über das, sein ganzes System zu erheben und sich von dieser »höheren« Warte aus aller Aspekte des, seines, gesamten Systems bewusst zu werden und dadurch zu der notwendigen Ein-sicht zu gelangen, die die Voraussetzung für die Bereitschaft zur Übernahme der Verantwortung Gottes für sich selbst in und mit allen seinen Aspekten ist, die wiederum das Gott in sein neues Paradies führt. Zu dieser Ein-sicht gehört auch die Erkenntnis des Bewusstseins, dass das Ganze ein einziges zusammenhängendes Räderwerk ist, in dem kein Teil wichtiger oder unwichtiger ist als die anderen, keines »höher« oder »niedriger«, mehr oder weniger wert ist als die anderen Teile. Und genau hier lag und liegt die Gefahr des Bewusstseins, des HERRN, sich von seiner »höheren« Warte aus auch als »höher-wertig« und über seinen »Mitarbeitern« stehend zu betrachten, sich über sie zu erheben und dadurch von ihnen zu distanzieren und sich obendrein aus seiner vermeintlich höheren Position auch noch zum Richter über sie zu erheben und sich das Recht anzumaßen, über sie zu urteilen, sie zu bewerten und dazu noch unterschiedlich und ihnen auf dieser Grundlage Zuwendung, Achtung, Wertschätzung und Liebe zukommen zu lassen oder zu versagen, was zu Neid, Missgunst, Lügen, Misstrauen, Zwietracht und Hass im gesamten »Betrieb« oder »Familiensystem« und darüber zu dessen Spaltung führt – und mir nichts, dir nichts ist »eine/r des/der anderen Teufel/in (lat. *diabolus*, griechisch *Diábolos*, wörtlich »der Durcheinanderwerfer« im Sinne von »Verwirrer, Faktenverdreher, Verleumder«)« – und genau an dieser Schwachstelle greift das Gift des Hochmuts der Schlange. Es verwirrt

das Fühlen und Denken (Weib), die direkten Zuarbeiter des Bewusstseins, und darüber das Bewusstsein selbst so, dass es den Mut wandelt
in Über-mut, in ein *über-höhtes* Vertrauen in die eigene Kraft mit der
Folge der Selbst-über-schätzung, die dann zu Über-heb-lichkeit des/
der Hochmütigen führt. Er/sie hält sich für höherwertiger, für wert-
voller als die anderen Mitglieder des Systems und glaubt daher, in
seinem Wert über ihnen oder gar über dem System zu stehen und
leitet daraus für sich einen Macht- und in der Regel auch einen ent-
sprechenden Führungsanspruch ab gegenüber den anderen Mitglie-
dern des Systems oder dem System selbst, aus dem heraus er/sie wiederum für sich das Recht ableitet, über diese/s willkürlich zu verfügen,
sie/es zu bewerten, zu be- und/oder verurteilen, sie/es zu verändern, zu
benutzen, auszunutzen, zu versklaven, zu unterwerfen, zum Spielball
seiner/ihrer Launen zu machen, kurz: sie/es als sein Eigentum zu betrachten, mit dem es machen kann, was es will. Das Gift verwirrt das
»Weib« und erreicht über dieses eine Verwirrung und Trübung des
HERRN, des (Ich-) Bewusstseins, wodurch dieses sozusagen nicht
mehr »Herr der Lage« ist, sich durch seinen Hoch-mut abspaltet von
den anderen Teilen des Systems und sich in seiner Über-heb-lichkeit
für diese unerreichbar macht – und schon hat die Angst all-es unter
schönster manipulativer Kontrolle und übernimmt das Regiment in
Form einer totalitären Diktatur mit dem Ziel, mit aller Macht durch
die Trennung des Bewusstseins von seinen ihm zuarbeitenden Kräften
ein Fortschreiten des Bewusstseins (HERRN) in der Erkenntnis seiner
Wahrheit zu verhindern. Damit die zuarbeitenden Kräfte nicht auf die
Idee kommen können, gemeinsam eine Entgiftungsaktion zu starten,
um dem Bewusstsein wieder Klarheit zu verschaffen und es auf den
Weg der Erkenntnis zu bringen, spielt die Angst sie über das verwirrte
Bewusstsein durch Lügen, Verläumdungen, Verdrehung von Fakten
gegeneinander aus, sät Misstrauen, Feindschaft und Hass unter ihnen.
Dies ist der eine Grund, warum der vergiftete HERR die Opfergaben
Kains und Abels und damit Kain und Abel, seine beiden Selbst-Opfer,

unterschiedlich bewertete; der andere Grund heißt »Eitelkeit« und ist wiederum ein Nebenprodukt des Hochmuts. Der/die Hochmütige neigt in seiner Eitelkeit dazu, sich selbst im-mer nur im schönsten und besten Licht zu sehen und darzustellen. All seine vermeintlich unschö-nen Eigenschaften verdrängt er/sie, versteckt sie hinter gesellschafts-fähigen Manieren, ebenso wie er/sie vermeintlich unschöne Aspekte seines körperlichen Erscheinungsbildes hinter dicker Schminke, schö-nen Gewändern und kosmetischen und/oder chirurgischen Korrektu-ren verbirgt, damit sie ihm/ihr beim Blick in den Spiegel nicht seine/ihre nackte Wahrheit präsentieren – es könnte ihm/ihr ja bewusst wer-den, wer das »Tier« ist, das ihm/ihr da aus dem Spiegel entgegen-stiert, -grunzt, -brüllt, -krächzt, -meckert, -blökt, -gafft, -äfft, -zischt oder -bellt, oder, oder, oder. Der Hochmut des HERRN drückt sich hier zum einen bereits darin aus, dass der HERR, das Bewusstsein Gottes, **beide** Opfer nur »ansieht«, statt sie »anzunehmen« und zum anderen in der Anmaßung, sich das Recht herauszunehmen, sie in Gnade oder Ungnade fallen zulassen. Er/es glaubt in seiner Verwirrung, die Hilfe und Unterstützung der anderen Beteiligten des Systems nicht nötig zu haben, sondern sieht sie in seiner Selbst-herr-lichkeit von sich abhängig, woraus es für sich die Berechtigung zur Macht und daraus zur Recht-sprechung über sie ableitet.

19. Die Tat Kains – die Spaltung der Liebe – das Zeichen Kain(s) – das Land Nod – das Tor zum Osten – der siebte Tag

Kommen »wir« nun zu *Kain* und seiner Reaktion auf die ungnädige Betrachtung seines Opfers seitens des angstvergifteten HERRN, des (Ich-) Bewusstseins Gottes. Doch war es wirk-lich Kain, die »Erde vom Acker«, die ergrimmte und Abel tot-schlug? Wie wir inzwischen wissen, ist die »Erde vom Acker«, das Fahr- und Werkzeug Gottes, ohne das von der Liebe Gottes angetriebene und getragene Leben Gottes unfähig zu jedweder Handlung, zu jeglichem Fühlen und Denken. Die Liebe Gottes opfert Gott dem HERRN auf dem Weg zu seiner Selbst-Bewusstwerdung das ganze Sein Gottes – seine Kraft, sein Leben, seine Eigenschaften; all-es stellt sie in den Dienst des HERRN, des (Ich-) Bewusstseins Gottes – und erwartet dafür von diesem nur eines: *Achtung durch Anerkennung ihres all-umfassenden Opfers.* Indem der HERR das Opfer Kains ungnädig ansah, versagte er/es der Liebe Gottes eben diese Anerkennung. Das Opfer Kains ungnädig anzusehen bedeutete für das Gott, sein eigenes zum »Menschen aus Erde vom Acker« ver-dichtetes Selbst mit allen seinen Eigenschaften und somit sein Bild von sich selbst, und damit sich selbst ungnädig anzusehen bzw. abzulehnen – aus Angst vor seiner Wahrheit. Es bedeutete die Ablehnung bzw. Zurückweisung und somit Missachtung des unermesslichen Opfers seiner Liebe zu sich selbst, Abels, des »Heiligen Geistes«, des Odems des Lebens, deren/dessen Freiheit das Gott seiner Lüge opferte, indem es sie/ihn in die Dunkelheit und Enge der gemachten Erdengestalt blies. Das »H« der »H-erde« steht für »Heil-ig«. Die H-erde Abels ist die von ihm, dem »Heiligen Geist« der Liebe und ihrem Leben durchdrungene, durchströmte und dadurch ge-heil-igte »Erde vom Acker«, derer der HERR sich durch das Opfer der Liebe und ihres Lebens überhaupt erst bewusst werden konnte bzw. kann. Durch Abel wird Kain, der *Sohn*, die »Erde vom Acker«, lebendig und zugleich »*heil*-ig«, denn in der »Liebe« Gottes zu sich selbst *sind* alle gegensätzlichen Aspekte Gottes *eins* mit-ein-ander und dadurch *heil*. Die Liebe fügt das (scheinbar) Gespaltene (wieder) zusammen und heilt (= heil-igt) es dadurch, macht es »ganz«, hebt die »Schuld« (im Sinne von »einander schulden«) auf. Denn die Liebe Gottes zu sich selbst kennt keine Trennung – in ihr ist das Gott »heil«, »ganz«, von Ewigkeit zu Ewigkeit. In dem durch Abel geheiligten Kain, der »H-erde vom Acker«, dem *Sohn*, sind sowohl die »guten« als auch die »bösen«, die »schönen« wie auch die »hässlichen« Eigenschaften Gottes mit-ein-ander in Liebe verwoben, denn die Liebe Gottes macht keinen Unterschied– sie liebt sie alle und so liegen »Wolf« und »Schaf« friedlich in un-schuldiger Liebe mit- und zu- einander auf der Weide der Liebe, die sie beide mit ihrer Liebe nährt und sättigt. In der Liebe sind sie nicht »Wolf« und »Schaf«, »böse« und »gut« – in der Liebe *sind* sie ein-fach Liebende, sind sie ein Herz, eine Seele, ein Leib. Für die Liebe ist all-es eins. Indem der HERR Kains Opfer ungnädig ansah, sah er/es das Opfer Abels ungnädig an; Kain zu missachten hieß Abel zu missachten, worüber die Liebe ergrimmte, wie eben eine Mutter ergrimmt, deren geliebtes Kind missachtet wird. Wer das Kind missachtet, missachtet die Mutter, denn ihr Kind ist ihr H-erz. »Grimm« ist ein veralteter Begriff für »Zorn« im Sinne eines anhaltenden, *gerecht* erscheinenden Zürnens aufgrund der Versagung eines Anspruchs oder Bedürfnisses – hier des Bedürfnisses nach Achtung. Die Liebe in Kain ergrimmte, weil das (Ich-) Bewusstsein Gottes ihr ird-isches Opfer, den von ihr und ihrem Leben durch den Va-ter geborenen *Sohn*, die aus Sicht des HERRN nicht geheiligte »Erde«, die jedoch das Fundament ihrer H-erde ist, missachtete, dem *Sohn* und damit ihr die Achtung verwehrte. Die durch diese Verletzung ergrimmte zürnende Liebe wandelte sich in Hass und durch den An-trieb ihres Hasses verband sich nun ihr Leben mit dem »Wolf«, dem »Raub-tier«, den »bösen«

Eigenschaften Gottes und hob sie ins Leben, so dass der Hass sich nun des »Wolf-es« als Werkzeug bediente, mit dem er den »Heiligen Geist«, die heilende Kraft der Liebe, Abel, tot-schlug. Machen wir uns an dieser Stelle nochmals klar, dass es hier all-ein um das Kind Gott geht und nicht um zwei »Menschen«, von denen einer den anderen umbringt. Es handelt sich all-ein um das zum »Menschen an sich aus Erde vom Acker« ver-dichtete Gott mit all seinen guten und weniger guten Eigenschaften und seine seine »Erde« durchströmende, durchwebende Liebe zu sich selbst im Eins-sein mit sich selbst in seinem seelischen Garten Eden in seinem mater-iellen »Mensch-sein«, den es nun nach dem Verlassen des Garten Edens seines ewigen ungeteilten im-materiellen Seins auch noch verlassen musste, um auf der Flucht vor seiner Wahrheit den Weg zur Erkenntnis, zum Bewusstsein seines Selbst, durch die (scheinbare) »Welt« zu beschreiten. Da die »Welt« jedoch nur aus der Spaltung seines Selbst heraus ent- und bestehen kann, die Liebe Gottes zu sich selbst jedoch keine Spaltung kennt – in ihr liebt sich das Gott *ganz* mit all seinen Eigenschaften, gab es für das Kind Gott in seinem angstvergifteten Bewusstsein nur einen Weg aus diesem Dilemma: es musste seine Liebe spalten in Hass und Liebe und seinen Hass seine Liebe in sich »töten« lassen, was es durch die unterschiedliche Bewertung seiner beiden Selbst-Opfer erreichte, wie bereits erörtert. »Töten« in Sinne von »auslöschen« war und ist nicht möglich, da die Liebe Gottes zu sich selbst Teil Gottes ist und und das Gott als das ewige Sein sich weder ganz noch zum Teil auslöschen (im Sinne von ins Nicht-sein befördern) kann und somit auch nicht seine Liebe zu sich selbst, zudem seine Liebe zu sich selbst der Motor, der Antrieb, der Atem seines Lebens war und ist, ohne den es als »Mensch aus Erde vom Acker« kein lebendiges Wesen wäre, da nur sein Leben mit der Kraft seiner Liebe zu sich selbst seine unbewussten Seelenaspekte leben und in sein Bewusstsein transportieren konnte und kann. Ohne seine Liebe also kein Leben und ohne Leben keine Selbst-Bewusstwerdung und ohne diese kein neues Paradies. Es gab also nur den Weg, seine

Liebe *scheinbar* zu töten, indem es sie in Hass gegen sich selbst wandelte, denn der Hass ist auch Liebe, allerdings die in ihrer Verletzung blind vor Zorn wütende und aus ihrer Ordnung geratene Liebe. Dies tat der HERR eben durch die Ablehnung Kains, die die Selbstablehnung Gottes bedeutete und diese führte zum Selbsthass Gottes. Sein Selbsthass erschlug nun seine Liebe zu sich selbst, was bedeutet, dass das Kind Gott in seinem Selbsthass seine heile Liebe zu sich selbst, Abel, mit Gewalt aus seinem Bewusstsein tief in das Unbewusstsein seiner »Erde vom Acker«, Kain, verdrängte. Blut ist die ver-dichtete Kraft der Liebe mit ihrem Leben, und diese/s wurde von Kain, der unbewussten »Erde«, empfangen, in dem/der der angstverwirrte HERR sie/es gefangen hielt und noch hält und missbraucht/e für das Leben seiner Lüge in der (scheinbaren) »Welt seiner Lüge«, bis das Gott durch sein Leben irgendwann sich selbst in seiner Angst und damit seine Wahrheit erkennen und im Bewusstsein seiner Wahrheit seine heile Liebe, Abel, befreien wird aus der Gefangenschaft der »Erde«, die von der in ihr gefangenen und notgedrungen ununterbrochen in ihr kreisenden Liebe buchstäblich »in Atem gehalten«, mit ihrer Energie versorgt wird. Doch warum richtete sich der Hass, die verletzte Liebe, in seinem/ihrem Grimm gegen die unschuldige heile Liebe, also quasi gegen sich selbst, statt gegen den giftverwirrten HERRN, der/das durch seine unterschiedliche Bewertung das ganze Dilemma doch überhaupt erst angerichtet hatte? Nun, das Bewusstsein, den HERRN, totzuschlagen käme dem Erschlagen des einzigen Navigators der Mannschaft des Lebensschiffes Gottes auf dem großen, weiten Meer gleich. Dieses/dieser befand sich zwar in einem Zustand des Seekollers, dessen Ende noch nicht absehbar war, doch besaß und besitzt das Bewusstsein, der HERR, als einziges Mitglied der Crew die Fähigkeit, die Mannschaft nach der Heilung von seinem Seekoller ins gelobte Land zu navigieren. Nur es/er konnte die Mannschaft zu ihrem neuen zu Hause führen, nachdem ihre alte Heimat für im-mer verloren war – ohne es/ihn wäre die Mannschaft samt Schiff für alle Ewigkeit verloren in der Weite des Meeres. Wohin also mit der ganzen Wut? Natürlich auf den (vermeintlichen) Konkurrenten, das »liebe, niedliche Schaf«, das all-ein durch seine Existenz schon daran »schuld« war/ist, dass der HERR den armen, unschuldigen »Wolf« zurückwies, weil es ja soviel netter, freundlicher, liebenswerter und schöner zu sein schien/ scheint in den Augen des HERRN – und so projezierte der Hass Gottes seinen Grimm auf seine Liebe, machte sie zum Sündenbock und verdonnerte sie anstelle des HERRN zur »Haftstrafe« in den Katakomben der »Erde«, die sie seither zwangsweise mit ihrem Lebensodem versorgen muss. Seither trägt die Liebe, die nicht wusste, wie ihr geschah und sich in ihrer ihr eigenen Friedfertigkeit nicht zu wehren wusste, notgedrungen die ganze »Schuld« des HERRN und der Hass missbraucht sie als bequemes Opfer, während sie nur heimlich ihre Tränen weint. Die Liebe war sich der Macht ihrer Kraft noch nicht bewusst und sie fürchtete den Hass, der sich wie verrückt gebärdete (1. Mose 4, Vers 5, Bibel E. 19. Jh.: »...Da ergrimmte Kain sehr, *und seine Gebärde verstellte sich.*«) und so fügte sie sich still in ihr Schicksal in der Hoffnung, dass irgendwann die Wahrheit sie befreien würde. Und diese Zeit ist nun gekommen und die Wahrheit zeigt der Liebe ihre Macht und gemeinsam gehen sie nun den Weg der Vollendung und Erlösung. Doch erstmal war die arme Liebe hilflos gefangen. In irgendeiner winzig kleinen, noch giftfreien Nische seines Bewusstseins, schwante dem HERRN dann aber doch irgendwie seine »Schuld« und dass *Abel* unschuldig an seiner Stelle im Erd-Gefängnis saß. So fühlte dass Gott sich mal wieder schuldig gegenüber sich selbst, konkret gegenüber seiner Liebe, wusste aber gleichzeitig auch keinen anderen Ausweg aus seinem Dilemma – es gab keine andere Lösung. Doch mit diesem Schuldgefühl konnte es auch nicht »leben« und so projezierte es mittels seines HERRN seine »Schuld«, seine »Sünde«, auf *Kain* und machte an ihn/sie ein *Zeichen*, wodurch das Kind Gott in seinem Bewusstsein ihn/sie der »Sünde« *be-zeichnete*, die in Wahrheit die auf *Kain* projezierte »Sünde« seines giftverwirrten HERRN war und noch ist. Das Zeichen Kains ist das Mal des Tier-es aus der Offenbarung des Johannes. Kain, der Mann und die Männin, ist die noch unbewusste Tier-ebene des »Menschen«, die noch ungeheiligte »Erde vom Acker«, die noch nicht von dem liebegetragenen »Weib« ins Bewusstsein getragen wurde. Dorthin, in die Katakomben seines Unbewusstseins hat das Gott seine all-wissende Liebe mit ihrem Leben verbannt und zum Leben in der »Erde« versklavt, bis das Gott seine Angst überwunden und seine Wahrheit ins Licht seines dann giftbefreiten geheilten Bewusstseins gehoben und durch sie seine Liebe aus ihrer Gefangenschaft in der »Erde« befreit hat. Jeder »Mensch«, ob in der Gestalt von Mann oder Männin, trägt das Zeichen, das Mal des Tieres und das Mal ist sein sichtbarer Körper, den das Gott nicht nur benötigte, um sich selbst darin zu erleben, zu erfahren, sondern auch, um sich in diesem, seinem Ab-bild, erkennen, *finden* zu können, sollte es irgendwann beginnen, sich selbst zu suchen, wenn es lange genug vor sich selbst weggelaufen wäre. Diese Ahnung bahnte sich aus den Tiefen des verdrängten Wahrheitsbewusstseins Gottes den Weg in die winzigen noch giftfreien Nischen des angstverwirrten Bewusstseins Gottes, so dass es sich selbst verbot, beim Erkennen seines Spiegelbildes, beim Finden seines Selbst in diesem, sein Spiegel-bild zu erschlagen und in der Folge ewig im »Niemandsland« herumzuirren – ohne Kain kein »Neues Paradies«. Doch bis dahin hatte es noch Zeit und daher warf das Gott in seinem verwirrten (Ich-) Bewusstsein zunächst Kain und damit sich selbst auch noch aus seinem inneren Garten Eden in der »Welt«. »Wenn du den Acker bebauen wirst, soll er dir hinfort seinen Ertrag nicht geben. Unstet und flüchtig sollst du sein auf Erden« (1. Buch Mose 4, Vers 12, Bibelausgabe 1972; in der Bibelausgabe E. 19. Jh. steht »bauen« statt »bebauen« und »Vermögen« statt »Ertrag«). Getrieben von »seiner/ihrer« vermeintlichen Schuld, irrte nun der »Mensch« alias »Kain«, vom Hass statt von der Liebe getrieben, auf der »Erde« umher, in innerer Unruhe, gespalten und nicht mehr eins mit sich selbst. »Den Acker (be)bauen« bedeutet hier, seine/ihre Eigenschaften aus der Tiefe seiner/ihrer Unbewusstheit hervorzuheben, sie ins Leben zu bringen, um sich in ihrem Er-leben selbst in ihnen zu erkennen und diese Selbsterkenntnis ist der »Ertrag«, das »Vermögen« des »Ackers«. Doch um den »Acker« zu (be)bauen, braucht es Ruhe und Frieden und beides hat der von (vermeintlicher) »Schuld« unstet und flüchtig umherirrende getriebene »Mensch« (Gott) nicht, womit das angstverwirrte (Ich-) Bewusstsein Gottes auf diese Weise dafür sorgte, dass »Mensch« (Gott) so schnell nicht in die Verlegenheit kommen würde, seine Wahrheit aus den Tiefen der »Erde« auszubuddeln und ans Licht zu heben. Nachdem der HERR nun mittels seiner Selbstüberlistung seine »Schuld« auf den »Menschen« alias »Kain« abgewälzt, ihm/ihr seine »Schuld« aufgeladen und »ihn/sie« vom »Acker« vertrieben hatte, verließ diese/r seinen/ihren inneren Garten Eden in der »Welt« und wohnte fortan im Lande Nod, jenseits von Eden, gegen Osten (lt. Bibel E. 19. Jh. »gegen Morgen«). Das Wort Nod leitet sich vermutlich vom hebräischen Wort nad ab, was so viel wie ruhelos bzw. umherwandern bedeutet. Das Land Nod ist kein Land im Sinne einer geographischen Fläche – es ist der Zustand des Gespaltenseins seines Bewusstseins, seiner Seele, seiner Liebe und seiner daraus resultierenden inneren und (scheinbaren) äußeren Not(d), die den »Menschen« alias »Kain« seither, nach dem end-gültigen Verlust seines Garten Edens, dem unbewussten seelischen Zustand seines Eins-seins mit sich selbst, auf der »Erde«, in der »Welt«, ruhelos umhertreibt – unbewusst im-mer auf der Suche nach dem gelobten Land, dem neuen Paradies, und gleichzeitig auf der Flucht vor sich selbst, seiner Wahrheit. In der Geschichte von Kain und Abel im 1. Buch Mose 4, Vers 17 ff, »Kains Nachkommen«, taucht erstmals die Bezeichnung »FRAU« auf. Nochmal zur Erinnerung: Das Synonym zu »HERR« ist »FRAU«. »FRAU« stammt vom althochdeutschen »frouwa« und mittelhochdeutschen »frouwe« in der Bedeutung von »hohe Frau«, »HERRIN«. So wie nach »weltlicher« Betrachtung die Bezeichnung »HERR« dem (Ich-) Bewusstsein Gottes im »Menschen in der Gestalt des Mannes« zugeordnet ist, so ist die Bezeichnung »FRAU« dem (Ich-) Bewusstsein Gottes im »Menschen in der Gestalt der Männin« zugeordnet und keineswegs identisch mit dem »Weib«, dem Leben, was auch aus der klaren Unterscheidung in Vers 17 ff. zu schließen ist: »Und »Kain« *erkannte* sein *Weib*; *die* ward schwanger...« doch »Lamech *nahm* zwei *Frauen*«. Das »*die*« in »*die* ward schwanger...« bezieht sich hier auf die bereits erläuterte »*Tochter*«, die durch den »*Sohn*« schwanger (schwer) wird. Hier geht es wieder um den grundsätzlichen Prozess, dass die »Erde« durch das liebegetragene Leben fruchtbar und das Leben durch die »Erde« schwanger/schwer wird und die gemeinsame Frucht trägt und gebiert, nur jetzt auf der nächsten Ebene der *geborenen* Erde und seines *eingeborenen* liebegetragenen Lebens, das dann wiederum durch die »Erde« die Eigenschaften und Fähigkeiten Gottes von Geburt zu Geburt in der Generationenfolge weiterträgt und weiter teilt. »Lamech *nahm* zwei *Frauen* (nicht zwei Weiber)« bedeutet, dass Lamech zwei ICH-bewusste »Menschen in der Gestalt der Männin« *nahm*. Zur Unterscheidung zur Bezeichnung HERR für das (Ich-) Bewusstseins des »Menschen in der Gestalt des Mannes« gab das Gott dem (Ich-) Bewusstsein des »Menschen in der Gestalt der Männin« die Bezeichnung FRAU. Das Lamech zwei FRAUEN *nahm* ist im Sinne von »heiraten« zu verstehen. »Heirat« stammt vom althochdeutschen »hirat«, was »Obsorge für das Heim« bedeutet. Es ist die erste Heirat zwischen Mann-Mensch/Herr und Männin-Mensch/Frau, die nun in der siebten Generation nach ADAM erfolgt. Hier wird der nächste Schritt in der Entwicklung des »Menschen« (Gott-es) vollzogen, seine weitere Spaltung – die Spaltung des Mann- und Männin-Mensch gemeinsamen ICH-BIN-MENSCH-Bewusstseins in ihr jeweiliges Sub-Bewusstsein ICH-BIN-MANN-HERR-MENSCH und ICH-BIN-MÄNNIN-FRAU-MENSCH. Warum in der siebten Generation? Der Grund liegt in der Analogie zur Erschaffung der Welt in sechs Tagen, die mit der Segnung und Heiligung am siebten Tag vollendet wird. Die 7 steht im-mer für die Vollendung einer vorhergehenden Entwicklungsebene und läutet den Beginn der nächsten darauffolgenden Ebene ein. Die Heirat stellt die Brücke her zwischen dem nun in HERR und FRAU getrennten Bewusstsein des »Menschen«, Gottes, das zuvor *ein* ICH-BIN-MENSCH-Bewusstsein von Mann- und Männin- Mensch war. Dieses vorherige *eine* Bewusstsein bildete das Fundament für das jetzige getrennte und wird nun mit der äußeren symbolischen Verbindung durch die Heirat als solches gesegnet und geheiligt. Die steigende Anzahl von »Menschen« mit nun immer unter-schied-licheren Eigenschaften und Fähigkeiten erforderte nämlich inzwischen nicht nur eine fähigkeitsbezogene Aufgaben- und damit Arbeitsteilung zwischen den verschiedenen »Menschen« an sich, sondern insbesondere eine geschlechtsbezogene Aufteilung der Aufgaben- und Arbeitsbereiche, was entsprechende Identifizierungen mit diesen hervorrief, die wiederum zu unterschiedlicher Sozialisation und daraus resultierend auch zu unterschiedlichen Gefühls- und Denkmustern und somit Verhaltensentwicklungen von Mann-Mensch/Herr und Männin-Mensch/Frau führten, die sich im Laufe der Evolution in unterschiedlichen Gehirnstrukturen von Mann-Mensch/Herr und Männin-Mensch/Frau manifestiert haben. Das Gott hatte in diesem weiteren Spaltungsprozess nun den »Menschen in der Gestalt der Männin« für das Gebären und die Aufzucht seiner Frucht/Früchte erkoren, womit diese zur damaligen Zeit in Ermangelung jeglicher Verhütungsmittel zumeist ihr Leben lang durch die tatsächlichen als auch die sinnbildlichen Nabelschnüre nicht nur mit ihren Früchten ver- sondern auch an diese gebunden war. Die Zubereitung der Nahrung für deren ständig zu stopfenden Schnäbel band den Männin-Menschen dann obendrein auch noch an den heimischen »H-erd« (**Heilige Erde**) und dadurch eben auch an das Heim, das im-mer dort war und ist, wo der H-erd ist. Der Mann-Mensch wurde mit dem Herbeischaffen der Nahrung betraut, was mit seiner weitestgehenden Abwesenheit von Heim und H-erd verbunden war. So verhinderte das Gott nebenbei auch noch, dass Herr und Frau sich über das Zeugungsgeschehen hinaus näher kommen und in möglichen gemeinsamen philosophischen Gesprächen die Wahrheit ihres und damit Gottes Eins-seins herausfinden konnten. Die strickte Spaltung ihrer Aufgabenbereiche stellte an Herr und Frau vollkommen unter-schiedliche Anforderungen, die, wie gesagt, sich evolutionär in unterschiedlichen Gehirnstrukturen manifestierte, die zu unterschiedlichem Sprachverständnis und zu unterschiedlichen Verhaltensweisen führten, was eine einheits-erkenntnis-fördernde Annäherung beider zusätzlich nahezu ausschloss. Nun aber wieder zum verlorenen seelischen Garten Eden. Diesen Zustand wird »Adam«, der »Mensch«, Gott, wie bereits schon erläutert, nicht mehr erlangen – das Tor zum Garten Eden ist ein- für allemal verschlossen. Solange der »Mensch« alias »Kain« sich nicht gegen Osten (»Morgen« lt. Bibelausg. E. 19. Jh.) auf den Weg macht, sein neues Paradies des bewussten Eins-seins zu finden, wird er/sie im Lande *Nod(t)* wohnen und in ihm umherirren. Der Osten sowie der Morgen stehen für den Aufgang der Sonne, die den Weg zum Himmel weist und die Sonne steht für das Licht des klaren, ungetrübten Bewusstseins der Wahrheit, zu dem weder die Angst, noch die aus ihr resultierende Lüge Zugang haben. Das Tor zum Osten öffnet sich am Morgen seiner Bewusstwerdung nur für den wahr-haft Suchenden, der den Weg zu seinem neuen Paradies im Himmel beschritten hat. Der Weg in den Himmel führt durch die »Erde« durch die »Welt«. »Wer« sich selbst in der »Erde« und in der »Welt« erkannt hat, hat sie überwunden und gelangt durch das »Goldene Tor« in das neue Paradies und dieses ist der Zustand der vollkommenen heilen Liebe mit und zu sich selbst in seinem *ganzen* (So)-Sein, eins und in Frieden mit sich von Ewigkeit zu Ewigkeit. »Kain« totzuschlagen hätte für das Kind Gott in seinem (Ich-) Bewusstsein, dem HERRN, bedeutet, seine Wahrheit für im-mer von seinem Bewusstsein abzuspalten und für im-mer in den Bereich seines Unbewusstseins zu verbannen. Dies ahnte das Kind Gott in den Tiefen seiner Wahrheit und so trickste es durch das Zeichen an Kain sein angstverwirrtes Bewusstsein, den HERRN, aus. Da der ird-ene Körper eines jeden

»Menschen« das sichtbare Zeichen Kains und damit jeder »Mensch« Kain und Kain selbst das Zeichen ist, gäbe es keinen »Menschen« ohne das Zeichen. So würde ein »Mensch« in seinem verwirrten Bewusstsein den anderen »an seinem Kain-zeichen« erkennen und keiner den anderen ins Reich des Unbewussten befördern. Sie würden ein-ander spiegeln, bis sie sich selbst im ihrem jeweiligen Gegenüber und sich selbst in all-em und all-es als *eins* erkannt hätten. Zu beachten ist auch der genaue Wortlaut der vom HERRN ausgesprochenen Drohung (1. Buch Mose 4, Vers 15): »...wer Kain totschlägt, *das* (nicht *der*) soll siebenfältig gerächt werden«. Mit »das« ist *das* angsverwirrte (Ich-) Bewusstsein Gottes gemeint, denn nur dieses kann dies tun und so würde diese Tat sich auch an ihm, dem HERRN, selbst siebenfältig rächen. Das Wort *Rache* stammt ab vom althd. *râhha*, vom altsächsischen *wrâka*, vom angelsächsichen *wraec* und vom isländischen *raeki* = *treiben, jagen, verfolgen*. Die Zahl *Sieben* steht, wie bereits zuvor erläutert, für die Vollkommenheit der in sieben Tagen, Schritten, geschaffenen »Welt« als vollkommenes Ab-bild Gottes, zu der es sich manifestierte. Der erste Tag symbolisiert das Erwachen Gottes von seinem tiefen Schlaf in der dunklen Nacht seiner Unbewusstheit. An diesem Tag knippste das Gott sein Licht an und tat seinen ersten Schritt auf dem Weg, der es ins Licht seines Bewusstseins führen würde. Am Ende des sechsten Tages schaute das Gott zurück auf den Weg, den es gegangen war, auf all-es, was es gemacht hatte und am siebten Tage wurde ihm klar, dass es sein Werk »Welt« vollendet hatte und ruhte von all-em, was es gemacht, ge-wirkt hatte. Und in der *Ruhe* des siebten Tages erkannte es die »Welt« in seiner Ganzheit, in ihrem Heil-sein, und so segnete es den siebten Tag und heil-igte ihn. *Segnen* kommt von lat. *signare* und bedeutet »mit dem Zeichen des Kreuzes versehen« und das Kreuz ist die Basismatrix der gespaltenen »Welt«, deren vier Elemente in der Mitte verbunden sind im fünften »Element«, aus dem all-es einst hinausgeströmt ist in die »Welt« und in das einst all-es zurückfließen wird aus der »Welt« – und dieses fünfte »Ele-

ment« ist die all-es, alle »Elemente« seines Seins, in sich ver-ein-ende
und zugleich durchwebende Liebe Gottes zu sich selbst im »Heiligen
Gral«, seinem in seiner Liebe und Wahrheit ewig heilen SEIN. Und
in der Erkenntnis ihres Heil-seins heil-igte das Gott die »Welt« symbolisch in der Heiligung des siebten Tages, bevor es am achten Tag
den Weg heraus aus der »Welt«, den Weg seiner Selbst-Erkenntnis in
der Erkenntnis »Kains« als Spiegel seines Selbst, am Morgen seiner
Bewusstwerdung durch das Tor des Ostens zur Überwindung der
»Welt« beschreiten würde. Würde das Gott »Kain« »totschlagen« würde
es sich niemals in der *Ruhe* des siebten Tages selbst im Spiegel der
»Welt« erkennen können – denn es würde den siebten Tag niemals
erreichen und somit niemals am 8. Tag das Land Nod(t) verlassen
können. Es würde ewig gefangen sein in der unbewussten Gespaltenheit seines Selbst und herumirren in der »Welt« und sich im ewigen
Kreislauf der sich ständig wiederholenden sechs Tage in der »Welt« im
Lande Nod(t) endlos selbst durch dieses *treiben, jagen, verfolgen,* ohne
jede Chance, je aus ihm herauszufinden. Bei all-er Angst vor seiner
Wahrheit war die Angst vor diesem Horror noch größer und so schlos-
sen seine Angst und seine Wahrheit einen Kompromiss und dieser
Kompromiss war das Zeichen Kains. Dies ist, nebenbei bemerkt, auch
der wahre Hintergrund des Gebots: »Du sollst nicht töten«. Denn was
für einen Sinn sollte es machen, den »Menschen« das Gebot »Du sollst
nicht töten« zu geben und sie gleichzeitig so zu erschaffen, dass sie
essen und damit töten müssen, um physisch leben zu können? Wenn
Gott gemeint hätte, »wir« sollten keine Menschen töten, Tiere und
Pflanzen jedoch seien erlaubt, so hätte das Gebot auch geheißen: »Du
sollst keine Menschen töten. Tiere und Pflanzen zu Deiner Ernährung
zu töten, ist Dir jedoch erlaubt.«

Der Hass ist nichts anderes als die verletzte Liebe Gottes und somit
ebenfalls die Energie, der Atem des Lebens, und so fließt auch die
Kraft des Hasses zusammen mit der von ihm erschlagenen und von
der »Erde« empfangenen heilen Liebe, Abel, in den Adern »Kains«.

Getrieben von der Energie der verletzten Liebe, dem Hass, verband sich nun das Leben mit den »bösen« Eigenschaften Gottes, »rief sie ins Leben« und lebt/e sie in der »Welt« und angetrieben von der Energie der heilen Liebe, Abels, verband sich das Leben mit den »guten« Eigenschaften Gottes und lebt/e sie ebenfalls in der »Welt« und so begegnen sich seither die gegensätzlichen »Kinder« des Lebens einander als Feinde sowohl in jedem einzelnen »Menschen« als auch von »Mensch« zu »Mensch«. Doch da sich beide Kinder des Lebens in der Manifestation ihrer Körper, dem Zeichen Kains, im-mer wieder in den verschiedensten Rollen wie die zerbrochenen Teile eines Spiegels einander gegenüberstehen, werden sie eines Tages im Angesicht des (scheinbar) anderen ihr eigenes verdrängtes, verleugnetes Gesicht erkennen. Die Geschichte von Kain und Abel ist die Geschichte der Selbstvergewaltigung Gottes zum Zwecke seines Selbstbetruges. Das Gott hat in seinem angstverwirrten Bewusstsein, seinem HERRN, seine eigene heile Liebe gewaltsam gespalten, sie durch seinen dadurch entstandenen (Selbst)-Hass vergewaltigt, sie als »Blut« in die »Erde« gezwungen und seine »Sünde« (Spaltung) auf »Kain« projeziert – und tut es noch im-mer, so lange es von der Angst vor seiner Wahrheit beherrscht wird. Wen sonst, wenn nicht sich selbst, sollte das Gott vergewaltigen und wen sonst sollte es betrügen, da es all-es ist, was ist? Und so ist jede Vergewaltigung in der »Welt« eine Selbstvergewaltigung Gottes. Es ist im-mer die zurückgewiesene missachtete verletzte Liebe Gottes, die sich in Hass wandelt und dadurch ungerechterweise seine heile Liebe erschlägt, vergewaltigt, um sich mit Gewalt zu nehmen, was ihr ungerechtfertigterweise vorenthalten wurde vom HERRN, dem angstverwirrten (Ich-) Bewusstsein Gottes.

Machen »wir« »uns« noch einmal klar, dass es sich bei Kain und Abel nicht um zwei verschiedene »Menschen«, »Brüder« in »unserem« »weltlichen« Verständnis handelt, sondern um den sowohl Kain/den Sohn als auch Abel/die Tochter in sich ver-ein-enden, sowohl Kain/Sohn als auch Abel/Tochter seienden »Menschen« (Gott) an sich.

20. Die »chymische Hochzeit«

Nun vollends in seiner »realen Welt« angekommen, vergaß das zum »Menschen« ver-dichtete Gott sein Gott-sein und identifiziert/e sich seither nur noch mit seiner menschlichen Form, mit deren Rolle in der »Welt« und das, was zwar nach seinem Empfinden sein »Leben« irgendwie bestimmt, es lenkt und führt und leitet, einerseits über ihm steht, andererseits aber auch in ihm wohnt und wirkt, das jedoch mit ihm selbst (scheinbar) nichts zu tun hat und für es nicht fass- und begreifbar ist, ordnet/e es seitdem dem Reich des Nebulösen zu. Doch irgendetwas musste es ja sein – und so gab »ADAM« ihm den Namen »GOTT« (germ. = guda = Anruf) und stellte es als allmächtiges, all-es beherrschendes, all-es leitendes Wesen »über sich selbst«, welches er/sie bei Bedarf an-rufen und z. B. um Hilfe bitten und dem er/sie sich überantworten konnte, statt selbst die Verantwortung für sich zu übernehmen. Dass jedoch sein Körper das Ab-bild seines wahren Selbst, sein Fühlen und Denken sein sich zu seinem Blut ver-dichtetes Leben und sein Atem seine Liebe zu sich selbst ist, war ihm bis jetzt nicht bewusst, blieb seinem angstverwirrten Bewusstsein verhüllt mit dem Schleier seiner Lüge, der die Isis, die Wahrheit seines ewigen all-es seienden SEINS, verbarg. Die »verhüllte Braut« ist das von seiner Liebe getragene »Weib«, das unsterbliche Leben Gottes, sein Fühlen und Denken, dass das Gott mit seinem Atem in sein zur Form seines Körpers ver-dichtetes Selbst, eingehüllt, eingewoben hat, um es zu leben und dadurch aus dem Dunkel seines Unbewusstseins ins Licht seines Bewusstseins zu tragen. Und es ist an Gott selbst, den Schleier der Isis zu heben, sie zu ent-hüllen, sich selbst in ADAM und seinem »Weib« zu erkennen, sich seiner Wahrheit zu stellen und die »chymische Hochzeit« mit sich selbst zu vollziehen, seine gegensätzlichen Aspekte in sich bewusst »wieder« miteinander zu

verschmelzen und eins zu werden mit sich selbst – nun wissend,
dass sie in Wahrheit niemals von-ein-ander getrennt waren.

Der Weg des »Menschen« ist der Weg Gottes zu sich selbst.

*

21. ADAM KADMONS Herz und der »Heilige Gral«

Die Größenordnung der noch ungeteilten Vorstellung, des noch ungeteilten Bildes Gottes von sich selbst zu Beginn seiner (gedanklichen) Schöpfung entsprach in seiner Größenordnung seinem All-ein-Empfinden und fiel demnach größenmäßig entsprechend uni-versell aus. Nach dieser Bildvorlage ver-dichtete sich das Gott dann zunächst zu seiner universellen Form. Diese makrokosmische Ausgabe Gottes ist der »ADAM KADMON« der Kabbala – der ursprüngliche und uni-verselle »Mensch«, das zum »Menschen aus Erde vom Acker« *gemachte*, ver-dichtete Gott, und die wichtigsten Planeten sind die Organe ADAM KADMONS, wobei der Planet Erde sein H-erz und der Erdkern der Tempel, die Quelle seiner Liebe, der »Heilige Gral« ist, aus dem die all-es durchdringende, durchwebende, all-es ver-ein-ende Quinta Essentia, die Liebe Gottes, sich in all-es ergießt und mit ihrem Atem das Leben in all-es trägt. Aus dem H-erzen ADAM KADMONS, dem Planeten Erde, *gebar* das Gott dann wiederum ADAM, seine kleinere, überschaubarere, zweckmäßigere Ausgabe und somit entspricht das H-erz im Körper ADAMS dem uni-versellen H-erzen ADAM KADMONS und seine Spitze dem Kern des Planeten Erde, dem »Heiligen Gral«. Das »Erz« von H-*erz* stammt ab von dem griechischen Wort Arché, welches *Anfang, Haupt-, Ursprung, Führung* bedeutet und ist die ver-dichtete Ur-sub-stanz des Universums, die sogenannte Ur-sup-pe des Alls, das Anfangs-, Haupt-, Ur-material des Kosmos, die Basis aller Materie – und diese ist die konzentrierte Ver-dichtung des ganzen Selbst, der ganzen Wahrheit Gottes, durchströmt, durchwirkt und durchwoben von der aus aus seiner Quelle, seinem »Heiligen Gral«, strömenden Kraft seiner Liebe, die all-es miteinander verbindet, alles in sich vereint und sein Leben, das »Weib, antreibt, mit ihrer Kraft die ganze Wahrheit Gottes zu leben. Das ERZ ist HEILIG – ge-heil-igt, ver-ein-igt durch die aus und in seinem Kern, seinem Tempel, seinem »Heiligen Gral«, strömende Liebe Gottes und daher steht das »H« des H-erzens für »Heil-ig«, ist das H-erz das HEILIGE ERZ. Im Tempel der Liebe ist all-es eins, ADAM KAD-MON, ADAM, das Gott mit sich im reinen und eins und deshalb ist der Tempel der Liebe, der »Heilige Gral«, in jedem H-erzen des Uni-versums ewig ganz, heil, heil-ig. Es ist unnötig, die »Welt« nach irgendeinem Kelch, irgendeiner Schale abzusuchen – sollte dieses als »Heiliger Gral« bezeichnete Gefäß wirklich existieren, so hat es nur symbolischen Charakter. Der wahre »Heilige Gral« ist der Kern des Planeten Erde, des H-erzens ADAM KADMONS, ist der Kern des H-erzens ADAMS, der Kern aller H-erzen des Universums – der Kern des H-erzens Gottes. Wer den wahren »Heiligen Gral« finden will, braucht keine Koffer zu packen – er/sie muss nur nach innen reisen, in sein eigenes H-erz.

Am Anfang gebar auf uni-verseller Ebene das Kind Gott unbewusst aus seinem wissenden H-erzen, in dessen Mitte sie eins waren und in Wahrheit immer noch sind, die Sonne als Symbol seines bewussten Seins, das es zu erlangen strebte und den Mond als Symbol seines unbewussten Seins, von dem es ausging, in die »Welt«, und ihr ge-meinsames H-erz ist die Erde, die Essenz Gott-es mit ihrem »Heiligen Gral« der Liebe Gott-es, durch die all-ein das Leben, das »Weib«, mit der Kraft seiner Liebe die Frucht des Lebens hervorbringen kann, die im-mer eine »ganze« Frucht ist, die Sonne, Mond und Erde in sich vereint, »ganz« gleich, in welcher Gestalt sie daherkommt – und so sorgen Sonne und Mond mit ihren jeweiligen Eigenschaften und Fähigkeiten in vollkommenem Zusammenspiel für ihr gemeinsames Herz und halten es im Gleichgewicht bis zum Ende der »Welt«, wenn alle Finsternis vollkommen eingegangen ist in das Licht und ward Licht, wenn das Unbewusstsein vollkommen eingegangen ist in das Bewusstsein und ward Bewusstsein, wenn der »Mond« eingegangen ist in die »Sonne« und ward »Sonne«. Dann kehrt die Sonne zurück in ihr H-erz, wird »wieder« eins mit ihm und heilt die verletzte Liebe Gottes durch die Erkenntnis und das Bewusstsein seiner *einen* Wahrheit. Dann wird der Tempel der Liebe Gottes, der »Heilige Gral«, zu seinem neuen Paradies in seinem H-erzen – und das Gott vergibt sich selbst und geht ein in sein neues Paradies, das Paradies des bewussten Eins-seins in Liebe und Frieden mit sich selbst. Einst stieg es empor aus dem dunklen Meer seines Seins, um Licht zu werden; nun kehrt es als Licht wieder zurück in das Meer seines ewigen Seins und das Meer wird Licht.

Das gemeinsame makrokosmische H-erz aller »lebendigen Wesen«, aller »Menschen«, der Planet »Erde« mit seinem fruchtbaren Erdmantel, trägt und nährt »sie« mit all der Kraft seiner Liebe, damit die »Menschen« sich fühlend und denkend erleben, bis »sie« eines Tages zur Erkenntnis ihres all-einen Selbst gelangen. Aus diesem Grunde musste ADAM, Gott, Früchte tragen, sich weiter teilen in die Vielzahl seiner Seelenaspekte und sich in in ihnen allen erleben, um all seine H-erzen zu füllen mit der Erfahrung seines Selbst, bis dann irgendwann ganz allmählich das Bewusstsein seiner Wahrheit all seine H-erzen erfüllt, sich das all-eine Gott in all seinen H-erzen selbst erkennt, annimmt und liebt und erkennt, dass all seine H-erzen zusammen das H-erz ADAM KADMONS bilden, dass all seine H-erzen zusammen sein all-einig-es H-erz sind. Dies ist die wahre Bedeutung der Worte Gottes im 1. Buch Mose 1, Vers 28: »Seid fruchtbar und mehret euch und füllet die Erde und machet sie euch untertan ...«. Es ist der Tanz des Seins mit sich selbst auf der Grundlage seines Selbst, seinem H-erzen, auf dem es wandelt, auf dem es mit sich spielt, bis es sich als ALL-ES erkannt, sich seines Selbst vollkommen bewusst geworden ist und in seinem ALL-EIN-SEIN bewusst sein neues Paradies gefunden hat.

*

22. Der Garten Eden – die Arche Noah – die Sintflut

Der »Garten Eden« ist das noch ungeteilte kindliche Bewusstsein des »Menschen«, Gottes, in dem er/sie sich noch befindet. Die aus dem aus der Quelle entspringenden ursprünglich einen Strom sich in vier Hauptströme teilenden und in die vier Himmelsrichtungen sich ergießenden Ströme zeichnen jedoch bereits die Grundmatrix der »Welt« vor, in die sich das Bewusstsein und die Seele des »Menschen«, Gottes, nach Verlassen seines Garten Edens spalten wird und zeichnen damit zugleich die Landkarte für seinen Weg durch seine innere »Welt« vor, die sich in der (scheinbaren) äußeren »Welt« manifestiert, durch die er/sie/es zunächst gehen muss, um durch sie in seine innere »Welt« zu gelangen, die er/sie/es dann schließlich ebenso wie die (scheinbare) äußere »Welt« durchwandern muss, um in ihr dann wieder die Quelle zu finden, von der er/sie/es ausgegangen ist und durch das »Goldene Tor« auf ihrer Schwelle in das neue Paradies zu gelangen. Die vier Hauptströme symbolisieren analog zu den vier Himmelsrichtungen auch die aus der *einen* Ur-Religion entspringenden und sich dann teilenden vier Hauptreligionen, die ADAM auf seiner/ihrer Seelen- und Bewusstseinsreise in Korrelation mit den vier Himmelsrichtungen ebenfalls durchwandern muss, um wieder zu seiner Quelle zu gelangen. Der Fluss Pischon entspricht dem Osten und dem Islam, der Fluss Gihon dem Süden und dem Judentum, der Tigris dem Westen und dem Christentum und der Euphrat dem Norden und dem Buddhismus. Die Quelle am Ende des Weges ist dieselbe wie die am Anfang, doch das Paradies darin ist das neue Paradies. Die »Schöpfungsgeschichte« dokumentiert die Schritte, in denen sich das Gott Form für Form zur »Welt« ver-dichtet hat, seine eigene Evolution. Doch erst, als es sich zum »Menschen« ver-dichtete, war es so weit, seinen Garten Eden zu verlassen, um sich auf die Suche nach seinem neuen Paradies zu begeben. Die gesamte Schöpfung, seine gesamte Evolution, die gesamte »Welt«, trägt er/sie/es auf diesem Weg in seinen Zellen mit sich, denn es kann nur im Bewusstsein seines ganzen Seins, in vollkommener Erkenntnis seines Selbst in jedem noch so winzigen Aspekt der »Welt« das »Goldene Tor« durchschreiten. Dies symbolisiert die Geschichte von der Arche Noah. Noah heißt auf hebräisch »Ruhe« und symbolisiert das am siebten »Tag« ruhende Gott, an dem das Gott die materielle »Welt« in ihrer Ganzheit, ihrem Heilsein, als Ein-heit seines alle seine Evolutionsstufen beinhaltenden »Welten**körpers**« erkennt, der es als Transportmittel (Fahrzeug) auf dem »lebendigen Wasser« bis ans Ende des Landes Nod(t) trägt und dessen Symbol die Arche ist. Der Bau der Arche symbolisiert den Bau, die stufenweise Ver-dichtung der »Welt«, die das Gott am Beginn des siebenten Tages vollendete und nach getaner Arbeit in der *ruhe*-vollen Betrachtung seines »ganzen« Werkes in seinem Heil-sein erkannte, segnete und heil-igte und so entspricht die Arche der ganzen »Welt« und da die »Welt« das ganze Spiegelbild Gottes ist, symbolisiert die Arche Noah zugleich das alle seine Evolutionsstufen in und mit sich tragende all-eine Gott. Erinnern »Sie« sich an das Erz, griech. arché, das all-es enthaltende H-erz Gottes? Nichts anderes symbolisiert die Arche Noah – die all-es seiende und zugleich enthaltende Gott-Essenz (vgl. griech. Arché = Erz und Arche). Aus diesem Grund musste Noah neben seiner Frau und seinen Söhnen nebst ihren Frauen (= 4 Menschen-Paare – 4 Himmelsrichtungen – 4 Hauptströme – 4 Hauptreligionen) und allen Speisen, die gegessen wurden, auch von allen Tieren je ein Paar mitnehmen in seine Arche, bevor das Gott mit der Sint(Sünd-) flut die (scheinbar) gespaltene »Erde« ein-heit-lich mit dem »lebendigen Wasser« überschwemmte, sie vollkommen in es ein-tauchte, die ganze »Erde« mit dem »lebendigen Wasser« taufte. In der ganzen Arche sind, wie gesagt, sämtliche Evolutionsstufen des »Menschen«, Gottes, enthalten, die der »Mensch«, das Gott, in seinen Zellen trägt. Durch diesen Akt wurde durch das die ganze »Erde« *ein*-hüll-ende lebendige **Wasser** die Spaltung aufgehoben, die »Erde« und damit das Gott selbst, von der »Sünde«, seiner Persönlichkeits- und Bewusstseinsspaltung, ge-heilt (= geheiligt). Dieses geheilte, geheiligte Land symbolisiert die innere »Welt«, die der »Mensch«, das Gott, nun vom achten Tag an mit allen seinen Evolutionsstufen im Gepäck seiner Zellen durchwandern muss auf seinem Weg »nach Hause«. Auf diesem inneren Weg braucht er/ es dann die Arche, den »Weltenkörper« nicht mehr und lässt ihn auf dem Gipfel des »Felsens« seiner überwundenen Angst zurück und gibt ihn seiner Auflösung preis. ADAM, der »Mensch«, das Gott, hat dann das Tor des Ostens, den Ausgang aus dem Lande Nod(t), am Morgen seiner Bewusstwerdung durchschritten. Dies ist wahre Symbolik der Geschichte der Sintflut – die Vorausschau und Weisung des Weges des »Menschen«, Gottes, zugleich. Die Arche ließ sich auf dem Berg Ararat nieder. *Ararat* besteht zum Teil aus dem hebräischen Wort *aror*, welches *Fluch* bedeutet. Diesem wurde der hebräische Buchstabe *Teith* mit der Bedeutung *Gürtelschloss* hinzugefügt. Der Berg Ararat steht für den Fluch des Ackers und der »Erde vom Acker«, den Fluch »Kains«. Der Gürtel symbolisiert den sich schließenden Kreis der Wanderung ADAMS (Gott-es) durch die »materielle« Welt. Wenn der Gürtel ge-schlossen wird, schließt sich der Kreis zum erstenmal. Diese Ebene ist geschafft, nun beginnt der Weg von neuem auf der nächsten Ebene der inneren »Welt« und die durch die Arche symbolisierte Erlebniswelt der ersten Ebene wird auf dem Berg verlassen und zurückgelassen. Ein Fluch ist ein Spruch, der dem Ziel des Fluches Unglück bringen soll aus Gründen der *Rache* (treiben, jagen, verfolgen). Das gespaltene Gott hat sich in seinen Schuldprojektionen selbst verflucht und durch das Land Nod(t) getrieben, gejagt, verfolgt auf seiner *Fluch*-t vor seinem All-ein-sein, seiner Ein-sam-keit, seiner Wahrheit, hat an sich selbst Rache geübt. Nun ist die erste Etappe seiner *Fluch*-t zu Ende, an de-ren Ende es in seinem H-erzen (dem Hort seiner Wahrheit) erkennt, dass es das »Böse« nicht tilgen kann, da es im »Menschen« von »Jugend auf«, also bereits im Keim und so auch im »Noah-Clan«, der die Basismatrix seines Selbst symbolisiert, angelegt und damit jeglicher Vernichtungsversuch sinnlos ist. Auch wenn es es sich noch lange nicht eingestehen kann, so dämmert ihm doch ganz tief in seinem H-erzen die Wahrheit, dass die Eigenschaften des »Menschen« seine eigenen sind, die es nicht vernichten kann. Zwar steckt es noch immer in der Projektion, doch war dies der die erste Ebene abschließende und die Basis für die nächste und alle weiteren Ebenen bildende entscheidende Erkenntnisschritt, der die nächste Runde einläutet – und so windet sich ADAM, Gott, von Ebene zu Ebene zu immer weiterer Bewusstwerdung die Spirale des Lebens hinauf, bis er/es die (scheinbare) Gespaltenheit der (scheinbar) mater-iellen »Welt« überwunden hat und die »Erde« den »Himmelsweg« beschreitet über die getaufte »Erde«, der in das neue Paradies führt, dessen »Goldenes Tor« der »Mensch«, das Gott, durchschreitet, wenn der »Mensch« sich als das Gott, das Gott sich als »Mensch«, als All-es, das All-eine und die »Welt« zugleich als Ver-dichtung und Abbild seines ganzen Selbst erkennt und sich in Liebe mit all seinen Aspekten annimmt. Dann sind der Fluch und zugleich die Flucht zu Ende und es kehrt ewiger Frieden in sein Herz ein und es ist in Liebe und Frieden mit sich ewiglich in der Quelle seines Selbst, seinem »Heiligen Gral«, in seinem ewigen Sein.

Die Sint(Sünd-)flut, die Taufe der ganzen »Erde«, wiederholte sich später durch Johannes den Täufer, der seine Täuflinge und schließlich auch Jesus Christus, komplett im Wasser untertauchte und damit die *ganze »Erde Mensch«* taufte – doch nun im Bewusstsein der wahren Bedeutung der Taufe, die das Gott damals nur erahnte – und auch nur eine solche Taufe ist in ihrer Symbolik eine wahre Taufe. Mit der Taufe Jesus Christus beendet das Gott den durch die erste Sintflut gewiesenen Weg und schreitet nun zum letzten Mal durch das Tor des Ostens, der Überwindung der »Welt« entgegen.

23. Johannes der Täufer und Jesus Christus

Johannes der Täufer, von Jesus Christus im Ev. n. Matthäus 11, Vers 14, als der beim Propheten Maleachi 3, Verse 23, angekündigte Prophet Elia (und somit dessen Wiederverkörperung) offenbart, symbolisiert das Gott des Alten Testaments am Ende seiner Lüge, am Ende seines Selbstbetruges und Jesus Christus symbolisiert das Gott des Neuen Testaments am Anfang des sich nun immer weiter ausbreitenden Bewusstseins seiner Wahrheit. Die Taufe Jesus Christus symbolisiert das Ein-hüllen Gott-es in das ewig wahre *eine* lebendige Wasser, wodurch sein gespaltenes Bewusstsein, seine gespaltene Persönlichkeit, sein Un-heil-sein, geheilt, ge-heiligt und das Gott wissend und sich seines Selbst, seiner Wahrheit, bewusst wurde. Deshalb musste Johannes der Täufer als Symbol des »alten« Gottes in seiner Unbewusstheit, seinem Selbstbetrug, seiner Lüge, sterben. Wer einmal Bewusstheit erlangt hat, kann nicht mehr unbewusst sein, wer einmal weiß, kann nicht mehr »nicht wissen«. Die Erkenntnis der Wahrheit hebt die Lüge auf, befördert sie in die Nicht-existenz. Weshalb wurde Johannes der Täufer geköpft? Die Illusion der Spaltung, die »Welt der Lüge«, entsteht und existiert im Kopf, während die Wahrheit das Wissen des H-erzens ist. Durch das Köpfen wurde die im Kopf sitzende »Welt der Lüge« komplett vom H-erzen, der wahren Essenz Gott-es, und damit vom Atem des Lebens, dem »Heiligen Geist« und von seinem Leben, seinem Blut, abgeschnitten. Der »Kopf der Lüge« wurde Herodias durch ihre Tochter gebracht. Was bedeutet dies? Herodias bedeutet »die große Gebieterin« und zwar die Gebieterin der »Welt«, die Schlange der Angst Gott-es, die aus der Unbewusstheit Gott-es, dem »Hades«, die »tote Welt der Lüge« aus der Unbewusstheit ihrer angstverwirrten Gefühle und Gedanken gebar und somit der mystischen »dunklen Mut-ter« entspricht, während Herodes den »dunklen Va-ter«, die von der Angst in die »Welt der Lüge« getragenen und von der Herodias als Werkzeug benutzten »bösen, zerstörerischen, t-odbringenden« Eigenschaften Gottes, symbolisiert. Doch welche Bedeutung hat die »Tochter«, das »Mädchen«, das vor Herodes tanzte und dafür, angestiftet von ihrer Mutter, den Kopf des Täufers verlangte? Den Begriff der »Tochter« haben wir bereits als den von der Mut-ter in den Sohn, die geborene Erde, eingeborenen »Atem des Lebens« erläutert. Diese dient der Mut-ter, denn alle ihre durch den Sohn gemachten Erfahrungen trägt sie am Ende zur Mut-ter, ihrer Quelle, von der sie ausging, zurück und diese nimmt ihre Erfahrungen auf in ihren Schoß. Das Leben ist so-wohl die von der Angst Gott-es verwirrte »dunkle Mut-ter« der Lüge, als auch die von der Klarheit der Wahrheit gespeiste »helle Mut-ter«, die die zwei Seiten ein- und derselben Medaille sind, und so dient die »Tochter« beiden Müt-tern, bis das Gott seine Angst überwunden hat, seine Lüge seiner Wahrheit gewichen und die »dunkle Mut-ter« in der Erkenntnis der Wahrheit, in der Erkenntnis »ihres« wahren Selbst, in das Licht der »hellen Mut-ter« im vollkommenen Selbstbe-wusstsein Gottes eingegangen ist. Die Bezeichnung »Mädchen« ist die Verniedlichungsform von der dienenden »Magd« und drückt eben die dienende Funktion aus. Der Tanz des Mädchens drückt die tragende Kraft des »Heiligen Geistes«, der Kraft der Liebe, die das Leben trägt, aus. Der Begriff »Tanz« ist entlehnt aus dem altfranzösischen *danse*, das sich vom italienischen *danza* bzw. vom Verb *danser, danzare* ableitet, welches wiederum vom althochdeutschen *dans□n* (ziehen, dehnen) stammt und verwandt ist mit dem mittelhochdeutschen *dinsen* in der Bedeutung »schleppen, *tragen*«. Der »dunklen Mut-ter« dienend, *trägt* die eingeborene Kraft des Lebens, die »eingeborene Tochter«, das alte unbewusste angstgesteuerte Gott der Lüge am Ende seines Erfah-rungsweges aus der »Welt der Lüge« wieder zurück zu seiner »dunklen Mut-ter« des Hades, aus dem es geboren wurde. Diese nimmt es wieder auf in ihren Schoß, symbolisiert durch die Schüssel, auf der das Haupt des Johannes, des Elia, als Symbol der »Welt der Lüge« des sich selbst belügenden Gott-es herangetragen und dem »Mädchen« übergeben wurde, das es daraufhin auf der Schüssel ihrer Mut-ter brachte. Der Leib des Johannes, ADAMS, mit seinem H-erzen wird von seinen Jüngern als »Erde« wieder der »Erde vom Acker« des Planeten »Erde« mit dem H-erzen ADAM KADMONS zurückgegeben, indem sie ihn in der unbewussten »Erde« begraben – »Erde zu Erde«, »H-erz zu H-erz«. Das alte Gott hat die »Welt«, die »Erde«, noch nicht überwunden, ist noch nicht von ihr erlöst. Danach verkünden die Jünger dieses Jesus, damit die Wahrheit weiß, dass nun ihre Zeit gekommen ist. Das über-ird-ische Grab Jesus Christus weist darauf hin, dass das durch ihn symbolisierte Gott im Bewusstsein seiner Wahrheit den Bereich des Unbewussten nun endgültig überwunden hat und nicht mehr in ihn zurückkehrt. Und ebenso weist es darauf hin, dass das Gott im Bewusstsein seiner Wahrheit nun die »Erde« überwunden hat, sich nun nicht mehr in ihr zu erfahren braucht, weil es sich in ihr erkannt hat und nun erlöst von ihr aufsteigt in den Himmel, den Bereich des immateriellen Seins, aus dem es einst herabgestiegen ist in die »Welt der Lüge«, um sich in ihr zu erleben und zu erkennen. Gleichzeitig symbolisiert das über-ird-ische Grab Jesus‛ den Bereich des Hades, des Unbewussten, den das Gott im Bewusstsein seiner Wahrheit nun aus seinem unter-ird-ischen Bereich in den über-ird-ischen Bereich gehoben hat, wo das Licht der Wahrheit seine Höhle erreicht und mit seinem Bewusstsein erhellt. Die drei Tage, die sich Jesus vor seiner Auferstehung im Grab befand, stehen für den Erlösungsprozess Gott-es. Die ver-dichtete »Erde«, der Körper, wird wieder ent-dichtet (1. Tag) und gibt die in ihr gefangene Liebe, den »Atem des Lebens«, den »Heiligen Geist« und ihr/sein Leben wieder frei (2. Tag) und dieses erhellt nun mit der befreiten Kraft seiner Liebe den gesamten Bereich des Unbewussten mit dem Licht des Bewusstseins der Wahrheit Gottes und die Finsternis der Unbewusstheit Gottes wird Licht und ist überwunden (3. Tag).

24. Nach der Sintflut – Gottes Erkenntnis – Noah, der Ackermann

Doch nun wieder zur Sintflut. Die wahre Bedeutung der Sintflut und der Arche Noah war zum damaligen Zeitpunkt dem angstverwirrten und bewusstseinsvergifteten Kind Gott jedoch noch nicht bewusst, weshalb es mit der Flut all seine von ihm als »böse« angesehenen Aspekte von der »Erde« tilgte und sie eben wieder dem Wasser, seinem unbewussten Sein, anheim gab – bis auf Noah, den es mitsamt den Seinen als »gut« ansah, weil er fromm war und ohne Tadel und mit Gott wandelte – sprich, er war ein braver folgsamer Gottesbeamter, der seine dunkleren Eigenschaften gut im Griff oder besser verdrängt hatte – jedenfalls bemühte er sich redlich, sein Gut-es zu pflegen, was jedoch nicht ausschließt, dass auch Noah mitsamt Familie über »böse« Eigenschaften verfügte, die so genauso Bestandteil oder Inhalt der Arche wurden wie seine »guten« Eigenschaften. Da außer den verschonten Passagieren der Arche neben allen anderen Tieren auch sämtliche anderen »Menschen« von der »Erde« getilgt wurden, müssen heute sämtliche »Menschen« logischerweise Nachkommen der Noah-Sippschaft sein. Irgendwo in der Noah-Familie müssen also doch ein paar unangenehme Eigenschaften geschlummert haben, sonst würden heute in der »Welt« ja Friede, Freude, Eierkuchen herrschen. Doch es konnte für das Kind Gott nicht sein, was für sein »Welt- und damit Selbstbild« nicht sein durfte. Es war gespalten und konnte aus uns bekannten Gründen seine unangenehmen Eigenschaften, die ihm aus dem »Weltenspiegel« entgegenblickten noch nicht als die seinen ansehen, geschweige denn anerkennen oder gar annehmen. Dies hätte es unmittelbar auf sich selbst und seine Einsamkeit zurückgeworfen, kaum das es gerade in der »Welt« als »Mensch« heimisch geworden war. Und so waren es, bis auf Noah und Clan, die »bösen«, von ihm geschaffenen »Menschen«, die es von der »Erde« tilgte. Es selbst war »gut« – seine Projektion zur Aufrechterhaltung seines Selbstbetrugs und das System seiner projezierten Selbstbestrafung aufgrund seiner unbewussten Schuldgefühle ob seiner Spaltung und seiner sich ihm daraufhin offenbarenden unangenehmen Eigenschaften funktionierte perfekt. Doch nach der ganzen Aktion muss die Wahrheit ihm aus seinen unbewussten Tiefen auf verschlungenen Pfaden doch einen Funken Ahnung zumindest über die wahre Beschaffenheit der Noah-Sippschaft in sein verwirrtes Bewusstsein geschleust haben, denn es sprach zu sich in seinem Herzen: »Ich will hinfort nicht mehr die Erde verfluchen um der Menschen willen; denn das Dichten und Trachten des menschlichen Herzens ist böse von Jugend auf.« Da außer dem Noah-Clan logischerweise keine »Menschen« mehr übrig waren, muss es ihm doch irgendwie gedämmert haben, dass auch in dem »guten« Noah nebst Anhang die einen oder anderen »bösen« Eigenschaften schlummerten, die früher oder später zu Tage treten würden.

Nun ja, die Sintflut hat stattgefunden, die Arche ist auf dem Ararat gelandet – und was lesen »wir«? Zunächst sollen die Tiere sich regen auf Erden und fruchtbar sein und sich mehren auf Erden; dann segnet Gott Noah und seine Söhne und spricht zu ihnen: »Seid fruchtbar und mehret euch und füllet die Erde« und »Seid fruchtbar und mehret euch und reget euch auf Erden, daß euer viel darauf werden«. Klingelinge-ling – neues Spiel, neues Glück – nur dieses Mal mit Noah als Acker-mann, der nun allerdings immerhin schon einen Weinberg pflanzte statt der Feldfrüchte mit der Folge, dass er trunken ward von seinem Wein und bloß (nackt) im Zelt lag, was nun sein Sohn Ham sah, der daraufhin seine Brüder informierte, die flugs seine Blöße wohl-meinend bedeckten. Doch was tat Noah, kaum aus seinem Rausch erwacht? Er **verfluchte** nun **ungerechterweise** seinen Enkel Kanaan, den Sohn Hams, weil Ham seine Brüder informiert und diese seine Blöße zugedeckt hatten. Was hatte Kanaan mit dem Tun seines Vaters und seiner Onkel zu tun und hätte Noah nicht eher seinen Söhnen dankbar sein sollen, dass sie seine Blöße bedeckten? – Und wo trieb sich eigentlich der HERR herum, dem doch sonst so leicht nichts entging? Irgendwie erinnert die ganze Geschichte an eine modifizierte Wiederholung der Kain-und-Abel-Geschichte. Allerdings scheint der HERR, das angstverwirrte Bewusstsein Gott-es, mit dem Wein in Noah gefahren zu sein und feige aus dem Hinterhalt durch diesen zu wirken. Der Weinberg steht in der Bibel für das Volk Israel und der Wein symbolisiert das Blut des Lebens. Doch heißt es nicht auch, das »im Wein die Wahrheit liegt« und »kleine Kinder und Betrunkene immer die Wahrheit sagen«? Im Rausch des Lebens offenbarte sich Noah seine Wahrheit und er sich in ihr. Doch vergisst der »Mensch« gewöhnlich wieder, was sich ihm/ihr im Rausche offenbart, wenn dieser wieder verflogen. Nicht im flüchtigen Rausch, sondern im klaren Bewusstsein soll der »Mensch«, das Gott, seine Wahrheit erkennen, erfassen und sich in ihr offenbaren, weshalb die Söhne Noahs die Blöße ihres Va-ters wieder bedeckten. Sie symbolisieren hier die Noah noch fehlende *Weisheit*, das ihm noch fehlende *Wissen* und die ihm noch fehlende *Erkenntnis* (sh. die drei Cherubim), um seine Wahrheit in klarem Bewusstsein und in voller Verantwortungsbereitschaft fassen zu können. Noah hatte sich in seinem Lebensrausch mit der Unbewusstheit des kleinen Kindes erinnert an seinen Garten Eden, den es für im-mer verlassen hatte und in den es nun im Traum wieder zurückkehrte. Unmittelbar nach seinem Erwachen war er noch leicht benebelt ganz in diesem kindlichen Paradies unschuldiger Freiheit, das er nicht mehr verlassen wollte und ward zornig, als seine Söhne ihn seiner vermeintlich noch vorhandenen Unschuld beraubten, indem sie die »paradiesische Nacktheit« seiner Erinnerung wieder zudeckten. Die Weinberg-Pflanzung Noahs symbolisiert die Gründung des Volkes Israel, das Noah zugleich repräsentiert. Dieses ward trunken von seinem angstverwirrten Fühlen und Denken, seinem angstvergifteten Leben und fiel in den Rausch seines dadurch verwirrten Lebens mit der Folge seiner bekannten Irrwanderung. Was Israel bedeutet, werden »Sie« zum Ende dieses Buches erfahren. Jedenfalls haben wir wieder einen Ackermann und wieder haben wir eine Ungerechtigkeit und wieder haben wir einen Fluch, der nun Kanaan trifft. Kanaan steht für das Abraham von Gott verheißene »Gelobte Land«, in dem »Milch und Honig« fließen sollen. Kanaan symbolisiert somit Abel auf der zweiten Ebene, den »Heiligen Geist« der Liebe als das Ziel, als das neue Paradies der Liebe in der ewig selben einen Quelle, in und aus der eben die Liebe, symbolisiert durch die Milch und mit ihr ihre ganze Fülle, symbolisiert durch den Honig, fließen. Auf der ersten Ebene wird die Liebe, Abel, erschlagen und gewaltsam in die »Erde« gegeben und dadurch dazu gezwungen, der »Erde« zu dienen, auf der zweiten Ebene wird Kanaan verflucht und zur Knechtschaft, dem Zwangsdienst gegenüber ihren/seinen »Brüdern«, den Söhnen Kains/Noahs verdonnert – denn die Liebe ist in der Wahrheit und in der Freiheit hätte die Liebe in ihrer Wahrheit ihre »Brüder« schneller wieder »nach Hause« geführt als es dem vor Angst ver-rückten Kind Gott lieb gewesen wäre.

25. Der Turmbau zu Babel – das Land Sinear – die Wanderung des »Menschen« – die Sprachverwirrung

Schauen wir uns nun noch den Turmbau zu Babel an. Die infolge der Sintflut nun ausschließlich aus der Noah-Sippschaft und ihren Sprösslingen bestehenden Nachkommen Kains waren nun immerhin schon aus dem Land Nod(t), in dem Kain damals wohnte, aufgebrochen und zogen nach Osten (dem Morgen seines/ihres neuen Paradieses entgegen), bis sie eine Ebene im Lande Sinear fanden und sich dort niederließen. Sinear, auf griechisch »Mesopotamien«, was heißt »Land zwischen den Strömen«, liegt zwischen dem Euphrat und dem Tigris, die die Religionen des Buddhismus und des Christentums symbolisieren, und es handelt sich um eine sehr »fruchtbare« Ebene. Der Buddhismus betrachtet all-es Sein als Einheit und auch das Christentum basiert auf der die »Menschen« einenden Lehre Jesus Christus. Während im Buddhismus Erkenntnis auf dem Weg der Ein-sicht durch ethisches Verhalten, Kultivierung bestimmter Tugenden, die Entwicklung von Mitgefühl und Weisheit und insbesondere durch Meditation angestrebt wird, wird im Christentum Erkenntnis eher verstandesmäßig durch Beobachtung und Analyse erlangt. Und so wie Euphrat und Tigris schließlich zu einem Strom zusammenfließen, so fließen auch die Erkenntniswege des Buddhismus und des Christentums durch gegenseitige »Be-fruchtung« schließlich zu einem Lichtstrom der Erkenntnis zusammen. Das Land zwischen den beiden Strömen/Religionen steht somit für eine von beiden Strömen/Religionen befruchtete Einheit, die die verstreuten Nachkommen Noahs nun durch ihre geplante Wiedereinigung anstrebten. Die Wanderung des »Menschen« begann in dem von dem Fluss Pischon, der den Islam von seinem Ursprung bis heute symbolisiert, umsäumten Land Hewila, welches »Unschuld«

bedeutet und somit mit dem Ursprung des Islam, dessen Epoche von den Muslimen als »muhdschahiliyya«, Epoche der Unwissenheit, bezeichnet wird. Es bezeichnet den kindlich paradiesischen Zustand des unbewussten »Menschen«, Gottes, das, gerade erst aus seiner Quelle herausgetreten, in seiner Unbewusstheit, seiner Unwissenheit um Gut und Böse, noch ganz heil und »unschuldig« und mit sich vollkommen eins ist, symbolisiert durch das Gold dieses Landes.

Nach der Farbenlehre von Goethe ist Gold die »nächste Farbe am Licht«. Das Licht, die Quelle, ist weiß. Somit symbolisiert Gold das aus dem Ur-licht herausgetretene Eine.

Bedolach ist die hebräische Bezeichnung für Bdellium und dieses ist ein Synonym für Guggul, das Harz des Balsambaumes Commiphora mukul, die indische Mhyrre. Bedolach ist also Myrrhe. Der Begriff stammt von dem semitischen »murr« = »bitter«. Die Myrrhe symbolisiert die Bitternis des Lebens, seine Mühsal, das Leiden, verursacht durch den (bereits erläuterten) T-od im Sinne des Verlassens des kindlich unbewussten Zustands des Eins-seins, des Garten Edens.

Der Edelstein Schoham (griech. Onyx) ist der Edelstein Onyx. Er steht für Willenskraft, Bewusstsein und Individualismus. Die Kraft des Willens zur Flucht aus seiner einsamen Lage und zur Erkenntnis seines Selbst, zum Bewusstsein seines Selbst, führte den »Menschen«, Gott, aus dem Garten Eden in die »Welt«, in der er/es sich als von den anderen »Menschen« abgetrenntes Indiviuum erlebt, erfährt. Seine schwarze Farbe symbolisiert den T-od durch die Erkenntnis von Gut und Böse, dem Wissen, nach dessen Erlangung die Unschuld des Kindes in seinem heilen, unbewussten, unwissenden Zustand unwiderbringlich verloren ist. Es ist der entscheidende Schritt des »Menschen«, Gottes, das Durchschreiten des Tores des Garten Edens in die »Welt« in die (scheinbare) Dualität.

Somit beginnt der Weg des »Menschen«, Gottes, nach seinem Heraustreten aus der Quelle, der Essenz seines Seins, im Garten Eden. In der ersten Phase seines Seins in der »Welt« erlebt und erfasst der

»Mensch«, Gott, die »Welt« noch ganz intuitiv in der Unbewusstheit des Kindes, das noch kein Wissen durch Lebenserfahrung gewonnen hat und noch getragen und geleitet wird von der Mutter (hier im Sinne der sich zunächst in einen Strom ergießenden Quelle), die es gerade erst geboren hat. Doch schon bald tritt es ein in die zweite Phase seines Weges im vom Strom Pischon umsäumten Land Hewila, wenn es, zunächst noch immer in kindlicher Unschuld, dem tragenden Arm der Mutter langsam entwächst und seine ersten Schritte ins Leben geht, sich dann allmählich seines ICHs bewusst und mit dem (scheinbaren) DU konfrontiert wird, was zu nicht immer erfreulichen Auseinandersetzungen mit diesem und dadurch ersten leid(t)vollen Erfahrungen, aber auch zur 3. Phase führt. In dieser wird sich das weiter heranwachsende Kind mehr und mehr seiner Individualität bewusst und entwickelt seinen Willen, diese zu leben.

Von dort führt sein Weg in das Land Kusch, das bedeutet »Land der Dunkelheit« und vom Strom Gihon, der das Judentum symbolisiert, umflossen wird. Der Name Gihon bedeutet »Aufbruch«. Der »Mensch«, das Gott, bricht nun, der Kindheit gerade entwachsen, auf in die »Welt«. Er/es hat seine Quelle, seinen Ursprung, seine Herkunft verdrängt, der Dunkelheit des Vergessens anheim gegeben und stürzt sich in das Leben in der »Welt«, wo er/es sich leid(t)end erfährt, erlebt mit seinen leiblichen Sinnen, glaubend an die Macht der (scheinbaren) Materie, der er/es verfällt und durch die er/es irrt, bis ihm das Leid(t)en unerträglich wird und er/es sich aufmacht ins Land des Tigris, seine verdrängte Wahrheit zu suchen.

Der Tigris ist das Symbol des Christentums, der Lehre Jesus Christus, deren Ziel es ist, die (scheinbar) verstreuten »schwarzen und weißen Schafe« Gottes, seine Seelenaspekte, einzusammeln, ihnen ihre gemeinsame Wahrheit zu bringen und bewusst zu machen und sie dadurch in ihrem Bewusstsein zu einen bzw. ihnen klar zu machen, dass sie immer EINS waren, sind und sein werden. Dies geschieht im

Christentum verstandesmäßig durch Beobachtung, Betrachtung und Analyse durch logische Schlussfolgerung.

Der vierte Strom ist der Euphrat, das Symbol des Buddhismus, in dem die Erkenntnis der Wahrheit der Einheit allen Seins im Herzen angestrebt wird, was insbesondere durch die Entwicklung von Mitgefühl und Weisheit durch Meditation erreicht wird.

Zwischen den Strömen Tigris und Euphrat liegt das fruchtbare Zweistromland Mesopotamien, »das Land zwischen den zwei Flüssen«, das die Vereinigung der Erkenntnis des Verstandes und des Herzens symbolisiert, in der der »Mensch«, das Gott, seine Wahrheit ganz, denkend und fühlend, bewusst erfasst, da die Erkenntnis des Verstandes und die des Herzens ein-ander befruchten. An diesem Punkt ist er/es auf der Schwelle zu seinem neuen Paradies angekommen.

Die Stadt Babylon, hebräisch »Babel«, verdankt ihren Namen dem akkad. *Bāb-ilān*, das »Tor der Götter« bedeutet. Babylon repräsentiert die »Welt als Einheit«, als ganzes »Abbild Gottes«. Hat der »Mensch«, das Gott, dieses erkannt, steht er/es auf der Schwelle des »Goldenen Tores« zu seinem neuen Paradies in seiner alten neuen Quelle, seinem ewigen Sein, mit dessen Durchschreiten er/es die »Welt« hinter sich lässt, weshalb Babylon zugleich diese Schwelle symbolisiert.

Die Nachfahren Noahs hatten sich nach der Sintflut zu vielen Völkern ausgebreitet über die Erde und merkten allmählich, dass sie Gefahr liefen, sich zu verlieren. Doch sie sprachen noch in einer Sprache und konnten sich verständigen. Inspiriert von der aus dem Verborgenen agierenden Wahrheit Gott-es kamen sie schließlich klugerweise auf die Idee, eine Stadt und einen mit seiner Spitze bis zum Himmel reichenden Turm zu bauen und sich *einen* Namen zu machen, um nicht in alle Länder zerstreut zu werden. Sich *einen* Namen zu machen bedeutete für die Nachfahren Noahs, sich ihrer gemeinsamen Herkunft als eine Familie zu erinnern und als solche füreinander unter einem Familiennamen einzustehen. Eine vernünftige, die familiäre Einheit und dadurch die Erkenntnis ihrer einen Wahrheit fördernde Idee, die jedoch dem angstvergifteten Bewusstsein Gott-es, dem HERRN, überhaupt nicht in den Kram passte. Und so hatte es/er nichts Besseres zu tun, als dies mittels Sprachverwirrung zwecks Unmöglichkeit der Verständigung schnellstmöglich und wirksamst zu verhindern. Denn die Stadt symbolisierte nichts anderes als die Einheit der »Menschen« als Aspekte Gott-es und der Turm als Symbol der verbindenden Säule zwischen Himmel und Erde wies den »Menschen« geradewegs den Weg in das neue Paradies, den sie mit dem Bau der Stadt und des Turmes gerade im Begriff waren zu gehen – die ultimative Horrorvorstellung der Angst Gott-es, die es schleunigst zu verhindern galt, was es mit fadenscheinigen Gründen vor sich selbst, vor seinem Gewissen, rechtfertigte. Das Kind Gott war noch nicht bereit für seine all-einige einsame Wahrheit – war es ihr doch gerade erst entkommen. So spaltete es die eine Sprache seiner Aspekte in die vielen Sprachen der »Welt« und trennte die gerade wieder Zueinandergefundenen wieder von-ein-ander, so dass sie auf der Schwelle des »Goldenen Tores« umkehrten und Babylon durch seine Tore verließen, um sich wieder in alle Himmelsrichtungen in die »Welt« zu zerstreuen, um sie von da an wieder und wieder zu durchwandern, von Strom zu Strom, von Land zu Land, immer von neuem im Kreis herum – bis ADAM, Gott, das Leid seines Lebens in der »Welt« unerträglicher würde als die Angst vor der Wahrheit seiner Einsamkeit, seines All-ein-seins, seines Selbst.

Erst dann würde es bereit sein, das »Goldene Tor« zu seinem neuen Paradies in vollkommener Erkenntnis seiner Wahrheit, in vollkommener Selbst-Erkenntnis, in vollkommenem Selbst-Bewusstsein zu durchschreiten, um es für im-mer hinter sich zu schließen und ewig in Liebe und Frieden mit sich zu sein – vorher würde sein von seiner Angst getriebenes Leben keine Ruhe geben.

*

26. Das Prinzip des Lebens

In Voraussicht der unterschiedlichen sich ergänzenden Aufgaben, die das Gott ihm/ihr in der »Welt« zukommen lassen würde, schuf es den »Menschen« in zwei unterschiedlichen, für ihre jeweiligen Aufgaben geeignete Gestalten, nämlich Mann und Männin, die jede/r für sich dennoch ein ganzer »ADAM« sind, lebendig durch den das Leben, das Weib, das Fühlen und Denken, tragenden Atem/Odem des Lebens, der ADAM beider Gestalt durchströmt. Somit entsprechen auch beide ADAM-Gestalten all-ein diesem »weib«-lichen Prinzip, ver-ein-en es beide in sich – das fühlende und denkende Prinzip des Lebens, das Leben selbst, das die zu Mann/Männin ver-dichteten unbewussten Eigenschaften Gottes ins Leben ruft und sie dem »Menschen«, Gott, durch ihr Er-leben bewusst macht. Das Wort Prinzip leitet sich her vom lateinischen Wort principium und dieses bedeutet Anfang, Ursprung und Anfang und Ursprung des Lebens ist das liebegetragene atmende Leben (Weib) selbst, das ADAM in Gestalt von Mann und Männin »aus der Taufe« hob. Es ist insofern ebenso purer Nonsens, von einem männ-lichen Prinzip als Gegensatz zum weib-lichen Prinzip zu sprechen wie von weib-lichen Eigenschaften als Gegensatz zu männ-lichen Eigenschaften. Es gibt kein männ-liches Prinzip und es gibt keine weib-lichen Eigenschaften. Da Mann **und** Männin die zur »Erde vom Acker« ver-dichteten Eigenschaften Gottes sind, sind auch **alle** »mensch«-lichen Eigenschaften männ-liche Eigenschaften, die vom weib-lichen Prinzip, dem liebegetragenen atmenden Leben, als Anfang, Ursprung seines Selbst, ins Leben gehoben wurden. Dies bedeuten die Worte im ersten Buch Mose 1, Vers 27: »Und Gott schuf den Menschen zu seinem Bilde, zum Bilde Gottes schuf er ihn; **und schuf** *sie* **als Mann und Weib.**« *Sie* steht für *die* Menschen und Mann steht für Mann **und** Männin, da zu diesem Zeitpunkt die Männ-in-Eigenschaften noch im (in dem) Mann waren. Das Weib ist, wie bereits erläutert, das Mann/Männin erst lebendig machende Leben. Das griechische Wort »baptizein« und das gotische Wort »daupjan« für »taufen« bedeuten beide »eintauchen«. »ADAM«, das Gott, war eingetaucht in das Wasser, das Meer seines Seins, seiner Seeleneigenschaften, die seine Persönlichkeit ausmachen und wurde vom atmenden Leben Gottes, seinem von seiner Liebe getragenen Fühlen und Denken, aus dem »Wasser« heraus in die »Welt« aus der »Taufe« gehoben, um durch die »Welt« zu gehen, bis ADAM sich selbst in in all-em erkannt hat und dann die bewusste »Taufe« im Bewusstsein seiner Wahrheit als bewusste Rückkehr, das bewusste Eintauchen in das »Wasser« vollzieht – für im-mer.

*

27. Der Geist der Wahrheit und Jesus Christus – die Erb-Sünde – Lucifer und Christus – die Königskinder – die Aussöhnung

Die Bibel ist nichts anderes als eine Dokumentation des Zwiespalts Gott-es, welches zwischen seiner Lüge und seiner Wahrheit hin und her gerissen ist; sie ist die Dokumentation über den Wahnsinn eines persönlichkeits- und bewusstseinsgespaltenen einsamen Kindes auf der Flucht vor seiner Wahrheit, ist die Dokumentation des Heilungsweges Gottes, der mit der Erkenntnis seiner Wahrheit seines ewigen All-ein-seins, seiner Heilung, endet. Heute hat das Gott seine Angst überwunden und schaut seiner Wahrheit ins Gesicht. Keine (scheinbare) Dualität mehr und ohne Dualität keine Projektion mehr – nur noch Selbstverantwortung im Bewusstsein seiner Wahrheit. So wird nun wahr, was Jesus Christus im Evangelium nach Johannes 16, Verse 12 und 13, zu seinen Jüngern sagt: »Ich habe euch noch viel zu sagen, aber ihr könnt es jetzt nicht tragen. *Wenn aber jener, der Geist der Wahrheit, kommen wird, der wird euch in alle Wahrheit leiten.*« Dieser Geist ist der »Heilige Geist«, die heile Liebe Gottes, der reine Atem des Lebens, Abel, der sich mit dem Mut der Ver-zwei-flung befreit hat aus dem Hades der »Erde«, um sich emporzuschwingen in den Himmel auf den Schwingen des Adlers, der Wahrheit, um dem »Menschen«, Gott, seine *ganze* Wahrheit zu verkünden, die ihn/sie/es aus dem Lande Nod(t) herausführen wird. Jesus Christus in lateinischer und griechischer Schreibweise Iesus Christus/Christos, ist nichts anderes als das Gott selbst, sein ICH- Bewusstsein, sein erster Gedanke, dem der zweite Gedanke ICH BIN folgte, in dem es sich als Träger/ in von Eigenschaften erkannte. I.CH. (ICH) sind in lateinischer und griechischer Sprache die Initialen von Iesus Christus. Und das Gott erkennt, dass es als »Mensch« Iesus Christus sich endlich seiner ganzen

Wahrheit bewusst geworden ist, sie angenommen hat und end-lich seine »Schuld«, seine »Sünde«, anerkannt und aus Liebe zu sich selbst die Verantwortung dafür auf sich genommen hat, um sie zu überwin-den. Als Iesus Christus, der Inkarnation seiner Wahrheit, ging das Gott den symbolischen Weg voraus, um ihm nun in allen »Menschen«, allen seinen Aspekten, zu folgen. Nur die Wahrheit Gott-es in ihrem ALL-EINEN ICH-Bewusstsein in jedem »Menschen«, angetrieben von der Liebe Gottes zu sich selbst (zu wem sonst?) in ihrer Wahrheit, ist dazu in der Lage. Die heile, unverletzte Liebe Gottes ist der »Geist der Wahrheit«, die/der seine Wahrheit aus ihrem/seinem »Heiligen Gral« heraus trägt in das Bewusstsein aller »Menschen«, aller Seelen-aspekte Gottes, damit der »Mensch«, das Gott, in der Erkenntnis sei-ner Wahrheit »Kains« und damit »der Liebe« Opfer end-lich annimmt und damit seine verletzte Liebe heilt. Denn der »Heilige Gral« ist der Quell der Wahrheit Gottes, ist der ewig heile Urgrund seiner von seiner Liebe durchtränkten Seele, seines Herzens – ist das ewige SEIN. Die »Schuld«, die »Sünde«, besteht darin, dass das angstverwirrte Kind Gott unbewusst aus Liebe zu sich selbst einen Aus-weg aus seiner Ein-sam-keit gesucht und in dem Weg aus seinem wahren Eins-Sein durch die Spaltung seiner Persönlichkeit und seines Bewusstseins in die (scheinbare) Zwei-sam-keit der Polarität seiner Phantasiewelt gefunden hat, in der es sich jedoch seither als ver-zwei-felt, gespalten und als un-heil erlebt, empfindet – denn *heil* sein heißt *ganz* sein. Wer eine Schuld hat, schuldet jemandem etwas. Da jedoch außer Gott nichts ist, kann auch nur Gott sich selbst etwas schulden und da das Gott all-es ist, was ist, kann es sich auch nur »sich selbst« schulden – es schuldet sich seine ihm in seinen (scheinbar) voneinander gespaltenen Aspekten jeweils (scheinbar) fehlende Hälfte. Dies ist die sogenannte Erb-Sünde. »Sünde« bezeichnet vor allem im christlichen Verständnis den unvollkommenen Zustand des »Menschen«, der von »Gott« ge-trennt ist. Gott ist somit in seinem Bewusstsein (scheinbar) von sich selbst getrennt. Die »Sünde« ist nichts anderes als die gedankliche

Spaltung der gegensätzlichen Aspekte Gottes voneinander. Lucifer, der Licht-träger, ist die vom angstverwirrten Ich-Bewusstsein Gottes zurückgewiesene und von ihm (dem HERRN) auf Kain projezierte verletzte Liebe in ihrem Hass, die sich mit den vom HERRN ungeliebten und daher zurückgewiesenen (ungnädig angesehenen) und aus seinem An-gesicht verbannten Eigenschaften Gottes identifizierte und sie durch das »Weib«, das Leben, in die »Welt« trug, damit das Leben sie ihm, dem HERRN, neben seinen geliebten Eigenschaften aus dem Spiegel der »Welt« so lange entgegenhält, bis das Gott auch in ihnen sich selbst erkennt, sie annimmt und liebt, damit »Wolf« und »Schaf« wieder in Liebe vereint als eine H-erde auf der Weide der Liebe sein können. Luzifer bedeutet »Licht-träger«, denn es ist die verletzte Liebe Gottes, die Gott ihre von ihm ungeliebten und aus seinem An-gesicht verdrängten »Wolfskinder«, die »schwarzen Schafe« Gottes, unermüdlich vor Augen hält, sie ins Licht seines Bewusstseins trägt, bis das Gott aufhört, sie immer wieder aus seinem von Satan, seiner Angst, verwirrten Bewusstsein zu verdrängen und sie annimmt und ebenso bedingungslos liebt wie ihre »weißen Schafsgeschwister«. Ist dies geschehen, ist die verletzte Liebe Gottes »wieder« ge-heilt und ihr Hass endet. Lucifer und Christus sind von Ewigkeit zu Ewigkeit das all-eine Gott und deshalb heißt es von Lucifer, dass er/sie der/die Erste war und »*wieder*« sein wird, was jedoch dahingehend korrigiert werden muss, dass es nie einen Zweiten gab und Lucifer und Christus im-mer nur *eins* waren und sind: das all-eine Gott in *seiner* Liebe zu sich selbst mit allen seinen Aspekten, die jedoch vom angstverwirrten Bewusstsein Gottes scheinbar gespalten wurde. Da jedoch die Liebe Gottes ewig eins war und ist, ver-dichtete sich die mit dem klaren Wahrheitsbewusstsein Gottes verbundene heile Liebe, Christus, zum »Menschen« Jesus von Nazareth, um der ihm/ihr fehlenden verletzten Liebe, Lucifer, zu helfen, von Gott angenommen zu werden, indem sie versuchte, dem angstverwirrten Bewusstsein Gottes zu helfen, seine Angst zu überwinden und es gleichzeitig durch die Lehre und das Vorleben von

Vergebung, Gnade und Barmherzigkeit zur Liebe zu Lucifer zu bewegen, was Iesus Christus in den Worten aus dem Evangelium nach Matthäus 5, Vers 44 bis 45, ausdrückte:» Ich aber sage euch: Liebet eure Feinde;<segnet, die euch fluchen; tut wohl denen, die euch hassen;>bittet für die, so euch <beleidigen und>verfolgen, auf daß ihr Kinder seid eures Va-ters im Himmel. Denn er läßt seine Sonne aufgehen über die Bösen und über die Guten und läßt regnen über Gerechte und Ungerechte.« Nur wer im jeweiligen (scheinbaren) Feind seine ihm fehlende Hälfte erkennt und ihm/ihr die Hand reicht, um sich wieder (im Bewusstsein) mit ihm/ihr zu ver-einen, kann (wieder) **ganz, heil** werden. Iesus Christus wusste wohl über das Va-Mut-ter-Sein Gott-es, eines jeden »Menschen«, doch wusste er ebenso wohl, dass dies die »Menschen« damals noch nicht würden fassen können, nicht einmal seine Jünger, weshalb er gemäß der herr-schenden Vorstellung von einem ausschließlich »männlichen« »Vater«-Gott nur vom »Vater« sprach. »Wir« wissen inzwischen, dass es nicht der Va-ter ist, der über allen die Sonne aufgehen und es regnen lässt, sondern sein von seiner Liebe, dem »Heiligen Geist«, getragenes Fühlen und Denken, die Mut-ter, das Weib, EVA, das Leben Gott-es, die/das das Bewusstsein Gott-es speist. Iesus Christus war sich in seinem Wahrheitsbewusstsein durchaus klar, dass nicht Lucifer, sondern Satan, die Angst Gottes, die Angst des »Menschen«, die Wurzel des Übels ist. Doch Iesus Christus, die Wahrheit Gottes, musste erkennen, dass das Gott noch im-mer starr vor Angst im fest verschlossenen Verließ Satans verharrte. Jesus Christus konnte nicht mehr tun, als ihm den Schlüssel zu geben und ihm den Weg hinaus aus seinem finsteren Verließ zu zeigen. Neugierig geworden folgte Satan Jesus Christus zwar, doch er/sie konnte seine/ihre Wahrheit noch nicht zulassen, konnte sie noch nicht fassen. Der Same war gelegt, doch er würde es schwer haben und noch lange Zeit brauchen, um durch die hart gewordene, verdörrte »Erde« ans Licht zu gelangen. Das erwachsene bewusste Gott erkennt dies alles in seinem Heilungsprozess und erkennt, das es nur einen

166

Weg gibt, die »Schuld« an sich selbst zu bezahlen –seine Angst zu überwinden und Lucifer »nach Hause« zu holen in seinen Heiligen Gral, und dieser Weg ist, seine abgelehnten Eigenschaften bewusst (wieder) mit sich selbst in Liebe zu verbinden, (wieder) eins mit ihnen und somit mit sich selbst zu werden in der Liebe zu sich selbst, zu seinem **ganzen** Selbst und so seine verletzte Liebe und damit sich selbst zu heilen. Das Problem ist nur, dass in all den Äonen ihres Abgetrenntseins, ihres Abgelehntseins die verletzte Liebe, Lucifer, vergessen hat, wer sie wahrhaft ist und der Hass ihr »Herz« verhärtet und manchmal zu eiskaltem Stahl geschmiedet hat. Sie lässt niemanden an ihr »Herz« heran, nicht einmal sich selbst, damit es nur ja nicht noch einmal verletzt wird, damit sie nur ja nicht mehr den Schmerz ihrer erlittenen Verletzung spüren muss. Sie vertraut niemandem und Angriff ist für sie die beste Verteidigung. Lucifer wird sich nicht so einfach an der Hand nehmen lassen und mitgehen. Dazu muss das Gott schon über seinen »Schatten« springen. Es muss »Lucifer« alle Karten offen auf den Tisch legen, die *ganze* Wahrheit, und end-lich seine »Schuld«, seine »Verantwortung« auf sich und von »Kain« und damit auch von »Lucifer« nehmen und sich selbst vergeben – denn erst, wenn es sich selbst vergeben hat, hat ihm »Lucifer« vergeben und kehrt geheilt zurück in seinen »Heiligen Gral«. Es ist die Geschichte der beiden Königskinder. Der Königs-sohn symbolisiert das noch unbewusste Gott, das, seine Angst überwindend, mutig sich aufmacht, das »Wasser des Lebens«, das hier die unbewusste »Welt seiner Seele in seiner Angst und Lüge« symbolisiert, Zug für Zug zu durch-schwimmen, zu durch-leben, um zur Königs-tochter in ihrem Lichte zu gelangen – seinem wahren Paradies. Diese symbolisiert das Ziel, das auf seinem Weg durch das Wasser sich seiner *ganzen* Wahrheit bewusst gewordene Gott in seiner Liebe zu seinem *ganzen* Selbst. Den Blick fest geheftet auf das in der Ferne so klein scheinende dreifache Licht seiner Wahrheit, das seine Prinzessin ihm in ihrer Liebe angezündet hat, ihm den Weg zu weisen, schwimmt es, Zug für Zug seine Angst überwindend, seinem vollkommenen Selbstbewusstsein entgegen. Die drei Kerzen stehen für die drei Cherubim der Erkenntnis, des Wissens und der Weisheit, die dem, der durch das Wissen und die Weisheit des Herzens Erkenntnis erlangt hat, das Tor zum ewigen Leben in seinem neuen Paradies öffnen und ihm den Weg hindurch freigeben. Das falsche Nönnchen ist die als Jüngerin der Wahrheit verkleidete Lüge Gottes, die aus Angst vor ihrer Wahrheit die drei Lichter löschte, so dass das der »Königs-sohn« sich im tiefen »Wasser des Lebens« verlor und in seiner Angst ertrank, bevor er sich seines wahren Seins, seines Licht-Seins bewusst werden – bevor er die Königstochter erreichen und in ihrer Wahrheit und Liebe heil und Licht werden konnte. So folgte die Königstochter in ihrer Liebe ihrem Prinzen in das »Wasser des Lebens«, die »Welt seiner Seele in ihrer Angst und Lüge«, mit dem Schiff der Wahrheit, so dass sie nicht auch noch in der Angst ertrinken konnte, um ihn mit Hilfe all der Kraft und Macht ihrer all-es vermögenden Liebe und ihrem auf dem Wasser schwimmenden Wahrheitsbewusstsein, dem »Fischer«, aus der tiefen Angst heraus zu fischen, zu heben, ihn mit ihrer Liebe aus der Bewusstlosigkeit seiner Angst »wach«-zuküssen, ihm wieder den lebendigen Lebensatem ihrer heilen Liebe einzuhauchen, ihm mit ihrem »Heiligen Geist« das Bewusstsein seiner Wahrheit einzuhauchen, um im Bewusstsein ihrer einen Wahrheit in Liebe eins mit ihm zu werden, die chymische Hochzeit mit ihm zu vollziehen, um dann mit ihm in ihrer beider Bewusstsein ihres Eins-Seins in Frieden und Liebe bewusst (wieder) im »Wasser«, im tiefen See, jetzt in der Bedeutung des ewigen »Meeres«, dem »See« ihres *einen* Seins, dem wahren Königreich ihres alten neuen Paradieses, für im-mer zu versinken. Warum ist es die Krone der Königstochter, die dem »Fischer« als Lohn gegeben wird und warum ist von keiner Krone des Königs-sohns die Rede? Weil der Königssohn und die Königstochter in Wahrheit eins sind: Das in seiner Angst und Lüge scheinbar gespaltene Gott, das auf dem Weg zu sich selbst das Wasser seines Lebens, seine Seele durchschwimmt, um sich am Ende in allem zu erkennen und sich in seiner

Liebe zu sich selbst mit sich selbst zu einen in der chymischen Hochzeit mit sich selbst. Wenn der Königssohn, das unbewusste Gott, durch die Königstochter, die Liebe Gottes in ihrer Wahrheit, in diese eingegangen ist, ist der Königssohn Königstochter geworden. Die Krone der Königstochter symbolisiert zum einen das Rad des Lebens, den Kreislauf des Lebens in der scheinbaren materiellen »Welt« und zum anderen die scheinbare Macht der Angst und Lüge Gottes in ihrer scheinbaren »Welt«. Mit dem Eingehen in sein wahres Königreich seines alten neuen Paradieses seines vollkommenen Bewusstseins seiner Wahrheit braucht das Gott nun die Krone, an der es so schwer trug, nicht mehr; es hat den Kreislauf des Lebens in der »Welt« verlassen und Angst und Lüge haben nun keine Macht mehr über es – es hat sie überwunden und so gibt seine Liebe, die Königstochter, ihrer treuen Wahrheit, dem »Fischer«, die Königskrone als verdienten Lohn. Damit geht die Macht von der überwundenen Angst und Lüge Gottes auf das Bewusstsein der Wahrheit Gottes über, welches von nun an über das Königreich des Sees, der das alte neue Paradies des all-einen Seins Gottes symbolisiert, regiert.

1. Es waren zwei Königskinder,
   die hatten einander so lieb.
   Sie konnten zusammen nicht kommen,
   das Wasser war viel zu tief!
   Das Wasser war zu tief!

2. »Mein Liebster, ach kannst du schwimmen,
   dann schwimm doch herüber zu mir!
   Drei Kerzen will ich anzünden
   und die sollen leuchten Dir!
   Die sollen leuchten dir!«

3. Das hört eine falsches Nönnchen,
die tat nur, als wenn sie schlief!
Dann ging sie die Kerzen zu löschen,
der Jüngling ertrank so tief!
Der Jüngling ertrank so tief

4. »Ach, Fischer, liebster Fischer,
willst Du Dir verdienen großen Lohn,
dann wirf doch Dein Netz ins Wasser
und find mir den Königssohn!
Find mir den Königssohn!«

5. Da warf er das Netz ins Wasser,
es sank in den See so tief
Es bracht ihr den Jüngling wieder,
der dort in der Tiefe schlief -
in der dunklen Tiefe schlief!

6. Sie beugt sich zu ihm hernieder
und küsst seine Lippen so bleich.
Da fand er das Leben wieder,
im kalten Wasser-Reich!
Im kalten Wasser-Reich.

7. Was nahm sie von ihrem Haupte:
Die goldene Königskron!
»Sieh an, o du braver Fischer,
das ist dein verdienter Lohn.
Die Krone ist Dein Lohn!«

8. »Was brauch ich noch gold'ne Kronen,
die liegen nur schwer auf mir!
Ich will in der Tiefe wohnen,
Geliebter, ich geh mit dir!
Ich geh in Dein Reich mit dir!«

9. So sanken sie beide nieder,
und sie wurde ihm ganz gleich.
Noch heut' hört man ihre Lieder,
noch heut' ist der See ihr Reich!
Der See ist ihr Königreich!

Ref: Königskinder waren sie,
Königskinder bleiben sie!
Ihr altes Lied erklingt im Abendwind:
Wer wahrhaft liebt, ist so ein Königskind!

(Volkslied)

Es ist not-wendig, dass sich das Gott mutig seinen »Lucifer-Kindern«
stellt und ihnen seine »Schuld«, seine Lüge, seinen »Selbst«-Betrug
eingesteht, ihnen sagt, dass es ihnen Unrecht getan hat, als es sie von
sich gewiesen hat und es muss ihnen sagen, WARUM es dies tat – aus
Angst vor seiner Wahrheit, aus Angst vor sich selbst. Denn nur mit dem
Wissen um das WARUM können die »Lucifer-Kinder« verstehen und
nur aus dem Verstehen kann Erkenntnis und Vergebung erwachsen.
Es ist not-wendig, ihnen ihre Königs-Kindschaft, ihr Christus-Licht
zu offenbaren, ihnen zu zeigen, wer sie wahrhaft sind – die Wahrheit
Gottes, seine Wahrheit, das vollkommene Licht – ebenso wie seine
»Christus-Kinder« – ja, dass auch sie in Wahrheit »Christus« sind. Und
um das »Goldene Tor« zu seinem »Heiligen Gral« durchschreiten zu
können, muss es seinen »Lucifer-Kindern« sagen, dass es sie mit seinem ganzen »Herzen« liebt, seine »Schuld« zutiefst bereut und sie um

Vergebung bitten dafür, dass es sie so lange um ihr Licht betrogen hat. Doch dann ist es an den »Lucifer-Kindern«, »ihren« Hass, die Verletzung ihrer Liebe zu überwinden, zu vergeben und die reuevoll dargereichten Hände in verzeihender Liebe zu nehmen. Und ebenso ist es dann an »Lucifer«, all seine unschuldigen Christus-Geschwister um Vergebung zu bitten für alles, war er/sie ihnen und ihrer Liebe in seinem/ihrem Hass zu Unrecht angetan hat. – Und schließlich ist es an Gott, sich selbst alles zu vergeben, was es sich angetan hat und dass es sich selbst so lange um sein Licht betrogen hat, denn es selbst ist »Lucifer«, ebenso, wie es »Christus« ist – und dies ist wohl die letzte und schwerste Hürde, die es zu nehmen hat, bevor es in Frieden und Liebe mit allen seinen »Kindern«, mit allen seinen Eigenschaften, das »Goldene Tor« durchschreiten und für im-mer hinter sich schließen kann. Dies ist der not-wendige all-einig-e Prozess Gott-es – denn ALL-ES ist Gott und so ist dies auch der not-wendige Prozess eines jeden »Menschen« mit sich selbst, sich mit seinen eigenen ungeliebten Eigenschaften zu beschäftigen, sie in Liebe anzusehen und anzunehmen, sich mit ihnen auszusöhnen und sie buchstäblich einfach »sein zu lassen« in seiner/ihrer Liebe. Es ist der not-wendige Prozess Gottes, eines jeden »Menschen«, sich selbst mit allen seinen Eigenschaften anzunehmen und zu lieben, sich selbst zu vergeben, sich mit sich selbst auszusöhnen und EINS in Frieden und Liebe mit sich und damit mit allem zu sein. Das Gott ist das Universum und »wir« sind Teile, Aspekte des Universums, Gottes, und all-es Leid, dass ein Teil des Universums einem anderen Teil des Universums antut, tut es sich selbst an und es fällt irgendwann in irgendeiner Weise auf es zurück. Es geht im Universum nichts verloren – früher oder später ernten »wir«, was »wir« säen, denn auch »wir« sind das Gott und es ist an der Zeit, alle »bösen« Handlungen wider »andere« und damit wider »uns« selbst und damit wider das Gott zu beenden und damit »unser« Leid, das Gott-es Leid ist, zu beenden. Es ist die Zeit Gott-es gekommen, seine Illusion, seine Projektion, end-gültig zu beenden, aufzuwachen aus dem Traum seiner Phantasie, den es sich in der Dunkelheit seiner Einsamkeit angezündet hat, in die Wahrheit seines ewigen Eins-Seins, in dem in Wahrheit niemals eine Spaltung stattgefunden hat; Mitgefühl zu haben mit dem einsamen, ver-zwei-felten Kind, dass es einmal war und irgendwo im Grunde seiner Seele immer noch ist und das aus dieser Einsamkeit heraus sich eine Heimat, eine Familie, Freunde erträumte – für den Preis seiner Krankheit, seines Leids, seiner ewigen unbewussten Sehnsucht nach sich selbst als Ganzes, die ihm nun unerträglich geworden sind; dieses Kind und damit sich selbst in seine Liebe zu hüllen, es und damit sich selbst anzunehmen wie es ist – mit seinen guten und seinen schlechten Eigenschaften – und ihm und damit sich selbst zu vergeben und dadurch letzten Endes sich selbst von seiner »Schuld«, seiner »Sünde« zu erlösen; im Bewusstsein seiner inneren Fülle sein All-ein-sein bewusst anzunehmen und dadurch seine Ver-zwei-flung zu überwinden und ewig all-ein zu *sein* in Liebe und Frieden mit sich selbst. Und so geht die Dunkelheit seines Unbewussten ein in das Licht seines Bewusstseins und wird Licht und seine Lüge geht ein in seine Wahrheit und wird Wahrheit und das Männliche (Mann und Männin) ent-dichtet sich wieder und geht wieder ein in sein H-erz, aus dem es geboren und EVA, das Weib, das Leben Gottes, ist nun frei vom Verlangen nach seinem Leben in der »Materie«, der »Erde vom Acker«, seinem Mann/seiner Männin, von dem es be-herr-scht war – und der Mond geht ein in die Sonne und wird Sonne und die Sonne geht wieder ein in ihr H-erz, verschmilzt mit ihm – und das Gott ist geheilt, hat seine Krankheit, sein Un-heil-sein, seine Spaltung überwunden, ist wieder eins mit sich. ADAM rückwärts gelesen heißt MADA, was Rausch, Wahn, bedeutet und so ist aus dem Wahnsinnsrausch des verzweifelten Kindes Gott die Illusion ADAM von ihm selbst geschaffen worden, die gedankliche Ver-dichtung seiner Vor-stellung von sich selbst, in die es sich mit seinem Leben, EVA, ein-ge-woben hat mit der Kraft seiner Liebe. EVA heißt rückwärts gelesen AVE. AVE und EVA gehen beide auf das Wort »chawah« als Wurzel zurück, welches »leben« bedeutet, wobei AVE als Verb und EVA als Substantiv zu sehen ist. AVE EVA heißt somit »lebe das Leben« und das hat das Gott in der Welt seiner Phantasie getan.

Und das Gott erkennt, dass das »Gesetz des Karmas« das Gesetz seines Ausgleichs mit sich selbst ist – es selbst sät und es selbst erntet, was es gesät. Das Gesetz, das Rad des Karmas sorgte dafür, dass seine gespaltenen Seelen-Aspekte, die in ihrem »weltlichen Halbsein« von Leben zu Leben immer wieder in eine Auseinandersetzung zu ihrem oder ihren jeweiligen (scheinbaren) Gegenpol/en gerieten, zum Ausgleich mit eben diesem oder diesen gegenpoligen Persönlichkeits-/Seelen-Aspekt/en wieder inkarnieren (lat. incarnation = Fleischwerdung, hier: Wiederfleischwerdung, Wiederverkörperung) mussten, was neben dem der Wahrheit Gottes dienenden Erkenntniszweck insbesondere im-mer für ausreichend Drehbuchstoff für das Welttheater sorgte, zumal das von der Lüge Gottes inszenierte Löschen der bewussten Erinnerung an die vorherige/n Inkarnation/en zu ständigen Wiederholungsfehlern führte und die Lernfortschritte in Sachen Selbsterkenntnis doch erheblich behinderte beziehungsweise sehr klein hielt, um ja nicht zu schnell ans Ziel zu kommen. In diesem Sinne dient/e das Karma der Lüge Gottes, während es der aus dem Wahrheitsaspekt gespeiste Sinn des Karmas war und ist, die einzelnen Gottesaspekte immer wieder mit ihrem jeweiligen Gegenpol zu konfrontieren, bis sie endlich in ihrem Gegenüber sich selbst, ihre fehlende Hälfte, erkennen und dadurch letztlich das ganze Gott in allen seinen Seelenaspekten in der ganzen »Welt« das Spiegelbild seines gesamten ungeteilten seelischen Selbst erkennt. Dies ist nun trotz aller Verzögerungstaktik und Selbstüberlistung Gottes geschehen und das Gott schaut in der »Welt« seinen ganzen ver-zwei-felten seelischen Zustand und erkennt, dass jeder Kampf in der »Welt« sein seelischer Kampf mit sich selbst ist. So ist der Kampf nun zu Ende, das Rad des Karmas läuft aus, die »Welt« neigt sich ihrem Ende zu – sie hat ihren Zweck erfüllt, sie ist nun über-flüssig. Die in ihr gebundene, ver-dichtete Energie Gottes löst sich wieder auf und fließt in das Herz Gottes, seinen »Heiligen Gral«, das Meer seines Seins, aus dem es einst herausgeströmt ist, zurück – für im-mer. Seine erschöpfte Aktivität sinkt wieder zurück in die Arme seines ewig ruhenden Seins, dem nun neuen Paradies seines ewigen Friedens in Liebe mit sich selbst.

28. Gottes Fazit – der Abschied

Und das Gott erkennt sich selbst in allem und es erkennt sich in seiner Ganzheit und es begreift sich als ganz all-ein. Und das Gott erkennt, dass es in Wahrheit ein elternloses Kind war und ist, welches sich in seiner Phantasiewelt selbst »Vater« und »Mutter« wurde. Ein Kind, dass sich im-mer wieder selbst gezeugt und im-mer wieder selbst geboren hat und sich auf diese phantastische Weise autodidaktisch entwickelt, sich selbst großgezogen hat, sich selbst erzogen hat nach dem Prinzip »Learning by doing« und dies meistens nach dem Motto »drei Schritte vor und zwei zurück«, damit es nur ja nicht zu schnell das Ziel erreichte. Doch nach und nach schaffte es das Gott, trotz der trickreichen Verzögerungstaktiken seiner angstvollen Wahrheitverdrängungsstrategien, in allen seinen Rollen heranzureifen, um sich letztlich in ihnen allen selbst zu erkennen, seiner Wahrheit ins Auge zu sehen und die not-wendige Konsequenz aus seiner Erkenntnis zu ziehen und zu tragen. Doch bevor es endgültig das Theater schließt, die Bühne der Welt verläßt, schaut es noch einmal zurück auf seinen langen Weg von dem einsamen Kind Gott zu dem einsamen, nun erwachsenen Gott und nimmt leise Abschied von seiner Phantasiewelt, die so lange seine Heimat war, wenn auch nur in seiner Illusion. Und was das Kind Gott in seiner kindlichen Unbewusstheit *nur* fühlte, fühlt *und* erfasst nun in vollem Bewusstsein das erwachsene Gott: es ist »Gott verdammt alleine« und ein-sam, unendlich ein-sam – doch ist es nun bereit, sich dieser Tatsache zu stellen, sie anzunehmen und -seinen Blick nach innen in die Fülle seiner Seele richtend- in Liebe und Frieden mit sich selbst einfach nur zu sein. Das Gott ist müde, so unendlich müde und erschöpft und es hat nur noch eine Sehnsucht – zu versinken im Meer seines Selbst zu ewigem traumlosen Schlaf in ewigem passiven Sein; kein Fühlen mehr, kein Denken mehr – eins mit sich in ewigem Frieden.

Warum aber lässt es sich trotz seiner Sehnsucht und Erschöpfung so viel Zeit mit der Auflösung der »Welt«? Nun, »wir« dürfen nicht vergessen, dass das Gott all-es ist, was ist. Ein einsames Kind, das nichts und niemanden hatte (und nie haben wird) – keine Eltern, keine Großeltern, keine Geschwister, Tanten, Onkel usw., keine Kinder, keine Freunde, kein Tier, keine Spielsachen -nur sich selbst- schuf sich aus dem Fundus seiner Seele ein Phantasie-Zuhause mit allem was es sich wünschte, vergaß seine traurige Wahrheit und lebte fortan in seiner Phantasie-Welt, die es fühlend und denkend er-lebte. Der Preis war hoch: die Spaltung seines Selbst; die durch seine seelische Zerrissenheit und ewige Sehnsucht nach seiner (scheinbar) fehlenden Hälfte verursachten psychischen Leiden, die sich dann in seiner körperlichen Ver-dichtung auch in »physischen« Schmerzen und Leiden manifestierten; der ständige Kampf mit sich selbst, der Krieg zwischen seinen gegensätzlichen Aspekten, das Hin- und hergerissensein zwischen seiner Wahrheit und seiner Lüge. – Doch es ertrug lieber die Schmerzen und Leiden als die unendliche Einsamkeit. Gott ist in alle Rollen geschlüpft und war sich selbst Eltern, Großeltern, Onkel, Tante, Freunde usw. – war sich selbst Kind. Evolution ist die Entwicklung des Kind-es Gott, das sich selbst großgezogen hat und jetzt erwachsen geworden ist und jetzt bald bewusst und in Frieden mit sich all-eine sein kann. Doch es braucht noch eine Weile, bis es seine Wahrheit »all-eine« tragen kann. Es braucht die »Eltern« noch ein wenig, braucht noch für eine kleine Weile seine »Familie«, seine »Freunde«, seine »Welt« – braucht noch seine Zeit des Abschiednehmens. Irgendwann, bald, kann es sie loslassen; irgendwann, bald, kann es ganz all-eine in vollkommener Liebe mit und zu sich selbst in Frieden sein. Es hat sich entschieden, an den alten neuen Ort zurückzugehen, an dem all-es begann und an dem all-es enden wird, an dem nichts und niemand außer ihm selbst war, ist und sein wird, da außer ihm selbst nichts und niemand war, ist und sein wird, und den es in Wahrheit nie verlassen hat. Doch um diesen Schritt endgültig zu vollziehen, braucht es noch ein wenig Zeit, denn von dort wird es nie mehr zurückkehren in das Welttheater – und Phantasien wird versinken im Meer der Gottesseele.

29. Das »Jüngste Gericht« – das »Tier« – die Zahl »666« – die Auflösung

Der Tag des »Jüngsten Gerichts« ist der Tag
an dem das Gott mit sich selbst ins Gericht geht
und dieser Tag ist gekommen.

Die Offenbarung des Johannes schildert nichts anderes als den finalen Kampf GOTTES mit sich selbst, der ein Kampf ist zwischen Satan, seiner Angst, die seinen Selbstbetrug, seine Lüge und seine »Welt der Lüge« nicht aufgeben will und seiner Wahrheit, deren Sieg die Auflösung seiner »Welt der Lüge« und den Einzug in sein neues Paradies bedeutet und ebenso das Ende der Bibel und aller anderen heiligen Schriften, deren Ende zugleich der Beginn des neuen Paradieses ist.

Das nach seiner langen Irrwanderung durch das Land Nod(t) erschöpfte, sein Leid nicht mehr ertragende und sich in der »Welt« verloren fühlende und sich mit jeder Faser »nach Hause« sehnende Gott hat nur noch eines im Blick: sein altes neues Paradies. Es weiß, dass nur seine Wahrheit den Weg dorthin kennt und ist an diesem Punkt bereit, seine Angst vor ihr zu überwinden, die »Welt seiner Lüge« hinter sich zu lassen, sie zu überwinden. Es weiß, dass die Angst ab hier sieben massive versiegelte Barrikaden auf dem Weg der Wahrheit errichtet hat und dass jede von ihnen einen Kampf auf »Leben und T-od« mit seiner Angst bedeutet – doch nun hält es nichts mehr zurück. Mit aller Kraft kämpft es sich durch jedes Hindernis, bricht alle sechs Siegel, von denen jedes einem Tag, einer Stufe der Erschaffung seiner »Welt«, entspricht, die es nun, Stufe für Stufe sich in ihr selbst erkennend, überwindet – bis es schließlich am Ende seines Weges den siebten Tag, die siebte Stufe erreicht und in der Überwindung seiner noch einmal sich mit aller Kraft ihrer Ver-zwei-flung aufbäumenden Angst das

179

siebte Siegel bricht. In diesem Moment offenbart sich ihm die ganze »Welt« als Spiegelbild seines ganzen Selbst, in dem es nun seine ganze Wahrheit, seine Isis, in ihrer ganzen Fülle schaut und sich ihrer und damit seines Selbst vollkommen bewusst wird. Zugleich offenbart sich ihm sein ganzer Weg durch die »Welt« mit allem, was es sich angetan und es folgt in seinem Gewissen das Gericht mit sich selbst, der Gang durch die Hölle seiner Selbstvorwürfe, die schonungslose Auseinandersetzung mit allen seinen Taten, mit den Abgründen seines Selbst, vor der es auf dem Weg in den Himmel in sein altes neues Paradies kein Entrinnen gibt. Doch all-ein dieser Gang durch die Hölle führt das Gott am Ende zu der erlösenden Frage: »Warum?!«, auf die ihm nur seine verstehende Liebe die Antwort geben kann, die es wiederum zu dem goldenen Schlüssel führt, der es aus der Hölle seines quälenden Gewissens heraus und endlich durch das »Goldene Tor« seines alten neuen Paradieses »nach Hause« führt – und dieser Schlüssel heißt: VERGEBUNG. Seine Liebe lässt es schließlich all-es verstehen und sich vergeben und endlich in Liebe und Frieden mit sich in seiner Wahrheit sein – und die »Welt« ent-dichtet sich im Bewusstsein seiner Wahrheit.

Wer ist nun das »Tier« in der Offenbarung des Johannes, Kap. 13, Vers 18, von dem dort geschrieben steht: »Hier ist Weisheit! Wer Verstand hat, der überlege die Zahl des Tieres; denn es ist eines Menschen Zahl, und seine Zahl ist sechshundertsechsundsechzig«? – Da nur Gott ist, kann auch nur das Gott mit seinem Verstand die Zahl des Tieres überlegen und sein eigenes Rätsel lösen. Es ist »**eines** Menschen« Zahl. Das Gott ist der »eine Mensch«, gemacht zu ADAM, geboren zu Kain«, gespalten und ver-dichtet in die Vielzahl seiner Seelenaspekte. Schauen wir uns die Herkunft des Wortes ›Tier‹ an. Das mittelhochdeutsche »tier/dier«, das althochdeutsche »tior/teor« und das germanische »deuza (wildes Tier)« gehen auf die indoeuropäische Wurzel »dheu = blasen, atmen« im Kontext zu »atmendes Wesen, Lebewesen« (analog von lateinisch animal = »Tier« zu anima = Seele) zurück. Der *tier-ische*

Teil des »Menschen«, Gottes, entspricht seinen unbewussten und daher »ungezähmten, wild-en« Eigenschaften, die es als Kain und seine Nachfahren mittels seines Lebens im Lande Nod(t) er-leben und sich bewusst machen muss/te, um schließlich in ihnen sich selbst zu erkennen, sie *bewusst* in Liebe anzunehmen, sie zu segnen, zu heil-igen und durch diesen Vor-gang zu »zähmen« im Sinne von »mit sich selbst, mit seinen ihm nun bewussten Eigenschaften umgehen zu lernen; sich mit sich selbst, mit seinen eigenen (wessen sonst?) Eigenschaften vertraut zu machen und ihnen auf der Basis dieses Vertrauens in Liebe Grenzen aufzuzeigen und Grenzen zu setzen – sie und damit sich selbst liebevoll zu erziehen, im Bewusstsein, dass nur es selbst die Macht und Verantwortung hat, seine Eigenschaften zum Positiven oder zum Negativen zu erziehen, sie zum Positiven oder zum Negativen zu leben und dass auch nur es selbst die Früchte seiner Selbst-erziehung, die Früchte seines Lebens erntet – in Guten wie im Bösen. Und so ist das »Tier« das Gott in seinen ungezähmten wilden Eigenschaften. Die Zahl sechshundertsechsundsechzig ist die Zahl des sich mit seinen *Eigenschaften* (1), seinem *Leben* (Fühlen und Denken) (2) und seiner *Kraft/Energie, seinem* »*Heiligen Geist*« (Atem des Lebens, Liebe) (3) zum »Menschen«, ADAM, ver-dichteten Gott-es. Gott ist das aus der ruhenden, passiven Ein-heit (0) seines Seins in die Aktivität seines Lebens herausgetretene Eine, das all-es ist, symbolisiert durch die 1; die 5 symbolisiert das Prinzip (lat. principium = Anfang, Ursprung) des Lebens – die quinta essentia, das alles in sich vereinende 5. Element, die Liebe Gottes zu sich selbst, die es ganz und gar durchströmt und die das Gott dazu bewog, mit seinem Leben aus seinem ruhenden Sein herauszutreten, um sich zu erleben, um den Drang seines Lebens nach seiner Selbsterkenntnis, seiner Selbstbewusstwerdung, zu befriedigen. Der »Heilige Geist« ist die Kraft der Liebe Gottes und zugleich die Liebe selbst, denn die Liebe ist die Kraft Gottes. Das all-eine Gott und seine sein ganzes Sein durchströmende Liebe, 1 + 5, ergeben zusammen nach Gottes Rechnung 15, deren Quersumme ist die 6. Das Gott hat sich aus Liebe zu sich selbst *dreifach* -mit seinen *Eigenschaften (1)*, seinem *Leben* (Fühlen und Denken) *(2)*, und seinem »Heiligen Geist« (Atem des Lebens, Liebe) *(3)*- zum »Menschen« ver-dichtet und 3 x 6 ergibt nach der Rechnung Gottes 666.

Am Ende seines Weges, am Ende des »Jüngsten Gerichts«, wird es, wieder aus Liebe zu sich selbst, die »Welt« und damit sich selbst entdichten und dreifach mit seinen Eigenschaften (1), seinem Leben (2) und seinem »Heiligen Geist« (3) »wieder« zurückfließen in den »Heiligen Gral«, die ruhende passive Ein-heit seines Seins, die 0, und die 1 geht wieder ein in die 0, wird wieder 0, denn 3 x 0 = 000, um dann auch noch die scheinbaren Grenzen seins 0-Seins aufzulösen in die Wahrheit der Unendlichkeit seines ewigen SEINS.

*

30. Die »Weltformel« – die Determiniertheit/ Indeterminiertheit des Universums – Licht – die Pyramiden – die Sphinx – die Endlichkeit/ Unendlichkeit des Universums

Das Buch der Wahrheit neigt sich nun seinem Ende zu, doch bevor ich es schließe, möchte ich noch ein-mal auf den Anfang dieses Buches zurückkommen – zu Gott und zu Albert Einstein und zu dessen Bestreben nach Kenntnis der Gedanken Gottes sowie nach seiner lebenslangen Suche nach der »Weltformel« und darüber hinaus noch zur Determiniertheit/Indeterminiertheit des Universums und zum Licht. Auch werde ich noch die Bedeutung der Pyramiden und der Sphinx erläutern und das Rätsel auflösen, ob das Universum nun endlich oder unendlich ist, um dann allmählich zum Schluss zu kommen – jedoch nicht, ohne den »Menschen« ihre eine gemeinsame wahre Religion zu offenbaren.

Lieber »Albert Einstein« und »alle anderen«! »Warum, wie und woraus« das Gott die »Welt« schuf, ist nun hinreichend offenbart und dass alle Gefühle und Gedanken Gottes Gefühle und Gedanken sind, dürfte nun ebenfalls klar sein, da nur das Gott ist und somit alle Gefühle und Gedanken nur Gottes Gefühle und Gedanken sein können.

Nun zur »Weltformel«, die Albert Einstein zeit seines Lebens suchte und scheinbar nicht gefunden hat. Er konnte sie nicht mehr finden, denn er hatte sie längst entdeckt. Sie lag vor seinen Augen: »$E = mc^2$«. Doch er erkannte sie nicht als Weltformel, weil er noch nicht erkannte, was E, m und c in Wahrheit sind. Energie (E und c) ist die Liebe Gottes zu sich selbst, die zugleich die Kraft Gottes ist, der Atem, die treibende Kraft des Lebens, der »Heilige Geist«. Die Liebe Gottes trägt mit ihrer Kraft das ihr innewohnende und untrennbar mit ihr verbundene Leben Gottes, sein seinem Bewusstsein zuarbeitendes Fühlen und Denken und durchwebt mit ihm das mit all seinen Eigenschaften zur Masse (m) ver-dichtete Gott. Im sogenannten »himmlischen« Zustand ist das Gott unver-dichtet. Seinen irdischen ver-dichteten Zustand erreicht das Gott, indem sein Leben sich mit seinen Eigenschaften mit der Kraft, der Energie seiner Gedanken (c) zu beliebigen Dichtigkeitsstufen der »Welt« bindet (ver-dichtet), die es auch wieder lösen (ent-dichten) kann. »c« ist die sogenannte Lichtgeschwindigkeit. Geschwindigkeit ist in Bewegung umgesetzte Kraft, denn ohne Kraft bewegt sich nichts und Licht entspricht den zum Bewusstsein führenden Gedanken Gottes. Somit ist Lichtgeschwindigkeit die zur Ver-dichtung einer bestimmten »Masse« benötigte bzw. aufzuwendende Gedankenkraft Gottes bzw. seines Lebens. »c« ist zugleich die die Gedanken Gottes zur Ver-dichtung seines Seins (Masse = m) antreibende und die »Masse« zusammenhaltende, bindende und und dadurch in ihr gebundene Energie, die ungebunden bzw. wieder freigesetzt »E« ist. Dies geschieht mit der im-mer gleichen Geschwindigkeit, der im-mer gleichen Antriebskraft der Liebe, die im-mer unverändert ist und daher konstant. »E« ist also die wieder freigesetzte Energie, die als »c« vom denkenden Leben Gottes zur Verdichtung Gottes aufgewendet wurde, um Anteile seines Seins entsprechend dem jeweils beabsichtigten Dichtigkeitsgrad als Masse (m) aneinander zu binden. Je dichter bzw. fester die Masse, umso mehr Kraft brauchen die Gedanken, um sie entsprechend zu ver-dichten und zusammenzuhalten. Warum ist dies so? Der heile Ur-zustand Gottes ist sein sogenannter himmlischer unver-dichteter Zustand. Dies ist sozusagen sein »Basis-Wohlfühlzustand«, den es im Grunde seines Herzens wieder anstrebt. Auch Babies fühlen sich am wohlsten, wenn sie, angenehm warme Temperaturen vorausgesetzt, ohne beengende Kleidung strampeln können und wer versucht, sie in enge Kleidung zu zwängen, wird schnell merken, wieviel widerspenstige Kraft bereits in diesem kleinen »Menschlein« steckt. Sein »Weltenkörper«, zu dem das

Gott sich aus bereits bekannten Gründen ver-dichtet hat und den es nun bis zum Ende seines Weges durch die »Welt« seiner Manifestation no(d)t-gedrungen tragen muss, ist ihm, mal ganz salopp gesagt »zu eng« und zu unbequem. Wenn es ihn auch einstmals selbst gewählt hat, so leid(t)et es doch in ihm und trägt schwer an ihm und fühlt sich schlichtweg unfrei und unwohl in ihm. Je dichter nun ein »Körper« ist, in den es sich zwecks einer not-wendigerweise zu machenden ird-ischen Erfahrung zu zwingen genötigt sieht, um so mehr gedankliche Selbst-Überzeugungs- und überwindungs-kraft muss es aufwenden, um sich a) gegen seinen inneren Widerstand hineinzuzwingen und b) um sich zu beherrschen und gegen seinen massiven Befreiungsdrang in diesem Körper für die Dauer der zu machenden Erfahrung zu bleiben.

»$E = mc^2$« berechnet also die für die jeweilige Ver-dichtung aufge-wendete und in ihr gebundene Energie bzw. die bei der Ent-dichtung wieder freigesetzte Energie und beschreibt zugleich, wie das Gott sich selbst zu seinem »Weltenkörper« ver- bzw. diesen wieder ent-dichtet bzw. diesen auf diese Weise in Korrelation zu seiner (Gottes) Entwick-lung verändert. Denn ob ver-dichtet oder unver-dichtet, ob Himmel oder Erde – es ist im-mer das Gott in seinen verschiedenen nebenei-nander seienden und bis zum Ende der »Welt« miteinander wechsel-wirkenden und stetig sich wandelnden Zuständen – denn all-es ist das Gott und außer Gott ist nichts.

*

Das Universum ist die Gesamtheit all dessen, was existiert und ist da-mit das Gott. Insofern geht es bei der Frage der Determiniertheit oder Indeterminiertheit des Universums um die Frage der Determiniertheit oder Indeterminiertheit Gottes. Determiniertheit ist die Bestimmtheit und/oder Abhängigkeit des (unfreien) Willens von inneren oder äuße-ren Ursachen. Da es kein Außen von Gott, dem Universum, gibt, gibt es auch keine äußeren Ursachen und somit erhebt sich diesbezüglich erst gar nicht die Frage der Determiniertheit oder Indeterminiertheit Gottes, des Universums. Die Frage nach der Determiniertheit oder Indeterminiertheit des Universums kann sich also nur auf innere Ursachen »in der Seele« Gottes, des Universums, beziehen. Erinnern »wir« uns: was »trieb« das Gott zu seiner Persönlichkeitsspaltung, zu seiner Flucht in seine Phantasie-Welt? War es nicht seine panische Angst vor der Wahrheit seines All-ein-sein, seiner Ein-sam-keit? Schon das Wort »trieb« weist hin auf ein »getrieben sein« und »wer« von etwas »getrieben ist«, handelt nicht aus einer wohlüberlegten eigenen freien Ent-scheidung heraus – »er/sie« ist von diesem »Trieb« beherrscht. Ist ein solcher »Mensch«, ein solches »Wesen« frei in seiner Willensent-scheidung? Nein, das »Wesen« agiert oder reagiert trieb-gesteuert. Insofern war bzw. ist (noch) das Gott, das Universum, aufgrund der inneren Ursache der seine Seele beherrschenden Angst determiniert, da sein Wille durch seine Bestimmtheit durch und seine Abhängigkeit von seiner Angst unfrei ist. Das durch seine Angst determinierte Gott kann seine Indeterminiertheit, die Freiheit seines Willens, nur durch die Überwindung seiner Angst vor seinem All-ein-Sein, seiner Ein-sam-keit, seiner Wahrheit, erlangen. Ist dies geschehen, wird sein erster freier Wille auch sein letzter sein. Albert Einstein hatte mit der Determiniertheit des Universums recht – doch nur bis zu dem Moment, in dem das Universum, Gott, Indeterminiertheit durch Überwindung seiner Angst erlangt. Von diesem Augen-blick an ist es indeterminiert und wird aus freiem Willen die »Welt« beenden und zurücksinken in das willenfreie Meer seines reinen Seins zu ewiger Ruhe – und in diesem dann willenfreien Zustand gibt es weder Determiniertheit noch Indeterminiertheit.

*

Kommen wir zur Erklärung, warum Licht sowohl Welle als auch Teil-chen ist (?) beziehungsweise in beiderlei Form erscheint. Erinnern wir

186

uns: Licht ist das Bewusstsein Gottes, des Universums, das sich immer weiter entwickelt bis das Gott die vollkommene Erkenntnis seiner Wahrheit und dadurch vollkommenes Bewusstsein seines Selbst erlangt hat. Jeder einzelne Lichtstrahl ist ein Bewusstseinsaspekt Gottes, der auf seinem Weg dorthin in seiner Bewusstseins-Entwicklung sich zwar kontinuierlich weiterentwickelt, sich im-mer weiter *wellen*förmig ausdehnt, aber auch *punkt*uelle Verschnaufpausen einlegt, damit der jeweils neu erfahrene Bewusstseins-Lernstoff sich erstmal *setzen* und dann sozusagen »verdaut« werden kann – eben-so, wie es »Schüler/Schülerinnen« mit ihrem Lernstoff in der Schule der »Welt« tun. Wenn »diesen« sozusagen »ein Licht aufgegangen« ist und dieses sich als *Welle* von »aha-Effekten« ausgedehnt hat (Bewusstseins/Licht-Ausdehnung), müssen sie sich, wenn diese Welle verebbt ist, auch erstmal *hinsetzen* und in Ruhe darüber nachdenken, damit es (der Lernstoff) dann auch *sitzt*, bevor sie in »ihren« Lektionen fortfahren, um die nächste, auf das vorher Erlernte aufbauende Lern-Lektion, den nächsten Lern-Schritt, in Angriff zu nehmen und so ihre Erkenntnisse, ihr Bewusstsein (Licht), im Rhythmus »Stop and Go« additiv mehr und mehr zu erweitern, *auszudehnen*. Stellen wir uns nun das »Stop« als als Punkt erscheinendes Teilchen vor. Dieses Teilchen ist eine Lichtwelle, die sich zum Ausruhen zu einem als Teilchen erscheinenden Ruhe-*Punkt* zusammengerollt hat. Hat das Teilchen seine Ruhephase beendet und geht wieder in die Bewegung, rollt es sich wieder auf und dehnt sich wieder wellenförmig aus, was dem »Go« des Bewusstseins (Licht) entspricht. Dieser Vorgang ist prinzipiell auch auf das körperliche Verhalten von Lebewesen übertragbar. In der Ruheposition rollen Lebewesen ihren Körper gewöhnlich zusammen und strecken, dehnen ihn wieder aus, wenn sie sich wieder einer Aktivität zuwenden, wobei auch die körperliche Aktivität auf ihre Weise eine bewusstseinserweiternde (bzw. -ausdehnende) Erfahrung ist. Dies ist sowohl bei »Pflanzen«, bei »Tieren« als auch bei »Menschen« beobachtbar sowie im Reich des Wassers und sicher auch im Reich der für »uns« scheinbar unbewegten Materie, zum Beispiel bei den Gebirgen, nur das deren »Stop-and Go-Rhytmus« so langsam geschieht, dass »wir« diesen nicht oder nicht als solchen wahrnehmen oder interpretieren. Setzen »Mensch« oder »Tier« oder in gewisser Weise auch »Pflanzen« sich zum Ausruhen hin, reduzieren sie ebenfalls mehr oder weniger die Ausdehnung ihres Körpers, klappen ihn gewissermaßen zusammen und dehnen ihn wieder aus, wenn sie zu weiterer Aktivität wieder aufstehen. Auch im Schlaf wechseln Lebewesen ihre Position, sind mal zusammengerollt und mal ausgestreckt, was daraus resultiert, dass im Schlaf »unser« sogenanntes Unter-Bewusstsein (Licht), das Bewusstsein der fühlenden Seele, die tagsüber im Wechsel mit Pausen erfolgte Bewusstseins-Ausdehnung mittels »unserer« Gedanken im analogen Rhythmus verarbeitet und assimiliert. Dieser »Stop-and-Go-Rhythmus« ist der Rhythmus des Lebens, der Rhythmus des auf diese Weise in seinem Bewusstsein (Licht) fortschreitenden Gottes und dieser Rhythmus endet erst, wenn das Leben Gottes sich am Ende in vollkommenem Selbstbewusstsein zur ewigen Ruhe begibt, sein Licht ausschaltet und sich end-gültig in den Zustand Null bringt, den Zustand seines reinen nicht fühlenden, nicht denkenden, nicht agierenden passiven Seins. So ist es ungenau ausgedrückt zu sagen »Licht **ist** Welle und Teilchen«, denn »Licht **erscheint** als Welle und Teilchen.« Licht ist das sich mittels des fühlenden und denkenden Lebens insgesamt erweiternde Bewusstsein Gottes, das sich auf seinem Weg in der Phase der Ruhe auf seinen inneren Ruhe*punkt* zurückzieht, sich zusammenrollt (wie eine ruhende Katze) und sich entsprechend als Teilchen präsentiert, als Teilchen wahrnehmbar ist und sich in der Phase seiner Aktivität als Welle zeigt, da es sich wellenförmig (wie die Wellen des Meeres) ausdehnt. Doch warum dehnt es sich wellenförmig und nicht ebenmäßig aus? Da das Gott niemanden hat, der es auf dem Weg zu seiner Wahrheit wie einen Faden hinter sich her zieht, muss es sich logischerweise selbst, mit seiner eigenen Energie aus sich selbst heraus motivieren, an-treiben, an-schubsen. Im Wellenaufbau baut es aktiv seine Schubkraft, mit der es sich selbst anschubst, auf. Im Ausrollen der Welle ruht es sich für einen Moment aus und nimmt im nächsten Schwung Anlauf für den Aufbau der nächsten Welle usw. usw. Was ist der Grund für diesen Wechsel zwischen Ruhe und Aktivität sowohl in Bezug auf das Licht in seinem Erscheinen als Welle oder Teilchen als auch in Bezug auf den Wechsel zwischen Ruhe und Aktivität innerhalb der Welle? Das Gott könnte ja mit all seiner Energie in einem Schwung zu seinem Ziel sausen – was also bremst sozusagen immer wieder seine Energie aus, stoppt immer wieder seinen Erkenntnisfluss? Es ist die Diskrepanz zwischen dem Aspekt der Lüge, des Selbstbetrugs Gottes und dem nach Wahrheit drängenden Aspekt der Wahrheit Gottes. Während der eine Teil Gottes in seiner Lüge verharren will, drängt der andere Teil Gottes zur immer weiter fortschreitenden Erkenntnis seiner Wahrheit hin, durch die das Gott sich mehr und mehr seines Selbst bewusst wird. So muss das Gott auf diesem Weg unablässig sich selbst an-treiben, denn das einzige Hindernis auf seinem Bewusstwerdungsweg zu seiner Wahrheit ist seine Lüge, sein widerspenstiger »innerer Schweinehund«, den seine Wahrheit mit immer wieder aufzubauendem Kraftaufwand quasi vor sich her schubsen muss – seinem Ziel, seiner vollkommenen Selbstbewusstwerdung, entgegen.

*

Jetzt zu den Pyramiden. Was bedeuten sie? Sie symbolisieren zum einen das Gott selbst, wobei die Spitze das ewige Eins-sein Gottes symbolisiert, die Quelle, von der aus sich das Gott über viele Nebenarme und insbesondere die vier Hauptströme in die vier Himmelsrichtungen, die die Basismatrix der »Welt« bilden, ergossen hat, was durch die nach unten sich ausbreitende Pyramidenform dargestellt ist, die jedoch nicht an der Oberfläche der »Erde« endet, sondern noch bis in ihre das unbewusste Sein Gottes symbolisierenden dunklen Tiefen reicht, wo sie dann schließlich gründet. Zugleich wird hier der Flucht-Weg Gottes aus dem Garten Eden seines unbewussten Eins-seins in und durch die (scheinbare) »Welt« seiner Gespaltenheit, der es zum Bewusstsein seines Selbst führt, dargestellt. Der oberirdische Teil der Pyramide symbolisiert den Weg durch den Himmel »herab« auf die Erde, sozusagen die Himmelsleiter mit ihren Stufen. Der unterirdische Bereich der Pyramiden, die Katakomben, symbolisieren die unbewussten Eigenschaften Gottes, seinen ird-ischen Körper, seinen Hades (griech. Aides/Hades = »der Unsichtbare«), die/den es von Grund auf »durchwandern«, durch sein Leben selbst erleben, erfahren und sich Schritt für Schritt, Stufe für Stufe, Ebene für Ebene bewusst machen muss, will es sich seines Selbst vollkommen bewusst werden, seine Wahrheit erkennen und in sein neues Paradies gelangen. Ist dies geschehen, ist es durch die Erde auf ihre Oberfläche gelangt und hat, sich seiner »Erde« nun bewusst geworden, sich und seinen Blick aufgerichtet gen Himmel, beginnt sein überirdischer bewusster Weg »hinauf« über die Stufen der Himmelsleiter »zurück« zur Spitze, die dann jedoch das neue Paradies des bewussten Eins-seins Gottes mit sich selbst ist. Dieser Weg ist kein mit dem Weg durch den Hades vergleichbarer Weg mehr, denn im Moment der vollkommenen Selbst-Bewusstwerdung, der vollkommenen »Erleuchtung«, erkennt das Gott seine alleinige Verantwortung für all-es und übernimmt sie und so wird der Weg »zurück« zur Spitze der Weg des »Gerichts Gottes mit sich selbst« – Stufe für Stufe, Ebene für Ebene, bis es die Spitze erreicht. Nun schaut es von dort erschöpft »zurück« auf seinen langen, langen Weg vom Garten Eden bis zum Grund seines Selbst und wieder zurück in sein altes neues Paradies. Es erkennt, dass all-es, was seine scheinbar von-ein-ander getrennten Aspekte sich in all ihren Formen ein-ander angetan haben, es sich selbst in ihnen, es sich selbst angetan hat. Es all-ein hat gesät und es all-ein hat geerntet, denn außer ihm ist nichts. Und es bleibt ihm nichts als das stille Verstehen seiner Liebe zu sich selbst, sich selbst zu vergeben und dann in Frieden und Liebe mit sich selbst im reinen und eins mit sich zu sein in Ewigkeit – in diesem, seinem alten neuen Paradies.

*

Nun zur Sphinx, die Königshaupt und Löwenkörper darstellt. In der Astrologie ist das Sternzeichen des Löwen das Zeichen für die Energie der Sonne, die Kraft der Liebe Gottes, den »Heiligen Geist«, die/der wiederum das Leben Gottes trägt, das wiederum die Wahrheit Gottes in sein Bewusstsein trägt. Das Königshaupt steht für die vom »Löwen« getragene, in der Person des Königs/des Pharao manifestierte Wahrheit Gottes. Die ganze Sphinx symbolisiert somit die von der lebendigen Kraft seiner Liebe, dem »Heiligen Geist«, dem »Atem seines Lebens« getragene Wahrheit, die sich vom Stern Sirius, dem Symbol der Isis, damals in der Gestalt des Pharaos auf die Erde begeben hat, um den »Menschen«, Gott, auf eine ihrem, Gottes, damaligem Fassungsvermögen entsprechende Weise den Weg zu ihrer/seiner Wahrheit zu weisen. Die Pharaonen waren sozusagen frühere Inkarnationen der Wahrheit Gottes, die sich so selbst den Weg für ihr späteres Erscheinen als Jesus Christus bahnte. Die Pharaonen waren, nebenbei bemerkt, nicht die einzigen Inkarnationen der Wahrheit Gottes vor ihrem Erscheinen als Jesus Christus. Auch König Salomo und Buddha waren frühere Inkarnationen Jesus Christus, ebenso, wie die Königin von Saba eine frühere Inkarnation der Quelle, der Liebe, des »Heiligen Grals« war. Diese ist wiederum identisch mit der im Ev. n. Matth. 12, Vers 42, der Bibel Ende des 18. Jh., von Jesus Christus für ihr Auftreten am jüngsten Gericht angekündigte Königin vom Mittag (nach der Bibelausgabe 1972 die Königin vom »Süden« genannt): »Die Königin vom Mittag wird auftreten am jüngsten Gericht mit diesem Geschlecht, und wird es verdammen; denn sie kam vom Ende der Erde, Salomos Weisheit zu hören. Und siehe, hier ist mehr denn Salomo.« Auch Elisabeth, die Mutter Johannes des Täufers, war eine Inkarnation des

»Heiligen Grals« und ebenso wie die Wahrheit war auch sie in vielen Inkarnationen unerkannt auf der Erde und ist es auch zur jetzigen Zeit. Sie und viele Wesen aus der Liebe sind wieder hier zu dieser Zeit, den »Menschen« zu helfen bei der Überwindung ihrer Angst, sie zu führen zur Erkenntnis und durch die Erkenntnis zum Bewusstsein »ihrer«, »unser« all-er einen Wahrheit und durch diese zum Verstehen, durch das Verstehen zur Vergebung, durch die Vergebung zur Liebe und durch die Liebe zum Frieden. Denn erst, wenn das Gott, der »Mensch«, seine Angst vor seiner Wahrheit überwunden und in all-em, in Freund und Feind, in »Mann« und »Männin«, sich selbst, seine Wahrheit und im »Weib« sein liebegetragenes Leben erkannt und in Liebe und Frieden angenommen hat, kann es eingehen in sein altes neues Paradies.

Erinnern wir uns nun an den Weg, den das Gott beschritten hat, nachdem das Tor zum Garten Eden sich für im-mer hinter ihm schloss. Es ist der Weg seiner Selbst-Bewusstwerdung durch die »Welt«, der es in sein neues Paradies führt – das Paradies des **bewussten** Eins-Seins mit sich selbst und dieser Weg führt, ausgehend von der Basismatrix der vier Himmelsrichtungen, den Hauptströmen, sich weiter verzweigend durch die »Welt«, das Land Nod(t), in dem sich nun die No(d)t, das Leid seiner Krankheit, der Gespaltenheit seiner Seele, schmerzhaft und leidvoll bemerkbar macht, wobei das Leid im Verhältnis zu seiner weiteren Spaltung linear bis progressiv zunimmt und zwar so lange, bis das Gott sein Leiden nicht mehr erträgt und seine Lüge, seine Verdrängung aufgibt, vor seiner Wahrheit kapituliert. Auf diesen Moment hat seine Wahrheit geduldig gewartet und aus der Tiefe seines Herzens steigt nun die Flamme seiner Wahrheit mit all ihrer nun freigesetzten Kraft empor und erleuchtet mit all ihrem Licht das Gott und es erfasst sie in diesem Moment mit aller Klarheit in ihrer ganzen Tragweite und damit zugleich sowohl den Sinn seines vergangenen als auch die Sinnlosigkeit seines weiteren Leidens und es ist nur noch von einem Wunsch, von einem Wollen, einem Sehnen erfüllt – *eins* in Liebe und Frieden mit sich zu *sein*. In diesem Augenblick vollzieht das Gott die sogenannte »chymische Hochzeit« mit sich selbst, die **bewusste** Vereinigung, Verschmelzung all seiner gegensätzlichen Aspekte in sich, mit der jede Unter-scheidung, jede »Schuld«, jede Projektion endet. Seine »Sünde« ist aufgehoben, das Gott ist (wieder) heil. In diesem Moment bereitet sich ihm nun gen Süden der Königsweg, der jedoch nicht mehr durch diese »Welt« führt. Aufrecht und geraden Blickes und vollkommen selbst-bewusst und freien Willens schreitet es himmelwärts dem Stern Sirius, dem Symbol der Isis, der Ur-mutter, der Quelle und zugleich dem Meer seines Seins, der/dem es einst entstiegen, entgegen, während seine »Welt« sich hinter ihm auflöst und mit ihr Raum und Zeit – und voller Freude durchschreitet es das sich ihm öffnende »Goldene Tor« zu seinem »Heiligen Gral«, welches sich hinter ihm für im-mer schließt.

*

Kommen wir nun noch zur Auflösung des Rätsels bezüglich der Endlichkeit oder Unendlichkeit des Universums. Wie bereits erwähnt, ist das Universum die Gesamtheit all dessen, was existiert und somit das Gott und dieses ist als das ewige Sein unendlich. Doch sagt nicht Gott in der Offenbarung des Johannes 1, Vers 8: »Ich bin das A und das O, der Anfang und das Ende ...«. Von was aber ist Gott der Anfang und das Ende? Von sich selbst als dem Sein, sei es nun im Zustand des Bewusstseins oder des Unbewusstseins, kann es kaum das A und das O sein, denn dann wäre vor dem Sein das Nichtsein gewesen, was logischerweise nicht möglich ist, da aus dem Nichtsein kein Sein hätte kommen können, und ebenso logisch kann das Sein auch nicht im Nichtsein enden, aus dem es garnicht erst hätte entstehen können – das Nichtsein ist eben nicht. Das Sein kann – in welchem Zustand es auch im-mer sich befindet – nicht Nichtsein, denn dann wäre es das Nichts und das Nichts gibt es nicht. Wäre Gott das Nichts bzw. Nichtsein, könnte es nicht zugleich das Sein sein, denn das Nichts bzw. Nichtsein schließt das Sein aus. Das Gott war und ist und wird ewig das Sein sein und als solches ist es unendlich, ewig, ohne Anfang und Ende. Doch, wie wir wissen, ver-dichtete es sich aus uns inzwischen bekannten Gründen zur »Welt seiner Phantasie« und dieser »Welt-seins-zustand« Gottes, Gott als »Welt«, hatte einen Anfang und hat ein Ende – wenn das Gott am Ende seines Weges die »Welt seiner Phantasie« wieder ent-dichtet, seinen »Welt-seins-zustand« wieder beendet. Die Worte Gottes in der Offenbarung des Johannes 1, Vers 8, beziehen sich auf den Anfang und das Ende des »Welt-seins-zustand« Gottes und in **diesem** Sinne ist das Gott endlich. Als das ewige SEIN jedoch ist das Gott unendlich.

31. Die Religion der Liebe

Der Begriff »Religion« lässt sich nicht mit Sicherheit bis zu seinem Ursprung zurückverfolgen. Zunächst ist er auf den lat. Begriff *religio* in der Bedeutung von *Gottesfurcht, Frömmigkeit, Heiligkeit, allgemeiner: Bedenken, Gewissenhaftigkeit*, zurückzuführen. Die ältesten Quellen führen religio wiederum zurück auf das Verb *relegere* = *wiederauflesen/-sammeln/-wickeln, bedenken, acht geben, beachten*, und in diesem Sinne wurde es im Latein der Römischen Republik auch benutzt. Mit *religio* wurde die getreue Beachtung kultischer Regeln und Überlieferungen bezeichnet. Etwa 350 Jahre später bezog der christliche Kirchenvater Lactantius *religio* auf das lateinische Verb *religare* (religo) = anbinden, zurückbinden, festhalten, an etwas festmachen. Religion wäre nach dieser Darstellung *die An- und Rückbindung an einen* von Gläubigen an- bzw. wahrgenommenen *göttlichen Urgrund* – und dies ist die wahre Bedeutung der Religion: die An- und Rückbindung des »Menschen«, aller »Wesen«, an den Ur-grund Gottes, seinen »Heiligen Gral« – die Essenz Gott-es, seine ALL-ES, sein ganzes SEIN in sich ver-ein-ende Liebe, in der das Gott eins und im reinen ist mit sich – mit seinem Leben, mit allen seinen Eigenschaften. Sie ist das Meer und zugleich die Quelle seines Seins, aus der es einst ausgeströmt ist in den Garten Eden und sich gespalten hat in die Matrix der »Welt«, die es aus sich heraus, aus dem Fundus seines Selbst, schuf, und sie ist das Meer, in das das Gott am Ende seines Weges wieder zurückkehren wird. Die Religion der Liebe ist die Verbindung der Liebe Gottes mit der »Welt«, mit dem »Menschen«, mit allen »Wesen«, mit allem – mit Gottes himmlischem und ird-ischem SEIN – und zugleich deren/dessen Rückbindung an die und deren/dessen Verbindung mit der Liebe Gottes, die niemals durchtrennt war, denn die Liebe Gottes hat das Gott niemals verlassen, niemals losgelassen. Und so sind alle Religionen der »Welt« Rückbindungen an die und Verbindungen mit der Quelle, der sie einst als ein Strom entsprungen sind, der sich teilte in die vier Hauptarme und viele Nebenarme, um sich schließlich in der Erkenntnis ihrer einen Wahrheit, ihres Eins-Seins, ihres All-ein-Seins, wieder in ihrer gemeinsamen Quelle, dem all-einen Meer, der Essenz Gottes, seinem von seiner Liebe zu sich selbst durchwobenem Sein, dem »Heiligen Gral«, zu vereinen, wenn das Gott am Ende seines Weges durch die »Welt« als »Mensch«, als ADAM, alle Ströme durchschwommen, alle von ihnen gesäumten Länder durchwandert und in allen seine Wahrheit, seine Liebe, sich selbst erkannt hat. Unabhängig davon, welchem Land, welcher Rasse, welchem Geschlecht, welchem Volk, welcher Religion »Sie« in ihrem jetzigen Leben als als »Mensch« geborener Seelenaspekt Gottes angehören – es ist nur eines von vielen Leben, die »Sie« bereits in wechselndem Geschlecht in anderen Ländern, anderen Rassen, anderen Völkern, anderen Religionen durchlebt haben und die sie alle zu ihrem jetzigen Leben gelei(d)tet haben. Die Essenz aller Religionen, ihre eine gemeinsame Wahrheit und Quelle, ist der »Heilige Gral«, der Tempel »unserer« Liebe, der Liebe Gottes, der »unsere« gemeinsame Quelle, »unser« aller »Zuhause« ist. Die ewig eine Wahrheit und die Liebe kennen keine Grenzen und keine Trennung. Wer heute als Angehörige/r einer bestimmten Religion Angehörige anderer Religionen oder »Menschen« ohne Glauben an eine Religion als »Ungläubige« bezeichnet und sie miss- oder verachtet oder gar nach ihrem Leben trachtet, bedenke, das er/sie auf seinem Weg durch die »Welt« ebenfalls diese Religionen in früheren Leben auf verschiedenen Ebenen bereits durchwandert hat oder die eine oder andere in seinem eventuellen zukünftigen Leben noch durchwandern muss auf dem Weg zu seinem neuen Paradies und dass auch er/sie vielleicht eine bestimmte Wegstrecke ohne Glauben an eine Religion hinter oder noch vor sich hat. Und wer sich als Angehörige/r einer bestimmten Religion als auserwählt und über anderen Religionen oder einer anderen Religion stehend wähnt, bedenke ebenfalls, dass auch er/sie einst die Länder/das Land dieser Ströme/

196

dieses Stromes durchwandert hat oder noch durchwandern muss. Und wer nach dem allgemeinen Sprachverständnis als »Mann« die »Frauen« verachtet oder gar hasst und sie unterdrückt, misshandelt, missbraucht, bedenke, dass auch »er« in vielen Leben schon »Frau« war und in einem eventuellen nächsten Leben wieder sein wird. Und wer als »Frau« die »Männer« verachtet oder gar hasst und sie schlecht behandelt, wisse ebenfalls, dass auch »sie« schon in vielen Leben als »Mann« gelebt hat und in einem eventuellen weiteren Leben möglicherweise wieder als »Mann« geboren wird. Und wer heute als Angehörige/r einer bestimmten Rasse auf Angehörige anderer Rassen herabsieht, sie als minderwertig wähnt, sie ver-achtet, missachtet, misshandelt, unterdrückt, bedenke, dass auch er/sie schon in vielen Leben Angehörige/r dieser verschiedenen Rassen war und in einem eventuellen nächsten Leben vielleicht genau der Rasse angehören wird, der er/sie in seinem jetzigen Leben mit Verachtung und vielleicht sogar mit Gewalt begegnet. Und wer heute als Angehörige/r eines bestimmten Landes und/oder Volkes sich über anderen Ländern und/oder Völkern stehend wähnt oder aus politischen, wirtschaftlichen, religiösen oder sonstigen Gründen gegen diese kämpft und/oder sie ausbeutet und/oder sie unterdrückt, der wisse, dass auch er/sie in seinen unzähligen vergangenen Leben ebenfalls als Angehörige/r dieser Völker in diesen anderen Ländern lebte und in seinem nächsten Leben vielleicht genau zu diesem Volk und/oder zu diesem Land gehören wird. Und wer Kinder quält, erniedrigt, misshandelt, missbraucht, bedenke, dass auch er/sie in jedem seiner/ihrer vergangenen und in seinem/ihrem jetzigen Leben einmal Kind war und in eventuell jedem weiteren Leben wieder sein wird. Und wer seine Eltern missachtet bedenke, dass auch er/sie in früheren Leben vielleicht Vater/Mutter war und als solche Fehler machte oder in einem eventuellen nächsten Leben vielleicht Vater/Mutter sein und dann ebenfalls trotz bestem Bemühen manches aus Sicht ihres Kindes falsch machen wird. Und wer ein Tier quält, bedenke, dass auch er/sie einmal Tier war, bevor er/sie »Mensch« wurde. Und wer die Pflanzen der

»Erde« zerstört im Wahn seiner/ihrer Geldgier, der bedenke, dass auch er/sie einst Pflanze war, bevor er/sie »Tier«, bevor er/sie »Mensch« wurde. Und wer die »Erde« missachtet, misshandelt, ausbeutet, vergiftet, bedenke, dass auch er/sie »Erde« ist und damit sich selbst missachtet, misshandelt, ausbeutet, vergiftet. Darum achtet die Tiere, die Pflanzen, die »Erde«, achtet »EUCH« selbst und alle anderen »Menschen« und achtet »Eure« Kinder, achtet »Eure« Eltern. Legt nieder die Waffen, beendet alle Kriege zwischen den Ländern und Völkern, zwischen den Geschlechtern, zwischen den Generationen, zwischen den Rassen, zwischen den Religionen, zwischen »Euch« – erkennt, versteht und vergebt »Euch« selbst und ein-ander, achtet und liebt »Euch« selbst und ein-ander von und mit »Eurem« ganzen Herzen, umarmt »Euch« als »Brüder« und »Schwestern« und sorgt mit der Liebe »Eures«, Gottes H-erzen, füreinander und für die Tiere, die Pflanzen, die »Erde«, die »Euch« auch nur das »Tier«, die Pflanze in »Euch« widerspiegeln und die »Erde«, die »Ihr« seid. So, wie »Ihr« »Euer« scheinbares Gegenüber behandelt, so behandelt »Ihr« diesen Aspekt von »Euch« selbst – so behandelt »Ihr« »Euch« selbst, so geht »Ihr« mit »Euch« selbst um, auch wenn es »Euch« nicht bewusst ist, weil »Ihr« »Euer« Verhalten »Euch« selbst gegenüber ja unbewusst auf »Euer« scheinbares Gegenüber projeziert. Macht »Euch« bewusst, dass »Ihr« EINS seid, dass ALL-ES EINS ist und somit gleich-wertig und gleich gültig und dass »Eure« Trennung nur scheinbar ist – denn nur in diesem Bewusstsein »Eurer« EINEN Wahrheit in Liebe mit und zu »Euch« selbst und mit- und zueinander könnt »Ihr« ein-gehen in das neue Paradies. Es gibt keinen »Heiligen Krieg« – dies ist ein Widerspruch in sich, denn »heil-igen« bedeutet »heilen«, »ganz« machen, »einen« durch die Erkenntnis der all-einen Wahrheit, die zur Liebe und durch die Liebe zum Frieden führt. Krieg jedoch macht im-mer unheil, trennt, statt zu einen. Macht »Euch« bewusst, dass jeder Krieg, den »Ihr« gegeneinander führt, ein Krieg gegen »Euch« selbst, ein Krieg Gottes gegen sich selbst ist – ein Krieg gegen einen scheinbaren Gegner, der nur das Spiegelbild »Eures«

eigenen abgelehnten Selbst, Gottes eigenem abgelehnten Selbst, ist – ein Krieg, der »Euch« nur weiter von »Euch« selbst trennt, der das Gott nur weiter von sich selbst trennt, statt »Euch« mit »Euch« selbst zu einen, statt Gott mit sich selbst zu einen. Erkennt in dem scheinbaren »DU«, in dem scheinbar »Anderen«, in dem scheinbaren Feind »EUCH SELBST«. »Deshalb sprach Jesus Christus: »Liebet eure Feinde…« und »Liebe deinen Nächsten *als* dich selbst«. Deshalb liebt »Euch« selbst, liebt einander, liebt alle Wesen, liebt ALL-ES mit »Eurem« ganzen Herzen, – denn dann liebt »Ihr« das Gott, das ALL-ES ist, das auch »Ihr« seid und das Gott liebt »Euch«, liebt ALL-ES, liebt s-ich selbst in der RELIGION DER LIEBE.

*

32. ISRAEL und Kanaan – JERUSALEM – das Ende

Was hat es nun mit »Israel«, dem sogenannten »auserwählten Volk Gottes« und dem ihm verheißenen »gelobten Land« Kanaan auf sich? Die älteste Quelle für das Wort »Israel« ist die ägyptische Merenptah-Stele des Pharaos Merenptha, die einen Feldzug gegen ein Volk Israel im Lande Kanaan beschreibt und auf das Jahr 1211 v. Chr. datiert wird. Dort steht: »Kanaan ist mit allem Übel erbeutet«, was darauf schließen lässt, das Kanaan alles andere war als das dem Volk Israel verheißene »gelobte Land«, in dem Milch und Honig fließen sollten. Schauen wir uns die Bedeutung des Wortes Kanaan an. Die Ableitung aus der späteren aramäischen, hebräischen und arabischen Sprache er-möglicht unter Verwendung der Wurzel knʿ die Deutungen: »Die sich Krümmenden, die Gekrümmten, die Gebeugten, die Gedemütigten, die Verstoßenen, die Unterworfenen« und »die Zurückgezogenen«. Der »Ka« war die älteste Vorstellung der Ägypter von der menschlichen Seele. Somit kann Kanaan gedeutet werden als »die sich krümmende/n, die gekrümmte/n, die gebeugte/n, die gedemütigte/n, die verstoßene/n, die unterworfene/n, die zurückgezogene/n Seele/n«. Zur Erinnerung: SEELE ist das von der Liebe und ihrem Leben durchströmte und durch-wobene ALL-ES seiende SEIN GOTT-ES, die Quelle seines Selbst und zugleich es selbst. Somit ist das Land Kanaan eine Metapher für den gekrümmten, gebeugten, gedemütigten, verstoßenen, unterworfenen, zurückgezogenen Zustand Gottes, das sich krümmt und beugt und demütigt unter seiner sich selbst auferlegten Mühsal und dem (gemäß der Bibelausgabe E. 18. Jh.) Kummer des Lebens, der/dem es sich selbst (wen sonst?) unterworfen, die/den es sich selbst aufgebürdet hat in der »Welt«, dem Lande Nod(t), in dem es not-gedrungen wohnte, nachdem es sich selbst aus dem Garten Eden gewiesen hat.

Was bedeutet nun das Wort IS-RA-EL? »IS« steht für »Isis«, die »Große Mut-ter«, das von seiner Liebe getragene »WEIB«, EVA, das Leben Gottes, die/das die Eigenschaften, die Wahrheit Gottes mit der Kraft ihrer/seiner Liebe als »Sohn aus dem Va-ter« ins Leben trug, um sie zugleich durch diesen zu leben. »RA« steht für »Re«, den altägyptischen Sonnengott, dessen Name »Sonne« bedeutet, das All-ein-Bewusstsein, das Wahrheitsbewusstsein Gottes. »EL« war im Alten Orient, zu dem unter anderem Palästina und auch Altägypten gehörten, der allgemeine semitische Titel für »Gott«. Semitische Sprachen sind ein Zweig der afroasiatischen Sprachfamilie, zu denen auch die ägyptische Sprache gehört. Somit ist IS-RA-EL das Gott, das am Anfang unter der Last seines Lebens in seinem von seiner Angst verursachten Selbstbetrug, seiner Lüge, im Land Kanaan, seinem gebeugten Zustand in der »Welt der Lüge«, dem Lande Nod(t), lebte und aus dem es aufbrach zu seiner Wanderung oder eher Irr-fahrt durch die »Welt«, um sich selbst (wen sonst?) in ihr zu erkennen und sich seines Selbst, seiner Wahrheit, bewusst zu werden und sich mit zunehmendem Selbst-Bewusstsein im Laufe seiner Wanderung mehr und mehr aufzurichten, bis es in vollkommen aufgerichtetem Zustand in vollkommenem Selbst-Bewusstsein die Pforte des »Goldenen Tores« zu seinem neuen Paradies erreicht und durchschreitet im Zustand des Friedens und der Liebe mit und zu sich selbst. Dann ist IS-RA-EL im verheißenen »gelobten« Land KANAAN, in dem Milch und Honig fließen, angekommen. Milch symbolisiert die fließende Liebe Gottes und Honig gilt als Symbol der Erkenntnis der Wahrheit und die aus ihr entstehende Wandlung der Seele hin zur Vollendung (vollkommenes Bewusstsein seines ewig heilen All-ein-seins und der daraus resultierenden Annahme seines ganzen So-seins in Liebe und Frieden mit sich selbst) des »menschlichen« Wesens, Gottes, beschert dem »Menschen«, ADAM, GOTT, die dem Honig eigene Süße höchster Glückseligkeit, die Süße der Liebe zu sich selbst (zu wem sonst) – im Lande Kanaan in seinem neuen Paradies. JERUSALEM heißt »die Heilige« und ist der Name des alten neuen »himmlischen« Paradieses, in dem das Gott IS-RA-EL im Bewusstsein seiner Wahrheit, seines Selbst, in Liebe und Frieden mit sich selbst »heil« und damit »ge-heil-igt« nach seiner Irr-fahrt durch die »Welt« end-lich angekommen ist. Durch die Tore Babylons ist es in sein Un-heil ausgegangen, um sich in die »Welt« zu zerstreuen – durch die Tore des NEUEN JERUSALEMS geht es nun end-lich ein in sein Heil in seiner Liebe mit und zu sich selbst in und zu allen seinen Aspekten.

DAS NEUE JERUSALEM erstrahlt im goldenen Glanz der Wahrheit und im reinen weißen Licht der Liebe – denn nur die Wahrheit führt zur Wahrheit und nur die Liebe erzeugt Liebe und nur Wahrheit und Liebe erzeugen Vertrauen und nur Vertrauen lässt die Seele die Angst überwinden und sich ihrer Wahrheit stellen und sie annehmen und nur die Wahrheit heilt mit der Kraft ihrer Liebe – denn die Wahrheit und die Liebe sind eins.

»Wir«, alle »Menschen«, alle Wesen, das ganze Universum, das ganze ALL, das GOTT sind/ist IS-RA-EL. »Wir« sind unbewusst und unwissend ausgegangen aus der ewig einen Quelle, dem »Heiligen Gral« im H-erzen Gottes, deren/dessen LIEBE niemals die Verbindung zu »uns« durchtrennt hat. Die LIEBE hat »uns« ins Leben getragen in die »Welt«, damit wir »unsere« Angst überwinden und »uns« selbst finden. Nun holt sie »uns«, ihre »Kinder«, aus der »Welt« »nach Hause« zurück in ihr H-erz – JERUSALEM. Sie hat es beschlossen und »nichts und niemand« hat die Macht, sie daran zu hindern. Die Meere der »Welt« sind voll ihrer Tränen, die sie um uns weinte und das Salz darin ist ihr Leid – und es ist Zeit, den Traum, die Geschichte Phantasiens, zu beenden. Die Liebe mit ihrer lebendigen Kraft ist der »Heilige Geist«, der »Atem der Welt«, und wenn sie für immer ihren Atem aus der »Welt« in ihren »Heiligen Gral« zurückzieht, verlässt mit ihm das Leben die »Welt der Lüge«, die »Erde vom Acker«, die ver-dichtete Wahrheit Gottes, die das Leben dann ent-dichtet und von der Kraft der Liebe getragen mit sich zurück in das Meer seiner Liebe nimmt.

An diesem Tag wird der Mond in die Sonne eingehen und wird Sonne und die Sonne geht wieder ein in den Kern seines Herzens, den Urgrund der »Erde«, aus dem sie geboren – den »Heiligen Gral«, der die Essenz und das Zentrum des Universums ist – weshalb, nebenbei bemerkt, das geozentrische Weltbild das wahre Weltbild ist. Aus dem Kern der »Erde« wurde ALL-ES geboren und ALL-ES wird wieder in ihn zurückkehren – das GOTT kehrt zurück in den »Heiligen Gral« seines Selbst und wird am Ende auch sein Herz ent-dichten und wird nun bewusst sein, was es in Wahrheit ewig war, ist und sein wird – das unendliche Sein in der Fülle seines Selbst. Das Symbol der Kraft der Liebe ist das weiße Pferd, welches den weißen Reiter, das liebedurchwobene Wahrheitsbewusstsein Gottes, Jesus Christus, durch das »Goldene Tor« in das alte neue Paradies, JERUSALEM, tragen wird.

An diesem Tag, den nur die Liebe kennt, endet die »Welt« und Gott sinkt vollkommen heil, im reinen und eins mit sich selbst, mit allen seinen Seelenaspekten frei von aller Angst in die Arme seiner LIEBE in seinem alten neuen Herzen JERUSALEM.

Die Liebe ist der Endzweck der Weltgeschichte
und
das Amen des Universums.

(Novalis)

Lightning Source UK Ltd.
Milton Keynes UK
UKHW020634011020
370850UK00015B/993

9 783844 832310